IMPRESSUM
VOLLKOMMEN VERLIEBT
Von
Angelika Godau

Angelika Godau
Fuchsstraße 30
66482 Zweibrücken
godau693@gmail.com

1.Auflage 2024
Lektorat: Axel Aldenhoven
Cover: Axel Aldenhoven
DALL-E, Canva

Disclaimer: Alle Personen und Namen innerhalb dieses Buches sind frei erfunden. Ähnlichkeiten mit lebenden Personen sind zufällig und nicht beabsichtigt. Davon ausgenommen sind historisch bekannte Persönlichkeiten, die wurden so erwähnt und beschrieben, wie es in Geschichtsbüchern erwähnt wird.

W0333868

ÜBER DIE AUTORIN

Angelika Godau hat eine spannende, wendungsreiche Vita. Geboren in Oberbayern, aufgewachsen im schönen Detmold, später nach Köln gezogen und ihr Herz für immer an diese Stadt verloren. Journalistin, später Studium der Psychologie und eigene Praxis in Mannheim.

Ein fast 10-jähriger Aufenthalt in der Türkei sensibilisierte sie für das Elend von Hund und Katze. Seither gilt ihr Engagement dem Tierschutz.

In „Ein Streuner mit Sommersprossen“ schildert sie für ihren „halben Herdenschutzhund, Ben“ humorvoll seinen Sprung vom italienischen Straßenhund auf die Couch der Zivilisation. Danach erscheinen ihre drei „Luise - Bände“ (Seit 2022 in neuem Gewand) und dann in jährlichem Abstand fünf Pfalzkrimis um den Dürkheimer Privatdetektiv Detlev Menke und seinen cleveren Dackel Alligator, genannt Alli.

Mit Herbstfrühling, Herbstgewittern, Herbstfrüchtchen, Herbstgezwitscher, Herbstzauber, Herbstwunder und Herbstjunges sind sieben Familienromane mit viel Herz und Humor entstanden. Sie beschreiben den Alltag und das Miteinander von Mutter, Tochter, Enkelin und wechselnden Partnern.

Ach herrje! Letzt ausfahrt Hünxe Ost ist ein bittersüßer, tiefschwarzer Roman, der in Gemeinschaftsarbeit mit Axel Aldenhoven entstanden ist.

In der Reihe Türkei für Anfänger existieren zur Zeit vier Bände. Zuvor erschienen Oh nein! Ein Esel kommt selten allein, Zum Kuckuck mit dem Esel und Eins, zwei, drei, vier Eckstein - Esel muss versteckt sein und zuletzt Jackpot mit vier Eseln.

Mit Vollkommen verliebt, wagt Angelika sich erstmalig in das Genre der Liebesromane.

Godau lebt heute mit ihrem Mann, den beiden Hunden Linda und Sam und Katze Maya in Europas Rosenstadt Zweibrücken.

EINS
DIE KLINIK

Mein Schädel brummt wie ein Bienenschwarm, mein Hals schmerzt und mein Mund ist vollkommen ausgetrocknet. Ich versuche, mich in eine aufrechte Haltung zu bringen, aber es gelingt mir nicht. Ich reiße die Augen auf, und mein Blick fällt auf meine gefesselten Hände. Offensichtlich bin ich auf einer schmalen Liege festgebunden, ohne die geringste Erinnerung daran, wieso. »Hilfe!«, krächze ich angstvoll und lecke mühsam über meine trockenen Lippen.

»Ganz ruhig, Herr Osthoff, ich komme sofort und befreie Sie von der Fixierung«, höre ich eine weibliche Stimme von jenseits der geschlossenen Tür. Verzweifelt schaue ich mich um, und stelle fest, dass ich mich in einem gepolsterten Raum ohne Fenster befinde. Zwei Neonröhren unter der Decke tauchen ihn in ein kaltes, zu grelles Licht. Wo zum Teufel bin ich, und wie bin ich hierhergekommen?

»Guten Morgen, Herr Osthoff.« Die Tür öffnet sich und eine ältere Frau in weißem Kittel eilt auf mich zu.

»Wo bin ich?«, krächze ich mühsam, während sie sich an meinen Handgelenken zu schaffen macht.

»Sie sind in der psychiatrischen Klinik, Sie wurden

gestern Abend mit dem Notarztwagen hergebracht. Erinnern Sie sich nicht mehr daran?«

»Psychiatrische Kli ...«, stammele ich erschrocken und versuche verzweifelt, meinem umnebelten Hirn eine Erinnerung zu entlocken. Da ist aber nichts, gar nichts, nicht die kleinste Kleinigkeit will mir einfallen.

»Machen Sie sich keine Sorgen, Herr Osthoff, Ihre Erinnerung wird wiederkommen. Dass Sie sich jetzt so benebelt fühlen, liegt an den Medikamenten, die wir Ihnen verabreicht haben, und natürlich an den Tabletten, die Sie vorher geschluckt haben. Die waren auch der Grund, warum Sie zu uns gebracht wurden. Suizidversuche landen immer hier.«

»Suizid ...?«, frage ich mühsam, aber sie versteht mich falsch.

»Selbstmord! Auch wenn das eigentlich der falsche Begriff dafür ist. Kein Mensch kann sich selbst ermorden, aber Sie haben versucht, sich das Leben zu nehmen. Dass es nicht geklappt hat, verdanken Sie Ihrer Frau und natürlich unseren Ärzten, die Ihnen den Magen ausgepumpt haben.«

»Ich wollte mich umbringen?«, frage ich ungläubig, und sie hört auf, an meinen Fesseln herumzuzerren, und sieht mich erstaunt an.

»Na, wenn Sie sich nicht erinnern, kann Ihre Situation nicht so schlimm gewesen sein. Seien Sie froh, dass Sie noch leben. Sprechen Sie sich mit Ihrer Frau aus, dann wird bestimmt alles wieder gut. Jetzt bringe ich Sie aber erst einmal auf die Station, denn Sie werden noch einige Tage bei uns bleiben müssen, das geht nicht anders. So, jetzt sind Sie frei, aber bleiben Sie bitte liegen, ich hole Ihr Bett.«

In dem Moment, als sie das Zimmer verlässt, kehrt meine Erinnerung zurück und überfällt mich mit einer Heftigkeit, die mir den Atem raubt. Ich habe Hannah verloren, endgültig, sie ist tot, gestorben, schon vor langer Zeit. Allein gestorben, ohne mich, denn ich bin feige davongerannt, habe meine Versprechen allesamt gebrochen. Warum hat man mich jetzt nicht sterben lassen, warum dieser sinnlose Versuch, mein Leben zu retten? Wie soll ich mit dieser Schuld weiterleben? Wie soll ich überhaupt leben ohne sie?

»Da bin ich wieder, Herr Osthoff. Was glauben Sie, schaffen Sie es wohl allein von der Liege in dieses Bett ...? Oh, was ist passiert, warum weinen Sie? Haben Sie irgendwo Schmerzen?«

Ich schüttele abwehrend den Kopf. Es erscheint mir sinnlos, ihr zu erklären, dass mein ganzes Ich aus Schmerz besteht. Sie wird mich nicht verstehen, mich mit ihren professionellen Floskeln abspeisen. Das will ich nicht, es würde mein Leiden nur noch verstärken, wenn eine Steigerung überhaupt möglich ist.

Sie schiebt mich über lange Flure, vorbei an Männern mit seltsam leeren Blicken, in Fahrstühle hinein und wieder heraus, bis wir endlich dort ankommen, wo ich die nächsten Tage verbringen soll. Mit dem Ellbogen drückt sie die Klinke der Tür zu einem hellen Zweibettzimmer herunter, in dem nur ein leeres, mit Plastik bezogenes Bett und ein Nachttisch stehen.

»Na, da haben Sie aber Glück, Sie haben das Reich für sich allein, jedenfalls so lange, bis jemand Neues eingeliefert wird«, plaudert sie fröhlich und schiebt mich schwungvoll neben das Fenster.

»Und eine schöne Aussicht haben Sie auch noch, was will man mehr?«

Hannah, denke ich, und sonst nichts, aber laut sage ich: »Danke, vielen Dank«.

»Gern geschehen, Herr Osthoff, jetzt ruhen Sie sich

noch ein wenig aus. Nachher kommt der Arzt, und Ihre Frau kommt bestimmt auch bald wieder. Sie hat sich sicher zu Hause etwas hingelegt, sie war die ganze Nacht über bei Ihnen.«

Kaum hat sie das Zimmer verlassen, geht die Tür wieder auf und ein junger Arzt kommt rein.

»Guten Tag, Herr Osthoff«, sagt er mit aufgesetzter Fröhlichkeit, »ich bin der Stationsarzt und möchte mich nach Ihrem Allgemeinzustand erkundigen und fragen, ob ich etwas für Sie tun kann.«

»Das haben Sie verpasst«, sage ich, ohne ihn anzusehen.

»Was meinen Sie? Was habe ich verpasst?«

»Etwas für mich zu tun. Sie hätten mir nicht den Magen auspumpen sollen, das hätte mir sehr geholfen.«

»Na, na, Herr Osthoff, Sie sollten den Kollegen vom Nachtdienst dankbar sein. Die haben Ihnen immerhin das Leben gerettet ...«

»Worum sie niemand gebeten hat«, unterbreche ich ihn schnell, er soll mich nicht zu einer Dankbarkeit zwingen, die ich nicht empfinde.

»Gut«, sagt er nach einem Moment des Zögerns, »dann würde ich gerne Ihre Vitalwerte messen, wenn Sie einverstanden sind.«

»Würden Sie es unterlassen, wenn ich nein sage?«

»Äh, das natürlich nicht, ich bin dazu verpflichtet, Herr Osthoff, das gehört zu meiner ärztlichen Sorgfaltspflicht.«

»Warum fragen Sie mich dann überhaupt? Jetzt machen Sie schon, damit ich es hinter mich bringen kann. Überzeugen Sie sich, wie unglaublich vital ich bin.«

Er sagt nichts mehr, schiebt sich sein Stethoskop in die Ohren, drückt die Membran mehrfach auf meinen Brustkorb, fühlt dann meinen Puls und schaut mir in die Augen.

»Soweit ich das beurteilen kann, ist mit Ihnen alles in Ordnung, zumindest körperlich. Ruhen Sie sich jetzt aus, Herr Osthoff, später kommt, wie gesagt, unser Chefarzt. Auf Wiedersehen.«

Er verlässt fast fluchtartig den Raum und wenn ich es gekonnt hätte, hätte ich sicher Mitleid mit ihm gehabt.

Ich kann nicht sagen, wie lange ich aus dem Fenster starre, ohne etwas wahrzunehmen. Eine Stunde? Zwei? Ich weiß es nicht, in mir ist nur Dunkelheit. Eine wortlose Leere, als hätte zähflüssiger Teer alle Empfindungen unter sich begraben, außer dieser unfassbaren Trauer. Irgendwann kommt Doro, meine Frau, herein. Sie hat einen kleinen Koffer und einen Stapel Zeitschriften dabei, die sie auf meinen Nachttisch legt, bevor sie sich über mich beugt, und mich auf die Stirn küsst. Ich muss all meine Kraft aufbringen, um nicht entsetzt den Kopf zur Seite zu drehen. Wie kann sie mich küssen, wo sich doch jede Faser meines Körpers nach einer anderen Frau sehnt?

Ich zwinge mich zu einem Lächeln, schaue sie an und sehe, dass sie geweint hat. Natürlich hat sie geweint, schließlich ist nicht nur meine große Liebe, meine Seelenverwandte gestorben, sondern auch ich, der Mann, mit dem sie immer noch verheiratet ist. Ich sehe ihren Schmerz, aber er berührt mich nicht, im Gegenteil. Ich kann mir nicht vorstellen, dass irgendein Mensch auf dieser Welt zu einer solchen Trauer fähig ist, wie ich sie empfinde. Nach all den Jahren immer noch empfinde. Niemand hat je so tief und allumfassend geliebt, eine Seele so berührt wie ich.

»Hörst du mir zu, Alex?«

Doros Stimme klingt dringlich, eine Mischung aus Ungeduld und dem Versuch, sich nichts anmerken zu lassen.

»Nein«, entschuldige ich mich, »ich war mit meinen Gedanken ganz woanders. Was hast du gesagt?«

»Ich habe dich gefragt, warum? Warum hast du das getan, warum hast du mir das angetan? Ich grüble und grüble, aber ich verstehe es einfach nicht. Es ist doch schon so lange her. Kannst du mir nicht wenigstens eine Antwort geben?«

Ich starre sie an und verstehe nicht, wie sie so naiv sein kann, so blind für das Offensichtliche.

»Sie ist tot«, ist alles, was ich sagen kann, bevor mich ein neuer Tränenstrom zum Schweigen bringt.

»Das weiß ich selbst, und es ist schrecklich. Aber es ist jetzt sechs Jahre her und am Ende war es eine Erleichterung für sie. Du weißt genau, dass sie in ihren letzten Wochen durch die Hölle gegangen ist, sie hat so unglaublich gelitten.«

Ich will schreien, sie anschreien, ihr verbieten, auch nur über Hannah zu reden. So zu tun, als hätte sie auch nur die geringste Ahnung, was gut oder schlecht für sie gewesen wäre, aber ich schweige. Denn für das, was Hannah und mich verbunden hat, finde ich sowieso keine Worte, und selbst wenn, hätte Doro mich nur verständnislos angesehen. Sie ist eher der praktische, robuste Typ, große Gefühle sind nicht ihr Ding. Sie hat Humor und liebt das Leben, Probleme sind dazu da, sie zu lösen, nicht um darüber zu philosophieren. Wir sind so unterschiedlich, wie zwei Menschen nur sein können, und trotzdem habe ich mich einmal in sie verliebt. Oder vielleicht gerade deshalb?

ZWEI
DORO

Es war an einem Freitagabend im August, als ich sie zum ersten Mal sah. Ein Kollege hatte mich zu einer Vernissage geschleppt, obwohl moderne Malerei eigentlich nicht mein Ding ist. Ich liebe die alten Meister, Van Gogh, Rembrandt, Breughel. Das Gekleckse von heute, kann für mein Gefühl auch ein Schimpanse malen … vielleicht sogar besser. Wahrscheinlich wäre ich also nach 10 Minuten wieder verschwunden, aber dann sah ich eine Frau vor einem riesigen Gemälde stehen. Bestimmt 3 x 3 Meter groß und in der Mitte eine Acht. Das war alles, sonst nichts. Sie betrachtete es mit einem so verzückten Gesichtsausdruck, dass ich wie gebannt stehen blieb und sie beobachtete. Über ihre Schulter hinweg fiel mein Blick auf das Preisschild unten rechts und ich stieß einen erstaunten Laut aus. 12.000 Euro für ein paar Meter Leinwand und eine Acht? Wem war das so viel Geld wert und wer hatte sich so etwas Perfides ausgedacht?

»Was gibt's da zu lachen?«

Ich zuckte zusammen, als ich ihre Stimme hörte, hatte mich aber schnell wieder im Griff.

»Entschuldigung, ich habe mich nur gefragt, wer zum Teufel bereit ist, 12.000 Euro für so einen Mist zu bezahlen?«

»Das erzähle ich Ihnen gerne am Ende des Abends, wenn es bestimmt jemand getan hat«, antwortete sie ohne ein Lächeln und ließ mich stehen.

»Na, schon wieder mit beiden Füßen ins Fettnäpfchen getreten?«

Mein Kollege war wieder aufgetaucht und hatte unseren kurzen Wortwechsel mitbekommen.

»Warum? War die Frage nicht berechtigt? Schau dir das an, eine schwarze Acht und dann 12.000 €, dafür muss ich lange arbeiten.«

»Das ist keine acht, du Kunstbanause, das ist das Unendlichkeitszeichen.«

»Das weiß ich auch, aber macht es das besser? Das Bild wertvoller? Es ist immer noch viel leere Leinwand und ein bisschen schwarze Farbe.«

Er sah mich eine Weile kopfschüttelnd an, bevor er schließlich sagte: »Dann sind Miros Bilder für dich wohl auch nur bunte Kreise und Picassos Strichmännchen?«

»Miro ist tatsächlich nicht so mein Ding und Picasso, na ja, wenn mir jemand einen schenken würde ... okay, aber kaufen würde ich mir keinen.«

»Das wäre bei deinem Gehalt auch schwierig«, grinste er und nippte an seinem Champagner.

»Das auch, aber selbst, wenn ich genug Geld hätte, nein, ehrlich gesagt, dann lieber einen Rembrandt oder die wunderbaren Bilder von van Gogh. Egal, jedenfalls ein Bild, auf dem ich erkennen kann, was es sein soll und nicht so einen Quatsch wie das hier.« Ich machte eine Kopfbewegung in Richtung der Acht. »Meiner Meinung nach ist so etwas eine Beleidigung für die Malerei, für die

Kunst überhaupt. Außerdem halte ich es für eine Frechheit gegenüber den potenziellen Käufern. Die alten Meister würden sich im Grabe umdrehen, wenn sie das sehen könnten.«

»Lassen Sie das bitte nicht Vanessa hören, die wäre sicher sehr beleidigt, außerdem hat van Gogh in seinem ganzen Leben nur zwei Bilder verkauft. Teuer und berühmt wurde er erst lange nach seinem Tod.«

Verwundert sah ich die junge Frau an, die sich zu uns gesellt hatte und mich ironisch musterte. Sie war etwa dreißig Jahre alt, sehr groß, sehr schlank, das gut geschnittene Gesicht mit den hohen Wangenknochen umrahmt von dunklem, fast schwarzem Haar. Tizian hätte seine helle Freude an ihr gehabt. Was mich aber vom ersten Augenblick an faszinierte, waren ihre Augen. Liz Taylor – Augen nannte ich sie später oft, auch wenn sie das nicht mochte. So intensiv blau, dass sie fast violett wirkten.

»Haben Sie jetzt genug gesehen?«

Ich riss mich zusammen, als mir klar wurde, dass ich sie schon eine ganze Weile angestarrt haben musste.

»Entschuldigung, ich wollte nur, ich meine, ich wollte nur sagen, dass Sie faszinierend schöne Augen haben«, stammelte ich wie ein Idiot und bekam sofort die Quittung dafür. Sie verzog verärgert den Mund und sagte knapp und abweisend: »Ein wenig originelles Kompliment. Keine Ahnung von moderner Kunst, aber zu allem eine abfällige Bemerkung machen. Genau solche Männer kann ich auf den Tod nicht ausstehen. Einen schönen Abend noch«.

»Treffer und unrettbar versenkt«, lachte mein Kollege, während ich der Frau mit offenem Mund nachstarrte.

»Wer war das?«, fragte ich schließlich verblüfft, doch er zuckte die Schultern.

»Weiß ich nicht, aber die, die du vorhin geschockt hast, das war die Künstlerin höchstpersönlich. In der Kunstszene übrigens hoch angesehen. Also, lass uns gehen, du hast für einen Abend genug dummes Zeug geredet.«

Ich verdrehte zwar genervt die Augen, folgte ihm aber zum Ausgang. Mir ging aber die Frau mit den tollen Augen nicht aus dem Kopf. Ich sagte mir zwar, dass ich nicht den Hauch einer Chance hatte, bei ihr zu landen, wollte aber nichts unversucht lassen.

»Hör mal«, sagte ich daher entschlossen zu meinem Kumpel, »ich kann jetzt nicht gehen, diese Frau da eben ...«

Er blieb stehen, tippte sich mit dem Zeigefinger gegen die Stirn und sagte lapidar: »Du spinnst doch komplett. Die guckt dich mit dem Arsch nicht mehr an, darauf gehe ich jede Wette ein. Aber bitte, tu, was du nicht lassen kannst, manche Leute bitten eben geradezu um eine Abfuhr.«

Ich wette eigentlich nie, schon gar nicht auf Frauen, aber an diesem Abend machte ich eine Ausnahme. »Okay, mein Freund, um was wetten wir? Ein Abendessen beim angesagtesten Italiener der Stadt? Du zahlst, wenn sie am Ende des Abends einen Drink mit mir nimmt. Ich weiß schon jetzt, was ich auf deine Kosten essen ... und vor allen Dingen trinken werde«, tat ich überzeugter als ich war. Er klopfte mir denn auch nur schweigend auf die Schulter, grinste und ließ mich stehen.

Ich erinnere mich nicht, wie ich es schaffte, mit ihr in ein Gespräch zu kommen, wahrscheinlich habe ich all meinen Charme eingesetzt und mich entschuldigt, auf alle Fälle willigte sie schließlich ein, mit mir im Anschluss an die Vernissage noch etwas trinken zu gehen. Wir diskutierten über Malerei im Laufe der Jahrhunderte, die parallele Entwicklung in der Musik und der Poesie. Nicht für eine Sekunde kam Langeweile auf oder dieses unangenehme Gefühl der Verlegenheit, wenn man nicht weiß, was man sagen soll. Selbst wenn wir beide für einen Moment schwiegen, taten wir es im Einklang miteinander. Natürlich verging die Zeit viel zu schnell, denn nach einem Blick auf ihre Uhr, seufzte sie und sagte bedauernd: »Es tut mir wirklich leid, aber ich muss jetzt gehen. Vielleicht können wir unsere Diskussion ein andermal fortsetzen?«

Ich weiß genau, dass ich nicht versucht habe, sie zum Bleiben zu bewegen, nicht versucht habe, sie zu küssen, geschweige denn, sie in mein Bett zu kriegen. Daran lag mir nichts, nicht zu diesem frühen Zeitpunkt. Ich sagte, ich würde mich freuen, sie wiederzusehen, sie lächelte, gab mir ihre Handynummer und ging.

Woran ich mich noch gut erinnere, ist, dass der Wirt ihr nachsah und fragte: »Was stimmt mit dir nicht? Bist du schwul, oder was?«

Das ist jetzt zwölf Jahre her, elf davon sind wir verheiratet und haben einen Sohn, Max, er ist neun. Ich kann nicht sagen, dass ich in dieser Zeit unglücklich war, jedenfalls war es mir nicht bewusst. Aber dass das, was mich mit Doro verband, bestenfalls Sympathie und Freundschaft war, aber nichts mit Liebe zu tun hatte, das begriff ich erst, als ihre Schwester zu Besuch kam. Hannah lebte in Brasilien und kam nur äußerst selten nach Deutschland. Zu unserer Hochzeit war sie nicht gekommen, und zur Geburt von Max hatte sie lediglich angerufen, um zu gratulieren. Ich hatte mich nicht einmal besonders gefreut, als Doro Hannahs Besuch ankündigte. Ich sah nur eine vierwöchige Störung unseres gewohnten Tagesablaufs auf mich zukommen, und das allein war mir schon zuwider. Tun konnte ich allerdings nichts, schließlich war sie die einzige Schwester meiner Frau, auch, wenn die beiden sich nicht wirklich nahestanden. Doro bat mich dann, Hannah vom Flughafen abzuholen, während sie ein besonderes Willkommensessen vorbereitete.

»Rinderrouladen mit Rotkohl und Kartoffelpüree, danach war sie schon als Kind total verrückt. Sie wird sich bestimmt darüber freuen.«

DREI
HANNAH

Natürlich hatte ich Fotos von Hannah gesehen und war mir daher sicher, dass ich sie ohne Probleme erkennen würde. Wenn nicht … wir hatten ja unsere Handys. Erst als sich der Strom der Passagiere deutlich lichtete und ich immer noch niemanden entdeckte, der auch nur annähernd wie Hannah aussah, wurde ich unruhig. Vielleicht hatte sie den Flieger verpasst, den Anschlussflug? Ich schaute noch einmal genau auf die wenigen Menschen, die in meiner Nähe standen und sah nur eine einzige Frau, die anscheinend allein war. Ich verglich sie mit dem Bild, das ich von Hannah im Kopf hatte und war sicher, dass sie das nicht sein konnte. Ich zückte also mein Handy und wählte die Nummer, die Doro mir gegeben hatte. Als ich das erste Klingeln hörte, sah ich, wie die Frau nach ihrem Handy griff. Das musste ein Zufall sein, das war nicht Hannah, nie und nimmer. Im selben Moment drang eine Stimme an mein Ohr, ein leises ›Hallo‹ und gleichzeitig trafen sich unsere Blicke. Ihr Gesicht hellte sich auf, sie verzog den schönen Mund zu einem Lächeln und rief: »Alex? Bist du Alex Osthoff?« Ich konnte nur nicken, zu mehr war ich vor lauter Verblüffung nicht fähig.

Auch wenn Doro keineswegs unattraktiv war, ganz im Gegenteil, sie zog viele Blicke auf sich, wenn wir zusammen ausgingen, war sie gegen diese Frau fast unscheinbar. Bei näherem Hinsehen stellte ich jedoch fest, dass es durchaus Gemeinsamkeiten gab. Beide hatten schwarze Haare, aber während Doro ihre immer kurz trug, wallten Hannahs wie eine Mähne um ihre Schultern. Auch ihre Gesichtszüge waren ähnlich, fein geschnitten mit hohen Wangenknochen. Aber die Augen waren anders, Hannah hatte keine Liz Taylor – Augen, sie waren nicht blau, schon gar nicht violett, sie waren irgendwas zwischen grau und grün, mit dunklen Tupfen auf der Iris.

»Ist mein Mascara verwischt, oder warum guckst du so?«

Ich zuckte zusammen und versuchte, das komische Gefühl abzuschütteln, das mich in ihrer Gegenwart überkam.

»Nein«, lachte ich, »nein, mit deinem Mascara ist alles in Ordnung, ich war nur verblüfft, dass du keine blauen Augen hast, so wie Doro. Ich dachte immer, Geschwister …«

»Müssten immer die gleiche Augenfarbe haben?«, fragte sie amüsiert. »Nur, wenn sie eineiige Zwillinge sind, sonst nicht. Als wir Kinder waren, habe ich Doro immer um ihre schönen blauen Augen beneidet, daran erinnere ich mich gut. Mittlerweile gefallen mir aber meine auch ganz gut, was meinst du?«

»Was ich meine? Oh, doch, deine sind auch sehr schön, nur eben anders«, sagte ich lahm.

Ich kam mir wie ein Idiot vor, daran erinnere ich mich noch heute. Ich geriet wie ein Pennäler ins Stottern und fühlte mich unbeholfen. Sie schien das zu amüsieren, auf alle Fälle lächelte sie still vor sich hin, während ich den Gepäckwagen Richtung Parkhaus schob.

Im Auto machten wir Smalltalk, das Wetter, die Hitze bei ihr, der viele Regen bei uns, blablabla. Keiner stellte eine persönliche Frage, auch sahen wir uns nicht an. Es war von Anfang an etwas zwischen uns, das uns faszinierte, aber auch befangen machte, verunsicherte. Natürlich sprachen wir später oft über diese erste Begegnung und dann beteuerte jeder, sofort gespürt zu haben, dass wir füreinander bestimmt waren.

So fuhren wir die wenigen Kilometer nach Hause und Hannah riss die Tür auf, als ich den Wagen in die Garage fuhr. Die beiden Frauen umarmten sich zwar, küssten sich auf die Wangen, lächelten sich an, aber ich spürte eine deutliche Befangenheit, die ich mir nicht erklären konnte. Erst damals fiel mir auf, wie selten Doro ihre Schwester erwähnt hatte, wie wenig ich über sie wusste. Ich nahm mir vor, sie später zu fragen, was da zwischen ihnen vorgefallen war. Dann musste ich erst einmal die Koffer reinschleppen, während Doro Hannah ihr Zimmer zeigte. Max war noch im Kindergarten, den würde sie erst später kennenlernen.

Den ersten Misston gab es beim Mittagessen, als Doro die Schüsseln aus der Küche hereinbrachte.

»Willst du raten, was ich gekocht habe?«, fragte sie und lachte ihre Schwester an.

»Keine Ahnung, aber ich glaube, ich habe Rotkohl gerochen, stimmt's?«

»Genau! Es gibt natürlich dein Lieblingsessen: Rotkohl, Rouladen und Kartoffelpüree. Tada!« Während Doro schwungvoll die Deckel abnahm, beobachtete ich Hannah, die erschrocken, fast angewidert aussah.

»Oh«, sagte sie dann leise, »das konntest du natürlich nicht wissen, aber ich bin seit vielen Jahren Veganerin, tut mir sehr leid, dass du dir umsonst so viel Mühe gemacht hast.«

»Veganerin? Lieber Himmel, nein, das wusste ich tatsächlich nicht. Dann isst du vermutlich weder Rotkohl, da ist ja Schmalz drin, noch Püree wegen der Milch und der Butter? Dann haben wir jetzt ein Problem.«

»Nein, nein, haben wir nicht«, wehrte Hannah schnell ab. Ich bin sowieso nicht hungrig, ich habe im Flugzeug etwas gegessen, aber ein Glas Wein trinke ich gerne mit euch.

Ich warf Doro einen schnellen Blick zu und konnte ihre Enttäuschung förmlich riechen, aber sie blieb souverän, nickte und setzte sich. Während des Essens betonte ich mehrfach, wie gut alles schmeckte, während wir uns gleichzeitig darüber unterhielten, wann und warum Hannah Veganerin geworden war.

»Ich bin da keineswegs militant, jeder soll essen, was er mag, auch bei mir ging die Umstellung nicht über Nacht vonstatten. Erst habe ich nur aufgehört, Fleisch oder Wurst zu essen, das ist mir nicht schwergefallen und dann, so nach und nach ... na ja, in Brasilien gibt es unglaublich viel leckeres Obst und Gemüse. Irgendwann kann man sich dann gar nichts anderes mehr vorstellen, als sich so zu ernähren. Es geht mir auch sehr viel besser als früher, ich habe fast 15 Kilo abgenommen und meine Cholesterinwerte sind großartig. Esst ihr viel Fleisch?«

Ich betrachtete das große Stück Rinderroulade auf meiner Gabel und sagte lachend: »Nur wenn wir Veganer zu Gast haben.«

VIER
DIE KLINIK

»Und wie soll das jetzt mit uns weitergehen, kannst du mir das sagen?«

Ich komme von sehr weit her zurück in das Krankenzimmer, in dem ich liege und gucke meine Frau an. Ich habe noch immer das Bild vor Augen, wie Hannah dort am Tisch sitzt und mich anlacht. Sechs Jahre ist das her, Jahre vollgepackt mit den großen menschlichen Gefühlen, Liebe, Schmerz und unendlicher Trauer.

»Sag du's mir. Kannst du noch weitermachen, hast du noch die Kraft, mich zu ertragen? Ich würde es verdammt gut verstehen, wenn du die Schnauze voll hättest, genug von mir und meinen Depressionen, meiner Lust- und Antriebslosigkeit, meinen Launen ... und von dem hier.« Ich mache eine weit ausholende Geste, die das ganze Krankenzimmer umfasst.

»Ja«, sagt sie und atmet heftig aus. »Das war wirklich die Krönung der letzten Jahre, und das nehme ich dir verdammt übel. Dich einfach so davonzuschleichen, mich mit all diesen Fragen zurückzulassen, Max den Vater zu nehmen, wie konntest du nur?«

»Ich konnte nicht anders, nur noch das«, antworte ich leise, weil mir sonst nichts einfällt. »Unsinn, man kann immer, man muss es nur wollen, aber du willst eben nicht, und genau das ist dein Problem. Du vergräbst dich seit Jahren in dieser Trauer, hältst mit einer, geradezu morbiden Freude an ihr fest. Alle Hilfsangebote lehnst du ab, das ist nicht mehr normal. Weißt du, ich habe ihr diesen Tod wirklich nicht gewünscht, na ja, am Anfang vielleicht schon irgendwie, aber als sie dann so krank war, nicht mehr. Schließlich war sie meine Schwester, und ich kannte sie länger als du, viel länger. Ja, ich weiß, du bildest dir ein, in ihr deine Seelenverwandte gefunden zu haben, das hast du mir oft genug erzählt, ich kann es nicht mehr hören. Das benutzt du ohnehin nur als Ausrede, um dich weiter vor dem Leben verstecken zu können. Nein, mein Lieber, ich kannte meine Schwester besser als du, und weiß, was sie wirklich war.«

»Bist du jetzt fertig, ich bin müde und möchte schlafen. Vielleicht können wir später weiterreden ...«

»Um ein Haar hätten wir über gar nichts mehr reden können, um ein Haar wärst du nämlich gestorben. Mein Gott, Alex, du hast fast 30 Diazepam geschluckt. Das passiert nicht aus Versehen, das hast du mit voller Absicht getan, du wolltest dich umbringen. Hätte ich nicht noch einmal mit dir reden wollen und dich daher gefunden ...«

Ihre Stimme bricht ab, und sie beginnt heftig zu weinen. Ich weiß nicht, was ich zu meiner Verteidigung sagen soll, es stimmt, was sie mir vorwirft.

»Bitte, ich bin wirklich müde, lass uns ein anderes Mal weiterreden ...«

Suizid

. . .

Das Drama hatte schon kurz nach dem Abendessen begonnen. Ein Elternabend stand an, zu dem ich angeblich unbedingt kommen sollte. Max hatte irgendwelche Probleme und sein Klassenlehrer wollte mit uns darüber reden. Aber ich hatte nicht die geringste Lust, ich hatte selbst genug Probleme. Außerdem sah ich nicht ein, warum Doro das nicht alleine regeln konnte. Das sagte ich ihr auch, und sie reagierte fast hysterisch. Sie warf mir vor, ich würde mich aus der Verantwortung stehlen, unser Sohn sei mir scheißegal und überhaupt habe sie es satt, dass immer alles an ihr hängen bliebe. Als ich nicht reagierte, kündigte sie an, am nächsten Tag ihre Sachen zu packen und mich zu verlassen. Selbstverständlich würde sie Max mitnehmen, dann könnte ich an meinem Selbstmitleid ersticken.

Es war natürlich nicht das erste Mal, dass sie solche Drohungen ausstieß, und so nahm ich es nicht besonders ernst. Seufzend verdrehte ich genervt die Augen und ging in mein Zimmer. Ich setzte mich ans Fenster und starrte hinaus, nicht ohne mir vorher einen doppelten Scotch eingeschenkt zu haben. Mir war bewusst, dass ich zu viel trank, und es war mir peinlich. Alkoholiker waren in meinen Augen Schwächlinge, die ihr Leben nicht im Griff hatten, und zu denen gehörte ich natürlich nicht. Ich trank vielleicht ein bisschen viel, aber ich konnte jederzeit damit aufhören, wenn ich wollte. Im Moment wollte ich das nicht, ich fühlte mich nicht gut, und der Scotch half mir, wenigstens ein paar Stunden zu schlafen, bevor das Gedankenkarussell wieder anfing, sich zu drehen. Immer wieder die gleichen, völlig sinnlosen Gedanken, die mich quälten, und obwohl ich wusste, dass es keine Antwort, keinen Ausweg gab, hörten sie nicht auf. Stundenlang grübelte ich darüber nach, wie ich Hannah hätte retten können. Vielleicht, wenn ich sie früher oder vehementer überredet hätte, zu einem Arzt zu gehen, zu einem anderen Spezialisten, sie gezwungen hätte, diese Therapie in Amerika auszuprobieren? Hatte ich sie überfordert, zu viel oder zu wenig verlangt? Tagsüber wusste ich, dass das alles zu nichts führte, dass mir keine Antwort Hannah zurückbringen konnte, aber nachts schien es mir lebenswichtig zu sein, eine Antwort zu finden. Inzwischen war ich so weit, dass ich Angst hatte, überhaupt ins Bett zu gehen.

Ich hörte, wie Doro Max ins Bett brachte, ihm eine Geschichte vorlas, fühlte mich aber nicht in der Lage, aufzustehen, und die wenigen Meter ins Zimmer meines Sohnes zu gehen. Ich redete mir ein, dass es besser wäre, meiner Frau für diesen Abend aus dem Weg zu gehen. Mein Sohn würde mich sicherlich nicht vermissen. Eine Stunde später hörte ich die Haustür ins Schloss fallen und dann Max nach mir rufen. Ich wollte aufstehen, war aber bereits so betrunken, dass ich mich nicht auf den Beinen halten konnte und wieder zurückfiel. Ich musste kurz eingeschlafen sein, und als ich wieder aufwachte, war Max ruhig. Immerhin war ich wieder so weit klar, dass ich mich für den Vater, der ich war, furchtbar schämte, und das war so unerträglich, dass ich schnell wieder nach der Scotchflasche griff und mir das Glas vollgoss. Ich weiß nicht genau, wann mir die Idee mit den Tabletten kam, ich weiß nur, dass ich lange Zeit auf die zwei Schachteln gestarrt habe. Es war kein bewusster Entschluss, mir das Leben zu nehmen, eher der betrunkene Versuch, meinen Gefühlen zu entkommen. Ich fing mit zweien an, spülte sie mit einem großen Schluck Whisky runter, und als ich keine Wirkung spürte, machte ich einfach weiter. Das Nächste, woran ich mich erinnere, ist, dass ich heute Morgen, festgebunden auf einer Liege, aufgewacht bin.

FÜNF
DIE KLINIK

»Ich wollte das doch eigentlich gar nicht«, sage ich leise, aber Doro schüttelt unwillig den Kopf.

»Ob du das wolltest oder nicht, für mich wäre das Ergebnis das Gleiche geblieben und für deinen Sohn auch. Alex, du musst es doch jetzt endlich einsehen, dass es so nicht weitergehen kann. Du brauchst Hilfe, professionelle Hilfe. Warum betrachtest du das, was passiert ist, nicht als Chance, etwas zu ändern, dein Leben wieder unter Kontrolle zu bekommen?«

Ich komme nicht dazu, abzuwehren, zu erklären, dass ich keine Hilfe brauche, es klopft laut, gleich darauf öffnet sich die Tür und ein älterer Mann mit wirren, grauen Haaren stürmt herein.

»Ah, wie schön, die Gattin ist gekommen, da geht es Ihnen sicher gleich besser, Herr Osthoff, oder hat sie Ihnen etwa gründlich den Kopf gewaschen? Ich könnte ihr das nicht verübeln, so eine Dummheit, ein junger, gesunder Mann wie Sie ... Na, wir haben es zum Glück geschafft, Sie wieder ins Leben zurückzuholen. Das gelingt uns leider nicht immer, wenn jemand eine so große Menge Tabletten geschluckt hat, verlieren wir den Kampf manchmal. Ihr Schutzengel war wirklich auf Zack, dem schulden Sie jetzt aber was. Ich würde sagen, Sie bleiben vorerst mal eine Woche bei uns im Haus, erholen sich, führen ein paar Gespräche mit unseren Therapeuten und bringen Ordnung in das Gefühlschaos. Was halten Sie davon?«

»Gar nichts, absolut gar nichts«, antworte ich schnell. »Ich hatte keineswegs die Absicht, mich umzubringen, vermutlich hatte ich ein bisschen viel getrunken und dann führte irgendwie eins zum anderen. Kommt nicht wieder vor.«

»Sehen Sie«, stimmt er mir begeistert zu, »das ist genau das, was ich auch möchte, dass so etwas nicht wieder vorkommt. Nicht absichtlich und nicht, weil mal wieder eins zum anderen kam. Also, zuerst mal eine Woche, dann sehen wir weiter.«

»Was? Sie können mich doch nicht zu etwas zwingen, was ich nicht will. Das ist Freiheitsberaubung, ich werde Sie verklagen, wer sind Sie eigentlich?«

»Ach, du lieber Himmel, habe ich mal wieder vergessen, mich vorzustellen? Das passiert mir leider oft, ich bitte um Entschuldigung. Also, mein Name ist Seifert, Dr. Matthias Seifert, ich bin hier der Chefarzt. Dabei wollte ich als Kind immer zur Feuerwehr, können Sie sich das vorstellen? Na ja, irgendwie lösche ich hier ja auch Brände, nicht wahr?«

Er lacht herzlich über seinen blöden Witz und ich erinnere mich daran, dass man über Psychiater sagt, sie seien verrückter als ihre Patienten.

»Schön für Sie, Dr. Seifert, trotzdem bleibe ich nicht hier, ich will sofort nach Hause.«

»Ich verstehe das, Herr Osthoff, Sie sind verärgert, noch nicht bereit, zu kooperieren. Das liegt an den vielen Tabletten, dem Alkohol, aber Sie werden sehen, in ein, zwei

Tagen sehen Sie das bestimmt anders. Ihre Frau hat ja auch schon zugestimmt, weil sie weiß, dass wir Ihnen nur helfen wollen.«

»Doro?!!« Ich starre meine Frau fassungslos an, aber die strafft die Schultern und sagt: »Guck nur nicht so, es ist das einzig Richtige. Du bist nicht mehr Herr deiner Sinne und so eine Nacht möchte ich nicht noch einmal erleben.«

»Dann hau doch ab, nimm unseren Sohn mit und verschwinde. Ich brauche dich nicht, ich brauche niemanden, ich komme gut allein klar.«

»Ja, Herr Osthoff, ich glaube Ihnen, dass Sie das glauben, aber das stimmt eben nicht. Sie kommen momentan eben nicht allein klar und darum wollen wir Ihnen helfen. In einer Woche sehen wir weiter. Ich kann Ihnen aus meiner langjährigen Erfahrung heraus sagen, wenn Sie sich nicht verweigern, sondern mitarbeiten, wird es Ihnen bald wieder besser gehen. Im Augenblick sind Sie allerdings eine Gefahr für sich selbst und das gibt mir das Recht, Sie erst einmal hier bei uns zu behalten.«

»Das ist reine Schikane, sonst nichts, aber gut, ich beuge mich der Gewalt. Was wollen Sie machen, mich ans Bett fesseln, mir Elektroschocks geben?«

Er lacht wieder, laut und fröhlich, und sagt jovial: »Aber, aber, mein lieber Herr Osthoff, wir leben doch im 21. Jahrhundert und nicht im 19. Ich werde nichts von alledem tun, wir sorgen nur dafür, dass Ihr Körper das Gift ausscheidet, und später kommt einer unserer Therapeuten und unterhält sich ein wenig mit Ihnen, das ist alles. Sie werden sehen, bald gefällt es Ihnen hier so gut, dass Sie uns gar nicht mehr verlassen wollen. Nachher kommt eine Krankenschwester und erklärt Ihnen, was hier im Haus passiert. So, und jetzt sollten Sie noch ein bisschen schlafen, Ihr Organismus ist gerade sehr gestresst durch die vielen

Giftstoffe, die er loswerden muss. Das Beste, was Sie tun können, ist, viel Wasser zu trinken und viel zu schlafen.«

»Was sage ich meinem Arbeitgeber, der will doch einen Krankenschein?«

»Wir kümmern uns darum, Herr Osthoff, keine Sorge. Natürlich wird niemand den Grund erfahren, warum Sie bei uns sind, das machen wir ganz diskret.«

»Ach ja? Ich dachte, Sie schicken vielleicht ein Rundschreiben an meine Firma«, sage ich sarkastisch, »damit alle erfahren, dass ich mir angeblich das Leben nehmen wollte. Dann hätten die jedenfalls was zu lachen, denn niemand würde das glauben.«

Wieder lächelt er milde, tätschelt meine Hand und geht.

»Alex, bitte! Ich bin überzeugt, dass man dir hier helfen kann, sonst hätte ich das nie unterschrieben.«

Doros Stimme klingt flehend, aber ich werde ihr diesen Verrat nicht verzeihen, niemals. Wie konnte sie mir das antun? Mich hier einsperren, wo sie doch genau weiß, wie sehr ich Krankenhäuser hasse, psychiatrische ganz besonders. Nein, sie soll verschwinden, ich will sie nicht mehr sehen. Wütend werfe ich mich auf die Seite und drehe ihr den Rücken zu. Leider nimmt mein Gehirn diese abrupte Bewegung übel und reagiert mit heftigem Brechreiz. Ich würge, bis mir die Tränen über das Gesicht laufen, und fühle mich wie eine zu lange gekochte Makkaroni. Nicht einmal diese Peinlichkeit bleibt mir erspart. Wieder weine ich, diesmal vor Scham und Wut. Erschöpft lasse ich mich zurücksinken, drehe nur den Kopf weg. Doro soll mich nicht so sehen, das ertrage ich nicht, dabei hat es mir überhaupt nichts ausgemacht, Hannah anzuschauen, wenn sie sich übergeben musste. Das passierte am Ende sehr oft und war für ihren geschwächten

Körper anstrengend und sehr schmerzhaft. Ich hielt sie dann in meinen Armen, strich ihr die schönen Haare aus dem Gesicht und wartete, bis so ein Anfall vorbei war. Da war nichts Peinliches, nichts Ekelhaftes, wir waren zusammen, das allein zählte. Diesmal ist es anders, ich will allein sein, wünsche mir, dass Doro endlich verschwindet. Sie scheint das zu spüren, sagt nur: »Ich komme wieder, wenn es dir besser geht«, dann ist sie weg und ich bin endlich allein. Allein mit mir und meinen Gedanken. Hannah wollte nie allein sein, keine Minute, sie liebte meine Nähe, bis zu ihrem letzten Atemzug.

SECHS
DORO

Nicht so Doro. Sie war von Anfang an auf ihre Unabhängigkeit bedacht. Zu viel Nähe empfand sie als beengend und hielt sie nie lange aus. Für sie war es selbstverständlich, allein zu Veranstaltungen, Partys oder ins Kino zu gehen, sie fand es komisch, wenn ich sie fragte, ob ich mitkommen dürfe. Natürlich verbrachten wir auch Zeit miteinander, gingen in Museen, machten Ausflüge in die Umgebung oder blieben an verregneten Wochenenden im Bett. Wir hatten tollen Sex, da gab es nichts auszusetzen, aber auch da war sie immer diejenige, die aufstand, entweder um aufs Klo zu gehen oder um etwas zu trinken zu holen. Zu viel Nähe machte sie nervös. Auch in der Öffentlichkeit mochte sie es nicht, wenn ich sie berührte oder gar küsste, das fand sie unangenehm.

»Wir sind keine Teenager mehr, Alex. Wir haben beide ein Zuhause, ein Zimmer, in das wir uns jederzeit zurückziehen können, also sei so lieb und lass es sein«.

Als sie mir das zum ersten Mal sagte, waren wir gerade eine Woche zusammen und hatten erst zwei oder drei Mal miteinander geschlafen. Ich war etwas irritiert, tolerierte es aber, denn sobald wir in einem unserer Schlafzimmer waren, fielen diese Hemmungen sofort und sehr gründlich von ihr ab.

»Ich finde, es muss nicht jeder sehen, dass wir miteinander schlafen. Für mich ist Sex etwas sehr Privates, etwas zwischen dir und mir. Das geht andere einfach nichts an, ich will nicht, dass sie uns beim Küssen zusehen und dann darüber spekulieren, was wir wann, wie, wo und wie oft machen. Aber das hat nichts mit meinen Gefühlen für dich zu tun, das musst du mir glauben«.

Natürlich glaubte ich ihr und gewöhnte mich daran, sie in der Öffentlichkeit wie eine gute Freundin zu behandeln. Und das machte mich wahnsinnig an, und wir fielen übereinander her, sobald wir allein waren. Dass unsere Beziehung von Dauer sein würde, stand übrigens nie zur Debatte, darüber mussten wir gar nicht reden. Das wusste ich schon am ersten Abend nach der Vernissage, als sie mir ihre Nummer gegeben hatte, und auch sie zögerte nicht, sich wieder mit mir zu treffen. Gleich beim zweiten Date nahm sie mich mit in ihre Wohnung und wir schliefen miteinander. Ein knappes Jahr später schlug sie vor, bei mir einzuziehen und ihre Wohnung aufzugeben.

»Was hältst du davon, wenn ich bei dir einziehe, Alex? Deine Wohnung ist größer als meine und liegt zentraler. Ich kündige meine und wir teilen uns deine Miete«.

»Dann könnten wir doch heiraten, oder?« Das schien mir die logische Konsequenz zu sein. »Wir sind seit einem Jahr zusammen, haben das richtige Alter, wollen zusammenziehen ...«

Sie zögerte, fiel mir keineswegs um den Hals wie die Frauen in jedem zweitklassigen Hollywoodfilm, aber schließlich nickte sie.

»Okay, wenn du auf diese konventionellen Sachen

stehst, warum nicht. Lass uns heiraten, aber ich will auf keinen Fall in eine Kirche, ich mag dieses verlogene Getue nicht. Außerdem sehen alle Bräute in diesen weißen Wallekleidern schrecklich aus. Wie die Sahnetörtchen. Nee, komm, wir gehen zum Standesamt, trinken mit der Familie Kaffee und das war's.«

Nach langen und zähen Diskussionen einigten wir uns schließlich auf einen Tisch für die Familie und ein paar gute Freunde beim Italiener.

Meine Eltern waren sauer, weil wir nur standesamtlich geheiratet hatten, ihren war es zum Glück egal. Sie hielten von der Kirche genauso wenig wie ihre Tochter und ich. Hannah hat telefonisch gratuliert, war aber nicht dabei. Alles in allem war es trotzdem ein schöner Tag ohne unangenehme Zwischenfälle. Wir haben viel länger gefeiert, als wir geplant hatten, und deshalb ist unsere Hochzeitsnacht ausgefallen. Wir waren so müde, dass wir uns nur noch eine gute Nacht wünschen konnten und sofort einschliefen.

Am nächsten Morgen wartete ich auf ein Gefühl der Veränderung, aber da war nichts, gar nichts. Nicht einmal einen Ring trug ich, denn Doro empfand ihn nicht als Symbol der Liebe, sondern als Fessel.

»Ich brauche so etwas nicht, um mich mit dir verbunden zu fühlen«, hatte sie mir erklärt. »Wer fremdgehen will, der lässt sich auch von einem Ring nicht abhalten, der steckt ihn sich in die Tasche. Nein, das Geld, das so ein altmodisches Ritual kosten würde, sollten wir lieber in einen Urlaub stecken.

»Lass uns nach Rom fahren, ich wollte schon lange die Pieta sehen.«

Wenn ich jetzt an diese Zeit zurückdenke, frage ich mich, warum ich ihr so selten widersprochen habe.

Vielleicht war es mir egal oder ich wollte immer das Gleiche wie sie? Welcher Mann will schon unbedingt einen Ehering tragen oder den ganzen Hochzeitsstress auf sich nehmen? Na ja, und die Pieta wollte ich natürlich ebenfalls sehen.

Ich trage immer noch keinen Ehering, habe dafür die Pieta im Petersdom bewundert, auch, wenn ich von ihr ein bisschen enttäuscht war. Ich hatte sie mir weitaus größer und imposanter vorgestellt. Zwei Jahre später wurden wir in einer schier endlosen Warteschlange an der Mona Lisa vorbeigeschleust, und ich hatte genau das gleiche Gefühl der Enttäuschung: Dieses Miniaturbild sollte eines der berühmtesten und teuersten Gemälde der Welt sein? Natürlich wusste ich, dass es in der Kunst nicht auf die Größe ankommt, es war nur die Kluft zwischen Erwartung und Realität. Die ersten zwei Jahre lebten wir ohne nennenswerte Probleme unser Leben, arbeiteten beide viel, machten Karriere, trafen uns am Wochenende mit Freunden, manchmal zusammen, öfter jeder für sich allein. Wir hatten es nicht wirklich geschafft, aus den jeweiligen Freunden gemeinsame Freunde zu machen. Ich hatte außerdem so gut wie keine, also Freunde, eigentlich waren es nur Kollegen. Doro fand sie allesamt langweilig und was sie wiederum von Doro hielten, erfuhr ich nie. Von ihren Freunden kannte ich auch die wenigsten.

»Sie sind nicht wichtig, außerdem könntest du mit ihnen nicht viel anfangen, das weiß ich«, wehrte sie meine anfänglichen Bemühungen, sie kennenzulernen, ab und ich gab es auf. Ich war deswegen auch nicht wirklich unglücklich, ganz im Gegenteil. Wir hatten echt geilen Sex und ansonsten konnte ich mehr oder weniger mein Singleleben fortführen. Warum hätte ich mich also beklagen sollen? Dann passierte etwas, womit wir überhaupt nicht gerechnet hatten, Doro wurde schwanger.

Wir hatten über diese Möglichkeit bis dahin nicht einmal theoretisch nachgedacht. Sie nahm die Pille, also stellte sich diese Frage für uns nicht.

Ich weiß es noch wie heute, es war an einem frühen Samstagmorgen, um 9:10 Uhr. Wir hatten Sex gehabt und wie üblich, war Doro danach sehr schnell aufgestanden, um ins Bad zu gehen.

»Mach uns doch schnell einen Kaffee«, hatte sie mir noch über die Schulter zugerufen, bevor die Tür sich hinter ihr schloss.

Dazu kam ich nicht, denn noch bevor ich mich zum Aufstehen entschließen konnte, kam sie wieder rein. Ihr Gesichtsausdruck alarmierte mich sofort.

»Was ist los? Was ist passiert?«, fragte ich, woraufhin sie mir wortlos etwas auf das Bett warf, was sich als Schwangerschaftstest erwies. Als positiver Schwangerschaftstest.

Wenn ich heute beschreiben müsste, wie ich mich damals gefühlt habe, würde ich sagen, es war das pure Entsetzen. Ich hatte Pläne, wollte Karriere machen, ganz nach oben kommen. Vielleicht in die Niederlassung nach Los Angeles versetzt werden. Als IT-Spezialist war ich weltweit gefragt und konnte mir meine Arbeitgeber aussuchen. Ein Kind kam in meinen Zukunftsplänen überhaupt nicht vor. Vielleicht war das der Grund für meine saudumme Reaktion. »Wie konnte dir das denn passieren?«, war tatsächlich meine erste Frage.

Doro reagierte, wie zu erwarten: Sauer! Sie schnappte den Test und warf ihn mir an den Kopf. »Wie MIR das passieren konnte? MIR? Du warst daran also nicht beteiligt? Du hast mir nicht mit Begeisterung deinen Schwanz bei jeder sich bietenden Gelegenheit reingesteckt? Toll, um Verhütung musstest du dich dabei ja nicht kümmern. Die Doro schluckt immer brav die Pille und wenn was schiefgeht, ist das IHR Problem. Ist ja IHR passiert, ich habe damit nichts zu tun.«

»So habe ich das natürlich nicht gemeint, tut mir leid, ich war völlig überrumpelt. Beruhig dich, bitte, und lass uns darüber reden ...«

»Darüber zu reden, wird das Problem kaum lösen. Wir haben nie über Kinder gesprochen, also gehe ich davon aus, dass du keine willst. Thema erledigt, was gibt es da noch zu reden?«

»Jetzt sei doch bitte nicht so bockig, ich habe nie gesagt, dass ich keine Kinder will, ich wollte nur erst ...«

»Ich weiß, Karriere machen, endlich ein Boot kaufen, den Bootsführerschein machen, über die Meere schippern. Unendliche Freiheit, ich komme. So hattest du dir das gedacht, und nun durchkreuze ich alle deine Pläne mit dieser blöden Schwangerschaft.«

Sie sah so unglaublich wütend aus, dass ich sie kaum wiedererkannte, und dann rannte sie ins Bad und knallte die Tür hinter sich zu. Ich wusste nicht, was ich tun sollte, also ging ich erst mal in die Küche, startete die Kaffeemaschine und deckte den Frühstückstisch. Sie konnte nicht ewig im Bad bleiben. Als sie dann kam, sah sie nicht mehr ganz so finster aus, wie vorher. Sie setzte sich, nahm sich einen Toast, während ich ihr Kaffee machte.

»Sorry«, sagte sie schließlich, »ich war ungerecht, aber das hat mich heute Morgen total umgehauen. Natürlich hätte ich es ahnen können, schließlich bin ich seit zwei Wochen überfällig, aber irgendwie, ach, ich weiß auch nicht. Wahrscheinlich habe ich gedacht, wenn ich es ignoriere, ist es nicht da. Nach dem Motto: Es kann nicht sein, was nicht sein darf. Beschissene Strategie, das ist mir jetzt klar.«

»Das war sicher nicht leicht für dich«, sagte ich und griff nach ihrer Hand. Sie zog sie nicht weg, seufzte nur tief und trank einen Schluck von ihrem Kaffee.

»Was machen wir denn jetzt?«, fragte sie nach einer Weile, und das war genau die Frage, vor der ich mich gefürchtet hatte. Was wollte sie hören, was sollte ich sagen? Ich will kein Kind, meine Karriere ist mir wichtiger? Sollte ich das Wort Abtreibung nicht nur denken, sondern tatsächlich aussprechen? Ich wusste es nicht, also zuckte ich die Achseln und gab ihr den Ball zurück. »Was willst du? Kannst du es dir vorstellen, deine Karriere aufzugeben, um Mutter zu werden?«

Die Strafe für meine Feigheit folgte auf dem Fuße. »Wo steht geschrieben, dass ich meine Karriere aufgeben muss? Wo leben wir, im 19. Jahrhundert? Wie wäre es, wenn wir beide ein bisschen zurückstecken würden? Karriere ist schließlich nicht alles im Leben.«

»Ach ja, seit wann?«, hätte ich sagen können, aber ich tat es nicht, auch wenn es eine Tatsache war, dass Doro ihre Karriere bisher sehr zielstrebig vorangetrieben hatte. Sie war Dozentin an der Kunsthochschule und liebte ihren Beruf wie sonst nichts auf dieser Welt. Das hatte sich offenbar über Nacht geändert.

Eine Woche lang redeten wir uns die Köpfe heiß, wogen alle Möglichkeiten ab, zählten Vor- und Nachteile auf und suchten nach Lösungen. Irgendwann fiel dabei natürlich auch das Wort ›Abbruch‹, aber da sich das keiner von uns beiden vorstellen konnte, machten wir uns langsam mit dem Gedanken vertraut, bald Eltern zu sein. Wir beschlossen, uns die Elternzeit zu teilen und danach eine Tagesmutter einzustellen. Wir verdienten genug Geld, um uns das leisten zu können, darüber hinaus dachten wir nicht.

Hatten wir anfangs noch öfter Sex als früher, ließ meine Lust nach, als Doro immer dicker wurde. Das merkte sie natürlich und war gekränkt. Ich versuchte, ihr etwas zu erklären, was ich selbst nicht verstand. »Es hat nichts mit deinem Aussehen zu tun, ganz bestimmt nicht, es ist nur ... ich weiß nicht, wie ich es dir erklären soll, vielleicht habe ich einfach Angst, dich zu verletzen, dir dabei weh zu tun.« Selbst in meinen Ohren klang das nach einer lahmen Ausrede und darum nahm sie es mir auch nicht ab.

»Nein, Alex, das ist es nicht, es ist mein dicker Bauch, der dich abturnt. Ich merke doch, wie du mich ansiehst, wenn du glaubst, ich sehe es nicht. Gib dir keine Mühe, mich von etwas anderem zu überzeugen.«

Von diesem Tag an zog sie sich abends im Bad aus, und wir schliefen nicht mehr miteinander. Ich fühlte mich ziemlich beschissen, konnte mich aber einfach nicht überwinden. Dafür begann ich eine Affäre mit einer Kollegin und entschuldigte das vor mir selbst damit, dass ich als Mann eben meine Bedürfnisse hatte.

Ralph, mein Kollege, der mich damals zu der Vernissage mitgeschleppt hatte, sprach mich in der Kantine darauf an. Wir hatten uns mittlerweile angefreundet, er war sogar unser Trauzeuge gewesen und wir wollten ihn bei Gelegenheit fragen, ob er Pate unseres Kindes werden wollte.

»Was machst du eigentlich für einen Scheiß? Doro ist hochschwanger und du vögelst eine andere? Bist du total bescheuert, oder was?«

Ich lachte etwas zu laut und tat cool. »Das hat doch nichts zu bedeuten, wenn das Kind erst auf der Welt ist, beende ich das sofort.«

»Weiß Doro das auch und sieht sie das genau so entspannt wie du?«, wollte er wissen und ich winkte ab.

»Quatsch, natürlich weiß sie das nicht. Warum auch, es ist unwichtig und hat mit ihr und mir überhaupt nichts zu tun.«

»Wenn du dich da mal nicht irrst«, sagte er langsam, stand auf und ließ mich sitzen. Ich sah ihm nach und fühlte mich wie ein gescholtenes Kind. So sehr, dass ich mich entschloss, mit Iris zu reden, sobald sich die Gelegenheit dazu ergab und unser Verhältnis zu beenden. Bis ich sie allerdings das nächste Mal traf, war ich wieder obenauf, hatte das Gespräch mit Ralph fast vergessen und genoss den unkomplizierten Sex mit dieser schönen Frau.

Genau das tat ich auch, als mein Handy klingelte und Doro laut und erschrocken rief: »Du musst sofort kommen, es geht los!«

»Ich komme«, war das Einzige, was ich sagen konnte, während ich hastig meine Sachen anzog. Iris' verdutzte Fragen wehrte ich mit einem »Später, nicht jetzt«, ab, rannte die Treppen runter, sprang in mein Auto und raste zu unserer Wohnung. Doro sah mich kommen und kam mir entgegen. »Gott sei Dank bist du da, die Wehen kommen schon alle ... wo kommst du eigentlich her und wonach riechst du?«

Sie schnupperte misstrauisch an meinem Hals und ich sah ihr an, dass sie ahnte, wo ich herkam. Immerhin gelang es mir, einigermaßen überzeugend zu sagen: »Wo soll ich schon herkommen? Aus dem Büro natürlich. Wieso, was ist denn?«

»Du riechst nach einem mir unbekannten Parfüm, du warst bei einer anderen ... oh ...«

Sie krümmte sich zusammen und hielt sich an mir fest. »Red keinen Unsinn, ich war nirgendwo anders als im Büro, also los, komm, du musst in die Klinik.« Ich schnappte mir den vorbereiteten Koffer, der schon seit Wochen neben der

Tür stand, nahm Doros Arm und verließ mit ihr zusammen die Wohnung.

Sechs Stunden später wurde unser Sohn Max geboren, und mir von der Hebamme zum Bonding auf die nackte Brust gelegt. Nur wer das selbst erlebt hat, kann dieses unglaubliche, unwirkliche, absolut magische Gefühl nachvollziehen, das mich durchströmte, als ich dieses warme, weiche Bündel Mensch fühlte. Eine winzige, perfekte Hand, die mit erstaunlicher Kraft meinen Daumen packte und fest umklammert hielt. In diesen Minuten des puren Glücks versprach ich meinem neugeborenen Sohn, ihn zu beschützen, solange ich lebe. Ich habe mein Versprechen nicht gehalten; schlimmer noch, ich habe ihn beinahe vergessen, als er gerade erst drei Jahre alt war. Vergessen in den Armen einer Frau, die nicht seine Mutter war.

Noch war unsere kleine Welt heile. Es gelang mir, Doro davon zu überzeugen, dass es keine andere Frau in meinem Leben gab, dass ich mich über die Geburt unseres Kindes freute und dass eine wunderbare, gemeinsame Zukunft vor uns lag. Die ersten Wochen waren anstrengend, die Nächte von Babygeschrei unterbrochen, und am Tag überboten sich beide Großeltern mit guten Ratschlägen und dem Kauf von Babyartikeln aller Art. Es dauerte nicht lange, bis das Kinderzimmer einem Spielwarenladen glich. Irgendwann raffte ich mich zu einem Machtwort auf und verbot den Kauf weiterer Plüschtiere, Mobiles und Spieluhren. Außerdem beschränkte ich die Besuchszeit auf eine Stunde pro Woche und machte mir damit locker vier neue Feinde. Doro liebte mich allerdings dafür.

»Du bist mein Held und ich danke dir für diese mutige Tat«, lachte sie. »Sie haben mich bald in den Wahnsinn getrieben, ganz besonders meine Mutter, aber deine war auch nah dran.«

»Was hältst du davon, jetzt eine Tagesmutter für Max zu suchen?«, schlug ich vor und rechnete sicher mit Doros Zustimmung, aber sie reagierte ablehnend. Es war ihr zu früh, Max noch zu klein, vielleicht in vier Wochen.

»Was hast du erwartet?«, fragte mein Vater mich lachend. »Deine Frau ist jetzt in erster Linie Mutter, danach kommt lange nichts und dann kommst vielleicht du, vielleicht ihr Beruf, das wirst du sehen.«

»Versteh einer die Frauen«, grinste ich etwas schief. »Erst wollte sie gar kein Kind, dann zwar doch, aber umgehend zurück in den Job und eine Tagesmutter einstellen, und jetzt sieht es so aus, als wäre ihr die Karriere überhaupt nicht mehr wichtig.«

»Ja, das ist eben der Unterschied zwischen Theorie und Praxis, Junge. Jetzt steht sie unter dem Einfluss ihrer Hormone, Brutpflegeinstinkt, verstehst du? Das hat die Natur so eingerichtet, weil menschlicher Nachwuchs nun mal extrem unselbstständig auf die Welt kommt. Würde sich niemand um ihn kümmern, wäre er zum Sterben verurteilt. Das hat sich seit der Urzeit nicht geändert.«

»Heißt das, Doro mutiert zur Steinzeitfrau, nur, weil sie ein Kind bekommen hat?«

»Vielleicht nicht ganz, aber ein bisschen schon«, lachte mein Vater, »lass sie das aber bloß nicht hören.«

Doro nahm tatsächlich ihre gesamte Elternzeit, um bei Max bleiben zu können. Ein oder zweimal hatte ich das Thema Tagesmutter noch aufgegriffen, aber da sie immer abwinkte, gab ich es schließlich auf und widmete mich wieder meiner eigenen Karriere. So vergingen drei eintönige Jahre, an die ich mich kaum erinnere. Das änderte sich an dem Tag, als Hannah zu Besuch kam, der veränderte mein Leben.

SIEBEN
HANNAH

Mein Gefühl, diese Frau zu kennen, sehr genau und gut zu kennen, verstärkte sich von Stunde zu Stunde. Ich hing an ihren Lippen, genoss ihre Stimme, ihr Lachen, jede ihrer Bewegungen. Als Doro sie bat, mit ihr zusammen Max aus dem Kindergarten abzuholen, empfand ich das als herben Verlust. Mindestens eine halbe Stunde würde ich auf sie verzichten müssen. Ich bot sofort an, mitzukommen oder allein mit Hannah zu gehen, aber Doro lehnte das entschieden ab.

»Warum? Du holst Max nie ab, wieso also heute? Außerdem will ich meiner Schwester stolz ihren Neffen präsentieren, sie kennt ihn schließlich noch nicht.« Wollte ich keinen Argwohn erregen, musste ich mich geschlagen geben. Dafür schlug meine Stunde am Abend, als Doro vorschlug, ins Bett zu gehen. Hannah lachte und sagte: »Oh natürlich, geht nur, aber ich kann jetzt noch nicht schlafen, der Jetlag macht mir zu schaffen. Ich glaube, ich mache noch einen Spaziergang, wenn das in Ordnung ist?«

Doro selbst bot mir die erhoffte Gelegenheit, indem sie sagte: »Du kannst nicht mitten in der Nacht allein spazieren gehen, das ist zu gefährlich. Alex, würdest du sie bitte begleiten?«

Als wir auf der Straße standen, fragte ich sie, ob sie ein bestimmtes Ziel hätte oder nur frische Luft schnappen wolle und sie lachte: »Ein Bier und eine Zigarette wären mein Ziel.«

»Ich wusste gar nicht, dass du rauchst«, sagte ich erstaunt, und sie schüttelte den Kopf.

»Tue ich auch nicht, beziehungsweise nicht mehr, aber jetzt hätte ich eben gern eine Zigarette.«

»Dann müssen wir einen Automaten finden, weil ich keine habe. Okay, komm mit, ich weiß, wo einer ist.«

Ich griff ganz selbstverständlich, so als hätte ich nie etwas anderes getan, nach ihrer Hand, die sie mir nicht entzog.

»Weißt du?«, fragte sie, nachdem wir eine Weile schweigend nebeneinander hergegangen waren, »ich habe das Gefühl, dich schon seit einer Ewigkeit zu kennen. Geht es dir auch so?«

Ich blieb abrupt stehen und sah sie erstaunt an. »Ja, mein Gott, mir geht es ganz genau so, ich wusste nur nicht, wie ich dir das sagen soll. Was ist das? So etwas habe ich in meinem ganzen Leben noch nicht erlebt.«

»Ich auch nicht, aber, seit ich dich am Flughafen gesehen habe, muss ich die ganze Zeit an Platon denken. Weißt du, warum?«

»Platon? Nein, keine Ahnung, was hat der alte Grieche mit mir zu tun?«

»Nicht allein mit dir, eher etwas mit uns beiden. Willst du die Geschichte hören?«

Ich nickte, sie hätte mir auch das Telefonbuch vorlesen können und ich hätte ihr begeistert zugehört.

»In der alten Zeit«, begann sie mit geheimnisvoller

Stimme, »als die Götter noch den Olymp bewohnten, sahen die Sterblichen anders aus als heute. Sie waren kugelförmig, hatten zwei Gesichter, vier Arme und auch vier Beine. Sie hatten alles, was sie brauchten, um glücklich und zufrieden zu sein. Daher waren sie friedlich und halfen einander, wo sie nur konnten. Das gefiel nun dem Göttervater Zeus überhaupt nicht, er fürchtete, diese Kugelmenschen könnten den Göttern zu ähnlich werden. Also rief er alle seine Götter auf dem Olymp zusammen, um zu beratschlagen, was man tun könnte. Sie kamen zu dem Entschluss, die Kugelmenschen in zwei Hälften zu zerbrechen, damit sie nicht mehr so glücklich und zufrieden waren. Gesagt, getan: Der Göttervater schleuderte Blitze auf die Erde, die alle Kugelmenschen auseinanderrissen. Die zwei Hälften verstreute er dann über die ganze Welt. Die Ärmsten litten unendlich darunter, wurden krank und schwach und starben schließlich an Einsamkeit. Als Zeus erkannte, was er den Kugelmenschen angetan hatte, bekam er Mitleid mit ihnen. Erneut beriet er sich mit seinen Göttern und sie beschlossen, dass die Erdlinge ihre jeweils passende Hälfte suchen durften. Wer sie fand, sollte als Belohnung sein ganzes Leben lang wieder so glücklich und zufrieden leben dürfen, wie zuvor.«

Ich hatte schon lange meinen Arm um ihre Schultern gelegt und sie näher an mich gezogen. Jetzt blieb ich stehen und als sie mich ansah, küssten wir uns, als hätten wir nie etwas anderes getan. Ihr Mund war mir ebenso vertraut wie ihr Duft, ich kannte das Knistern ihrer Haare unter meinen Fingern und auch den kleinen Seufzer, als unsere Lippen sich voneinander lösten.

»Wir dürfen das nicht, Alex«, sagte sie, und klang plötzlich sehr entschlossen. »Das geht nicht, du bist mit meiner Schwester verheiratet, ihr habt ein Kind zusammen …«

Ich schäme mich, wenn ich an meine Antwort zurückdenke, aber es war die ungeschminkte Wahrheit. »Das ist mir alles egal, es bedeutet mir nichts mehr, ab jetzt gibt es nur noch dich. Ich werde gleich morgen früh mit Doro reden, das bin ich ihr schuldig.«

»Nein, bitte, tu das nicht, warte damit noch, bis ich wieder zurückfliege. Ich könnte es nicht ertragen …«

»Ich soll dich vier Wochen lang jeden Tag sehen, fühlen, riechen, aber so tun, als wärst du nur die Schwester, die zu Besuch ist? Das geht nicht, Hannah, das kann ich nicht. Außerdem würde Doro es sofort merken, sie ist weder blind noch taub. Nein, wir suchen dir gleich morgen früh ein Hotelzimmer und ich rede mit Doro.«

»Sie wird mich hassen«, sagte sie leise, »und dazu hat sie allen Grund.«

»Ich werde alle Schuld auf mich nehmen«, versprach ich ihr enthusiastisch, aber sie schüttelte den Kopf.

»Ach, Alex, zu dem, was hier gerade passiert, gehören zwei. Zwei, die einen Dritten betrügen. Da gibt es nichts zu beschönigen, mit dieser Schuld müssen wir wohl beide leben.«

»Und wenn schon, ich kann damit leben. Ich werde alles tun, um es Doro leicht zu machen, dafür sorgen, dass sie keine finanziellen Sorgen hat …«

»Natürlich, aber das ändert nichts an ihrem seelischen Schmerz über unseren Verrat.«

»Doro ist eine starke Frau, die wird das schon wegstecken. Ich glaube, sie wird es verstehen, wenn ich es ihr erkläre.«

»Ich würde das nie verstehen, ich würde dich töten … dich, oder die andere Frau.«

Hannah sagte das todernst, und ich lachte etwas verlegen. »Das meinst du doch nicht ernst, oder?«

»Doch, und wenn Doro es einfach hinnimmt, dass ihr jemand den Mann stiehlt, dann liebt sie dich nicht so wie ich dich liebe.«

»Vielleicht tut sie das wirklich nicht«, nicke ich, und mir fallen viele Situationen ein, in denen ich das auch vermutet habe.

Heute weiß ich, dass ich nur nach Ausreden suchte, um mein Verhalten zu entschuldigen, dass Doro damit gar nichts zu tun hatte.

Wir gingen eng umschlungen nach Hause, blieben alle paar Meter stehen, küssten uns und schoben alle sorgenvollen Gedanken beiseite.

Als ich ins Schlafzimmer kam, war das Licht aus, Doro schlief und gab leise, schnorchelnde Geräusche von sich. Einen Moment lang war ich versucht, zu Hannah zu gehen, aber dann riss ich mich zusammen, putzte mir die Zähne und ging ins Bett. Stundenlang wälzte ich mich schlaflos hin und her und grübelte, wie es mit Hannah und mir weitergehen sollte. Wo sollten wir wohnen, wir konnten keinen Tag länger mit Doro unter einem Dach leben. Hannah hatte ihren Lebensmittelpunkt in Brasilien, ich in Deutschland, wie sollten wir das lösen? Meine Firma hatte dort keine Niederlassung, also keine Chance, mich versetzen zu lassen. Kündigen? Ganz neu anfangen, quasi bei Null, alles aufgeben, was ich mir bis heute erarbeitet hatte? War ich dazu bereit? Ich gab mir selbst die Antwort: Ja, immer wieder ja, für Hannah war ich zu allem bereit, egal, was es mich kosten würde. Vielleicht konnte Hannah aber auch zurück in ihre Heimat kommen, mit mir irgendwo ein neues Leben beginnen? Sie arbeitete als Einkäuferin für ein Modelabel, etwas, was sie sicher auch in Deutschland tun konnte. Ich drehte mich im Kreis, fand keine Antwort auf meine vielen Fragen. Erst gegen morgen fiel ich in einen unruhigen, wenig erholsamen Schlaf, aus dem mich schließlich Doro abrupt aufweckte.

»Alex, wach auf, du musst zur Arbeit. Du hast verschlafen, hörst du mich, aufwachen.«

Ich riss die Augen auf, versuchte verzweifelt, wach zu werden und dann überfiel mich die Erinnerung.

Ich zwang mich, aufzustehen und unter die Dusche zu gehen. Mit zusammengebissenen Zähnen ließ ich mir eiskaltes Wasser auf Kopf und Schultern prasseln, bis ich einigermaßen wach war und wieder klar denken konnte. Als ich aus dem Bad kam, traf ich auf Doro, die mich neugierig ansah. »Was ist mit dir los? Seid ihr zwei gestern Abend irgendwo versackt? Ich habe euch gar nicht zurückkommen hören.«

»Nein, wir sind nicht versackt, aber ich habe sehr schlecht geschlafen. Ich muss dir etwas sagen, Doro ...«

»Nicht jetzt, bitte, ich bin ohnehin schon zu spät dran, um Max in den Kindergarten zu bringen. Auf dem Rückweg kaufe ich Brötchen und frühstücke gemütlich mit meiner Schwester. Du bist dann sicher schon weg, erzähl es mir heute Abend. Tschüß, und komm nicht so spät nach Hause.«

Ich hätte sie natürlich unterbrechen, sagen müssen, was sie unbedingt wissen musste, aber ich tat es nicht, ich war dankbar für diesen Aufschub. Hannah sah ich nicht mehr, bevor ich das Haus verließ, vermutlich schlief sie noch. Im Büro war die Hölle los, es gab einen Hackerangriff auf einen Großkunden und ich hatte keine Zeit zum Telefonieren, nicht einmal zu einer WhatsApp kam ich. Als ich endlich Feierabend hatte, fand ich dafür mehrere Anrufe von Hannah, und eine WhatsApp mit dem sehr kurzen Text: »Ruf mich an!« Da ich nicht wusste, ob gerade Doro in ihrer Nähe war und ich ohnehin in wenigen Minuten zu Hause sein würde, tat ich das nicht und darum erwischte es mich eiskalt. Schon beim Betreten der Wohnung wunderte ich mich darüber, dass Max mir nicht entgegengerannt kam und es aus der Küche nicht nach Essen roch. Und dann sah ich Doro. Sie saß mit versteinertem Gesicht auf dem Sofa, hatte ein Weinglas in der Hand und starrte mir mit geröteten Augen entgegen. Mich durchfuhr ein gewaltiger Schreck und ich fragte: »Wo ist Max, ist ihm etwas zugestoßen?«

»Max ist bei meinen Eltern, ihm geht es gut. Warum fragst du nicht nach meiner Schwester, sie interessiert dich doch sicherlich weit mehr als dein Sohn?«

Erst jetzt fiel mir auf, dass Hannah nicht im Raum war, und ich begriff, dass Doro alles wusste.

»Wo ist sie, was hast du mit ihr gemacht? Sie kann nichts dafür, das musst du mir glauben, es ist einfach so passiert, wir konnten nichts dagegen tun.«

»Wogegen konntet ihr nichts tun? Gegen eure Geilheit? Musstet ihr übereinander herfallen, kaum dass ich euch den Rücken zugedreht habe? Sollte ich euch vielleicht noch dankbar sein, dass ihr überhaupt so lange gewartet habt und nicht gleich auf dem Esstisch …«

»Doro, bitte, ich verstehe natürlich sehr gut, dass du …«

»Du verstehst sehr gut? Du Arschloch verstehst überhaupt nichts, gar nichts verstehst du. Du hast nicht die allergeringste Ahnung, was du mir angetan hast und worauf du dich da eingelassen hast, verstehst du schon dreimal nicht. Soll ich dir vielleicht ein bisschen was über meine Schwester …«

»Nein, bitte Doro, rede nicht über Hannah, ich will das nicht hören. Ich weiß, was ich für sie empfinde, und das …«

»Du Idiot, dir ist ja nicht mehr zu helfen. Du kennst sie seit ... wie lange? Ach ja, 24 Stunden! Na klar, das reicht aus, um zu wissen, wen man vor sich hat, das reicht auch aus, Frau und Kind zu vergessen, seine Ehe ... alles, was gestern noch gezählt hat. Alex, wach auf, sie hat dich verhext, das kann sie gut, das kenne ich schon von ihr.«

»Doro! Sie kann gar nichts dafür, sie wollte es nicht, sie hat an dich gedacht, gesagt ...«

»Hör sofort auf mit diesem Scheiß, erzähl mir bloß nicht, dass meine Schwester an mich gedacht hat, während du sie gefickt hast. Das ist das Schäbigste, das ich jemals gehört habe.«

»Ich habe sie nicht gefickt, du musst also nicht vulgär werden. Wir wussten ja selbst nicht, was mit uns passiert. Glaub mir doch bitte, nie in meinem Leben hätte ich gedacht, dass es solche Gefühle überhaupt gibt. Ich bin in ihrer Gegenwart ein anderer Mann, ein anderer Mensch, ich bin endlich vollständig, es ist ...«

»Hör auf! Hör sofort auf! Was fällt dir denn ein? Du redest mit mir, mit deiner Frau, der Mutter deines Sohnes. Ich könnte kotzen, wenn ich dir zuhöre. Ihr seid doch beide komplett verrückt, vollständig verrückt, wenn dir das besser gefällt. Ich musste mir diesen Mist schon von Hannah anhören ... Seelenverwandte, meine vermisste andere Hälfte ... wer hat euch denn bloß ins Gehirn geschissen? Das würde mich wirklich interessieren. Mein Gott, Alex, du warst doch nie der romantische Typ, hast immer deinen klaren Verstand gehabt, gewusst, was im Leben wichtig und richtig ist. Was ist mit dir passiert? Erklär mir das, ich verstehe es nicht.«

»Ich weiß es doch selbst nicht, Doro, ich wollte dich nicht verletzen, das musst du mir glauben, bitte, aber, Hannah und ich, wir haben es beide sofort gespürt, schon am Flughafen … Doro, so warte doch, lass es mich erklären. Wie soll es denn jetzt weitergehen?«

Sie war weg. Hatte mir den Mittelfinger gezeigt und war aus dem Raum gestürmt. Kurze Zeit später hörte ich die Haustür zufallen. Es klang irgendwie endgültig.

Ich griff nach meinem Handy und rief Hannah an, sie meldete sich sofort.

»Alex, endlich, ich habe dich schon gefühlte Einhundertmal angerufen. Sie weiß es, Doro weiß über uns Bescheid …«

»Ja, das habe ich mitbekommen, sie ist eben völlig ausgerastet und dann weggerannt. Wo bist du, was hat sie mit dir gemacht?«

»Was glaubst du denn, was sie gemacht hat? Sie ist vollkommen ausgeflippt, hat geschrien und ist am Ende mit den Fäusten auf mich los. Wie eine Furie, kann ich dir sagen, ich habe sie überhaupt nicht mehr wiedererkannt. Natürlich habe ich versucht, ihr zu erklären, aber sie hat mir nicht zugehört, hat geschrien, ich sei eine Schlampe, eine Hure, solle sofort aus ihrem Haus verschwinden und mich nie wieder blicken lassen. Als sie angefangen hat, meine Sachen aus dem Schrank zu zerren, habe ich ihr gesagt, dass ich packen und dann verschwinden werde. Das war's. Ich habe mir ein Taxi gerufen und bin jetzt im Hotel Central, komm bitte schnell her. Wir müssen überlegen, wie es weitergehen kann.«

ACHT
DIE KLINIK

»Herr Osthoff? Sind Sie wach? Mein Name ist Dr. Tamara Iwanowa, ich bin Psychiaterin und würde mich gern mit Ihnen unterhalten, wenn es Ihnen recht ist.«

»Und wenn es mir nicht recht ist, tun Sie es trotzdem, kenne ich schon«, murmele ich mit geschlossenen Augen. Wenn ich sie nicht sehe, ist sie vielleicht gar nicht da.

Ihr Lachen macht mich dann aber neugierig, es klingt sonor und ausgesprochen sexy. Ich blinzle und sehe eine dunkelhaarige Frau in den Vierzigern vor mir. Sie trägt eine große, moderne Brille mit rotem Gestell und lacht mich an.

»Ich sehe schon, Sie haben schlechte Erfahrungen mit unserem Haus gemacht, dann warten Sie mal ab, bis Sie die Kantine gesehen haben«, lacht sie laut und blinzelt mir zu. Sie ist weiß Gott nicht die erste Psychotante, der ich in den vergangenen Jahren begegnet bin, aber sie überrascht mich.

»Dann bleibt mir das hoffentlich erspart, ich bin Privatpatient«, antworte ich sarkastisch, woraufhin sie fröhlich den Daumen hebt.

»Das ist schon mal ein Anfang, denn, wie Sie sicher wissen, kommt das Wort ›Patient‹ aus dem Lateinischen und bedeutet so viel wie ›erdulden oder ertragen‹. Entweder sind Sie also bereit, meine Anwesenheit hier zu ertragen, oder Sie haben bereits ein langes Leiden erduldet.«

»Ich bin nicht in der Stimmung für Wortspiele. Warum sagen Sie nicht, was Sie wirklich von mir wollen?« Sie soll nur nicht glauben, dass ich auf ihre alberne Taktik hereinfalle, da muss sie sich schon mehr Mühe geben.

»Nun gut, Sie haben versucht, sich das Leben zu nehmen, und ich maße mir nicht an, zu wissen, welchen Grund Sie dafür hatten, schließlich kenne ich Sie nicht. Aber ich möchte versuchen, es zu verstehen, und dazu brauche ich Ihre Hilfe. Sie sind ein kluger Mann, und ich könnte mir vorstellen, dass Sie dieses Krankenhaus lieber heute als morgen verlassen würden. Vielleicht ist das Anreiz genug, mir zu helfen?«

»Glauben Sie wirklich, dass ›darüber reden‹ irgendwas bewirkt, etwas ändert, den Schmerz verschwinden lässt?«

»Ja, Herr Osthoff, ich glaube sogar fest daran, oder nein, glauben heißt ja nicht wissen, aber ich weiß, dass es hilft. Vielleicht nicht sofort, aber nach und nach wird Ihr Schmerz nachlassen, verblassen und anderen Gefühlen Platz machen.«

»Klingt zu schön, um wahr zu sein, und im Gegensatz zu Ihnen, glaube ich nicht daran. Meine große Liebe, die Frau, die mir alles bedeutet hat, ist tot und Sie glauben, oh nein, Sie wissen, wenn ich darüber rede, wird sie mir weniger fehlen?«

Was ich in diesem Moment nicht begreife, ist, dass sie mich bereits in ein Therapiegespräch verwickelt und mehr über mich erfahren hat, als ich ihr sagen wollte. Ich habe schon so viel und so oft über Hannahs Tod geredet, mit meinem Hausarzt, einigen Psychologen und Psychiatern, es hat mir nicht ein bisschen meiner früheren Lebensfreude zurückgegeben, ganz im Gegenteil. Jedes Mal, wenn ich über Hannah reden musste, über ihr Leiden, ihr langes Sterben, litt ich erneut mit ihr und fühlte mich schlechter denn je. Irgendwann haben das alle begriffen, haben aufgehört, darüber reden zu wollen und haben zu ihren Rezeptblöcken gegriffen. Ich kenne mittlerweile alle auf dem Markt befindlichen Medikamente, die gegen Depressionen, Schlaflosigkeit, innere Unruhe, Tagesschläfrigkeit, Antriebslosigkeit und Appetitlosigkeit helfen sollen und meist nur neue, unbekannte Symptome hervorrufen. Warum sollte ich also jetzt wieder anfangen, ›darüber zu reden‹? Es würde genauso wenig helfen, wie alle Gespräche, die ich bisher geführt habe. Hannah war tot und kein Therapeut der Welt konnte sie mir wieder zurückgeben, und daher konnte mir auch niemand helfen.

»Wenn Sie lieber schlafen möchten, Herr Osthoff, komme ich gern später noch einmal wieder.«

Ich hatte sie tatsächlich vergessen, die Therapeutin mit dem fremd klingenden Namen, aber sie stand, immer noch lächelnd, neben meinem Bett.

»Nein, schon gut, schließlich will ich schnellstens hier raus, und wenn ich dafür mit Ihnen plaudern muss ... bitte sehr, ich kann mir Schlimmeres vorstellen. Wie ist denn das Wetter so? Regnet es oder ist es trocken?«

»Wissen Sie noch, wann Sie angefangen haben, Ihren Schmerz mit Ironie oder Sarkasmus zu überspielen?«

»Was soll das denn jetzt? Ich habe Ihnen doch nur eine ganz harmlose Frage gestellt. Smalltalk nennt sich das, schon mal davon gehört.«

»Ja und darauf reagierte ich mit einer Gegenfrage. Also, wann hat das angefangen? Erinnern Sie sich daran?«

»Woran denn, zum Teufel? Ich verstehe wirklich nicht, was Sie eigentlich von mir wollen?«

»Ich glaube doch. Vielleicht versuchen Sie es einmal?«

Ich wäre verdammt gerne aufgestanden und aus dem Zimmer gerannt, bloß weg von dieser beständig lächelnden, bohrenden Frau, aber diese Option hatte ich nicht. »Okay, ich überlege, überlege, überlege, nein, also wirklich, mir fällt dazu nichts ein. Ich war wohl immer schon so, auch wenn meine Frau Ihnen vermutlich was anderes erzählt hat. Hat sie doch, oder?«

»Ihre Frau? Wie kommen Sie jetzt auf Ihre Frau? Ich gebe Ihnen mein Wort, dass ich noch nie ein Wort mit ihr gesprochen habe, aber es würde mich interessieren, was Sie glauben, dass sie mir erzählt haben könnte?«

»Vermutlich, dass ich früher ganz anders war, also vor Hannah, dass sie mich verhext und einen anderen Menschen aus mir gemacht hat. So was in der Art eben.«

NEUN
HANNAH

Und sie hätte die Wahrheit gesagt. Ich war damals ein anderer Mensch. Ich hatte zwar immer hart gearbeitet, aber auch gern gefeiert. Für eine spontane Party war ich jederzeit zu haben gewesen, und weder dem Alkohol noch dem einen oder anderen Joint abgeneigt. Überall hatte man mich wegen meiner fröhlichen, unkomplizierten Art geschätzt. Hätte mir damals jemand prophezeit, dass ich einmal unter schweren Depressionen leiden würde, ich hätte ihm ins Gesicht gelacht.

Das Lachen verging mir schnell, ich traf eine sehr unglückliche, ja verzweifelte Hannah in einem schäbigen Hotel, direkt am Hauptbahnhof. Sie hatte geweint, das konnte ich sehen und ich nahm sie erst einmal in den Arm, um sie zu trösten. Dann zog ich sie aufs Bett und setzte mich zu ihr.

»Wein' doch nicht, wir finden einen Weg. Wir wussten, dass es nicht einfach werden würde. Für Doro war das jetzt erst einmal ein Schock, aber sie wird sich bestimmt bald beruhigen.«

»Das wird sie nicht, dir wird sie vielleicht irgendwann

verzeihen, mir nicht. Ich werde sterben, und sie wird noch auf mein Grab spucken.«

»Was redest du denn da vom Sterben? Wir werden zusammenleben, uns lieben, vielleicht Kinder haben, wir finden einen Weg, ganz sicher …«

Erst jetzt fiel mir auf, dass sie wieder zu weinen begonnen hatte, und ich verstummte erschrocken.

»Was ist los, was hast du?«, fragte ich dann nach einer Weile und sie klammerte sich schluchzend an mich.

»Alex, ich bin nicht nur gekommen, um meine Schwester zu besuchen; es gibt einen Grund für meine Reise. Ich habe Krebs, ich muss operiert werden. Erst danach kann man sagen, ob ich geheilt bin oder bald sterbe. Ich wollte euch das nicht gleich am ersten Abend erzählen, nicht mit der Tür ins Haus fallen, aber dann ist das mit uns passiert und, na ja, den Rest kennst du. Wo soll ich denn jetzt hin, wer kümmert sich nach der OP um mich, ich kenne doch niemanden hier …«

Obwohl mich ihre Worte tief getroffen hatten, gelang es mir, sie zu beruhigen. »Sag so was nicht, du bist nicht allein, du hast mich und ich werde bei dir sein. Ich werde mich um dich kümmern, für dich sorgen, wir werden das schaffen. Du musst nur fest daran glauben, dass die Operation gelingt und du danach geheilt bist. Dann überlegen wir zusammen, wo wir in Zukunft leben wollen. Na, wie klingt das?«

Sie lächelte, obwohl noch immer Tränen über ihr schönes Gesicht liefen. »Das klingt gut, aber wo sollen wir bis dahin wohnen? Ich meine, wir können doch unmöglich hier in diesem Loch bleiben, oder?«

Sie machte eine Armbewegung, die mir die ganze Schäbigkeit der Umgebung vor Augen führte.

»Natürlich nicht, wir checken hier sofort aus und suchen uns vorerst ein anständiges Hotel. Morgen wird sich meine Sekretärin um eine Wohnung kümmern, die wir möbliert für ein paar Wochen mieten können. Das wird alles kein Problem sein, vertrau mir.«

»Natürlich, das tue ich, ich fühle mich sofort sicher und geborgen, wenn du in meiner Nähe bist«, lächelte sie und wischte sich die letzten Tränen mit dem Ärmel ihres Pullovers weg.

Ich hatte mich optimistischer gegeben, als ich wirklich war. Wohnungen waren in unserer Stadt nicht leicht zu kriegen, schon gar nicht von heute auf morgen. Aber ich war froh, dass ich in den letzten Jahren sehr viel gearbeitet und einen ordentlichen Karrieresprung gemacht hatte, sodass mir zumindest finanziell alle Möglichkeiten offenstanden.

Ich zog mein Handy aus der Tasche, scrollte eine Weile durch meine Kontakte und rief dann ein Hotel an, in dem wir öfter Geschäftsfreunde unterbrachten. Ich hatte Glück, sie hatten ein Doppelzimmer frei, das ich zunächst für einen Monat reservierte.

»Lass uns gehen, damit wir so schnell wie möglich aus dieser trostlosen Umgebung wegkommen«, sagte ich und küsste Hannah ganz vorsichtig und sanft auf ihren schönen Mund. Ich schmeckte das Salz ihrer Tränen und mein Magen krampfte sich zusammen. Es konnte nicht sein, dass mir diese Frau, die ich gerade erst gefunden hatte, gleich wieder weggenommen wurde.

»Wann ist dein Termin für die Operation?«, fragte ich, als wir im Auto saßen und durch den dichten Feierabendverkehr fuhren.

»Morgen habe ich den Termin für das Vorgespräch und alle notwendigen Untersuchungen. Den endgültigen Termin bekomme ich dann innerhalb einer Woche. Mein

Arzt weiß natürlich, dass ich in Brasilien lebe und hier nicht ewig warten kann.«

»Ich werde dich begleiten«, beschloss ich, »am besten stellst du mich als deinen Ehemann vor, damit man mir Auskunft geben darf. Fühlen tue ich mich ohnehin längst so.«

Sie lachte wieder dieses kleine, wunderbare Lachen, das ich so sehr liebte und antwortete: »Ich fühle mich auch als deine Frau und bin dir sehr dankbar, dass du mich begleiten willst. Das bedeutet mir unendlich viel und nimmt mir viel von meiner schrecklichen Angst.«

»Ich werde immer bei dir sein, jeden Augenblick. Solange ich atme, werde ich dich nicht allein lassen, das verspreche ich dir«, antwortete ich mit fester Stimme und wusste, dass ich dieses Versprechen niemals brechen würde.

ZEHN
DIE KLINIK

»Es kann sogar sein, dass Doro es so empfunden hat, dass sie sich das so zurechtgelegt hat. Verstehen Sie? Die andere Frau musste ihren Mann verhext haben, von sich aus hätte der sich nie so verhalten. Nicht von jetzt auf gleich Frau und Kind verlassen, um zu einer anderen zu ziehen. Noch dazu zu einer, die todkrank und von Anfang an ein Pflegefall war. Für Doros rationale Denkweise war das vollkommen unmöglich. Dass diese Frau immerhin ihre Schwester war, interessierte sie dabei überhaupt nicht. Ich wusste, dass die beiden kein enges Verhältnis zueinander hatten, aber ich weiß bis heute eigentlich nicht, warum. Doro hat ihre Schwester selten erwähnt, auch als sie tot war, sprach sie nie über sie. Ich weiß nicht, wie ich es erklären soll, aber die ersten Tage, nachdem ich von zu Hause ausgezogen war, verbrachte ich wie unter einer Glocke, unter der nur Hannah und ich existierten. Alles andere muss ich wohl ausgeblendet haben, jedenfalls dachte ich weder an Doro noch an meinen Sohn, habe nur meine Sekretärin angerufen, damit sie sich um eine Wohnung kümmert und Bescheid weiß, dass ich bis auf Weiteres nicht ins Büro kommen werde. Das war zum Glück kein Problem, denn ich hatte die letzten Monate so viele Überstunden gemacht, dass ich einen ganzen Monat wegbleiben konnte.«

»Hat ihre Frau denn nicht versucht, Sie telefonisch zu erreichen?«

»Doro? Natürlich nicht. Das hätte sie niemals getan, dazu war sie viel zu stolz. Nein, ich habe wochenlang keinen Ton von ihr gehört.«

»Und Sie? Haben Sie nicht versucht, Kontakt zu ihr aufzunehmen, zu ihr oder zu ihrem Sohn?«

»Nein, wie ich schon sagte, ich habe mein früheres Leben vollkommen ausgeblendet, es gab nur Hannah und mich ... und den Krebs. Wir hatten nur eine einzige Nacht, in der wir vollkommen vergaßen, dass der Tod bereits seine knöcherne Hand auf Hannahs Schulter gelegt hatte.«

ELF
HANNAH

Das neue Hotelzimmer war zum Glück viel besser, fast sogar gemütlich. Neben einem großen Boxspringbett gab es ein Sofa mit zwei Sesseln und einem kleinen Tisch. Sogar eine Schale mit Obst stand dort und eine Flasche Mineralwasser. Seltsam, an welche Nebensächlichkeiten man sich auch noch nach Jahren erinnert.

»Hast du Hunger, wollen wir runter ins Restaurant gehen?«, fragte ich Hannah, nachdem wir ihre Sachen verstaut hatten.

»Ich weiß nicht so recht, eigentlich habe ich gar keinen Appetit, vielleicht können wir uns eine Kleinigkeit aufs Zimmer schicken lassen?«

»Sicher, das lässt sich bestimmt machen, ich rufe den Zimmerservice an.«

Ich habe vergessen, wer was gegessen hat, ob überhaupt einer von uns etwas gegessen hat, aber an diese Nacht werde ich mich für immer erinnern. Jedes Detail habe ich mir seither unzählige Male ins Gedächtnis gerufen, es noch einmal durchlebt. Wir liebten uns, als hätten wir nie etwas anderes getan. Unsere Körper agierten und reagierten in vollkommener Harmonie. Es war ein völliges Aufgehen im anderen, ein Vergessen seiner selbst, um dem anderen Freude zu schenken. Zwischendurch sahen wir uns schweigend an, lauschten dem Atem des anderen und spürten seinen Herzschlag. So müssen sich Platons Kugelmenschen gefühlt haben: Eins und in vollkommener Harmonie.

Irgendwann, ich weiß nicht mehr genau, habe ich versucht, Doro dieses Gefühl zu erklären, aber sie konnte nichts damit anfangen.

»Das war wohl eher der Reiz des Neuen oder überschäumende Hormone, keine Ahnung, aber mit Platons Kugelmenschen hatte das sicher nichts zu tun. Abgesehen davon, dass sie sowieso nur eine Legende sind.«

Danach habe ich nie wieder versucht, ihr meine Gefühle für Hannah zu erklären.

ZWÖLF
DIE KLINIK

»Können Sie sich vorstellen, dass es für Ihre Frau schmerzhaft war, von ihren starken Gefühlen für ihre Schwester zu hören?«

»Natürlich kann ich mir das vorstellen, und von mir aus hätte ich ihr davon niemals etwas erzählt. Sie war es, die ständig gebohrt hat, die wissen wollte, wann ich endlich über Hannahs Tod hinwegkomme, warum ich ständig depressiv bin und so weiter. Nur deshalb habe ich versucht, ihr die Stärke meiner Gefühle zu erklären. Sie hat es nicht verstanden, aber wenigstens danach aufgehört zu fragen.«

»War das Ihre Absicht?«

»Was genau? Dass sie aufhört, mich zu fragen? Hm, vielleicht hat das auch eine Rolle gespielt, das weiß ich nicht mehr. Ich wollte nicht mit ihr über Hannah reden, eigentlich wollte ich mit niemandem über sie reden. Ich wollte die Erinnerung an sie nicht teilen, sie gehörte mir allein.«

»Ist das bis heute so geblieben, dass Sie das alles mit sich allein ausmachen?«

»Ach was, jeder neue Therapeut hat sofort mit den

immer gleichen Fragen angefangen und ich habe die immer gleichen Antworten gegeben. Das war nicht schwer, es war ja die Wahrheit. Hannah war und ist die große Liebe meines Lebens und die habe ich für immer verloren.«

»Wie ging es weiter, was haben die Untersuchungen ergeben?«

»Was glauben Sie? Wäre ich hier, wenn sie etwas Positives ergeben hätten? Nein, sie ergaben ihr Todesurteil, hübsch verpackt in hoffnungsvolle Worte, und, sie wusste es von Anfang an, und es ist mir nicht gelungen, ihr Mut zu machen, ihr Hoffnung zu geben.«

DREIZEHN
HANNAH

In dieser wunderbaren, fast unwirklich vollkommenen Nacht haben wir nicht viel geschlafen, erst gegen Morgen übermannte uns der Schlaf, aus dem uns der Wecker gnadenlos riss. Hannahs Termin in der Klinik war bereits um 08:00 Uhr und wir machten uns in stummer Angst vor dem, was kommen würde, bereit. Wir waren pünktlich, mussten aber dann eine ganze Weile warten, bis der Spezialist kam und uns in sein Sprechzimmer bat. Dr. Polland hatte bereits einen ganzen Stapel Befunde vor sich liegen, die Hannah mit besorgtem Blick betrachtete.

»Guten Morgen, Frau Böhm, Herr Böhm ... schön, dass Sie Ihre Frau heute begleiten. Es stehen ja weitreichende Untersuchungen und auch Entscheidungen an, bei denen Sie sich vielleicht abstimmen möchten. Nun, die Untersuchungen, die bereits bei den Kollegen in Brasilien durchgeführt wurden, ergaben den Verdacht auf einen Ovarialtumor. Ihr rechter Eierstock ist stark verdickt, aber um diese Diagnose verifizieren zu können, müssen wir weitere bildgebende Verfahren anwenden, mit denen wir gleich heute beginnen werden. Natürlich müssen wir auch Blut nehmen, ihre allgemeine körperliche Verfassung checken und so weiter. Das wird sicher eine Weile dauern, vermutlich bis in den Abend. Eine Schwester wird sie deshalb gleich auf ihr Zimmer bringen. Richten Sie sich ein, verabschieden Sie sich von Ihrem Mann, wir sehen uns später wieder.«

»Bitte, geh nicht weg«, bat Hannah mich, als der Arzt den Raum verlassen hatte. »Bleib in meiner Nähe, ich drehe vor Angst sonst durch. Nur, wenn ich weiß, dass du da bist, halte ich das aus.«

»Natürlich bleibe ich hier, es gibt bestimmt eine Cafeteria, da findest du mich, wann immer du mich suchst. Ansonsten haben wir unsere Handys und du kannst mich jederzeit erreichen. Außerdem bin ich in Gedanken immer bei dir, hab keine Angst, es wird bestimmt alles gut werden.«

Natürlich wurde nichts gut, ganz im Gegenteil. Das Schicksal ist blind, taub und grausam, es schlägt zu, wann und wo es will, es nimmt keine Rücksicht auf menschliche Gefühle. Zeus hielt sein Versprechen nicht, wir hatten unsere andere Hälfte gefunden, aber ein glückliches Leben war uns nicht vergönnt.

Hannah sah ich erst gegen Mittag wieder. Sie kam in die kleine Cafeteria und sah müde und erschöpft aus.

»Ich weiß noch nichts Genaues, aber die Gynäkologin hat gesagt, um ganz sicher zu gehen, muss auf alle Fälle operiert werden. Wann und warum, habe ich vor lauter Angst nicht gefragt. Heute Nachmittag muss ich noch ins MRT und danach ist Befundbesprechung. Du musst unbedingt dabei sein, bitte, Alex, lass mich nicht allein.«

»Was denkst du denn von mir? Natürlich bin ich da, du

wirst keine Minute allein sein, das verspreche ich dir. Egal, was dabei herauskommt, wir schaffen das zusammen, du wirst schon sehen.«

Sie lächelte, nickte, aber ich sah die Angst in ihren Augen.

VIERZEHN
DIE KLINIK

»Es muss schwer für Sie gewesen sein, nicht wirklich helfen zu können.«

Ich zucke zusammen. Ich habe die Therapeutin völlig vergessen, weil ich wieder einmal in meine Vergangenheit abgetaucht bin. Das kann ich sehr gut, ich vergesse dann alles um mich herum, nur um irgendwann wieder in einer Realität ohne Hannah aufzuwachen. Dieses schreckliche Gefühl der totalen inneren Leere kann ich mit Worten nicht beschreiben. Niemand, der das nicht selbst erlebt hat, kann das nachvollziehen. Dunkelheit ist die Abwesenheit von Licht, Trauer die Abwesenheit von Liebe und Depression die Abwesenheit von Freude, bei mir sind alle positiven Gefühle verschwunden. Was bleibt, ist ein schwarzes Nichts, das mich völlig ausfüllt. Eine Mischung aus Gleichgültigkeit und unendlicher Traurigkeit. Nicht der kleinste Lichtschimmer dringt da hinein und einen Ausweg gibt es nicht. Das weiß ich genau und deshalb bin ich mir auch sicher, dass jeder Versuch, mich da rauszuholen zum Scheitern verurteilt ist.

»Warum geben Sie es nicht endlich auf, mich

therapieren zu wollen? Sie werden von mir nicht mehr erfahren als das, was ich vor Ihnen schon einem Dutzend Therapeuten erzählt habe.«

»Wer sagt, dass ich Sie therapieren will, Herr Osthoff? Ich will mir nur ein Bild von Ihrer momentanen Stimmung machen. Ich muss doch beurteilen, ob wir Sie entlassen können oder ob Sie weiterhin eine Gefahr für sich selbst sind.«

»Bin ich nicht! Ich habe Ihnen doch schon gesagt, dass das alles nur ein blöder Unfall war, weiter nichts. Ich habe zu viel getrunken ...«

»Niemand, der nur zu viel getrunken hat, schluckt 30 Diazepam. Wissen Sie, was ich denke? Es war ein besonderer Tag, vielleicht Hannahs Geburtstag, der Tag, an dem Sie sich kennengelernt haben, oder ihr Todestag. Sie waren schon den ganzen Tag traurig, trauriger als Sie es ohnehin immer sind. Dann ist etwas passiert, das Ihre Stimmung noch weiter verschlechtert hat, und Sie haben zum Alkohol gegriffen. Sie konnten diesen Schmerz einfach nicht mehr ertragen. Ein Glas hat nicht geholfen, also haben Sie sich ein zweites und dann ein drittes eingeschenkt. Ihre Gedanken wanderten zurück in die Zeit, als Hannah noch bei Ihnen war ...«

»Hören Sie auf, tun Sie, um Himmels willen nicht so, als würden Sie mich verstehen. Sie haben keine Ahnung, wie es mir geht. Sie stehen da und lächeln, Ihre Welt ist in Ordnung, sie wurde nicht in Stücke gerissen, also verschonen Sie mich mit Ihrem Psychologengequatsche.«

»Könnte es vielleicht sein, dass ich nicht so ganz danebengelegen habe, was diesen Abend betrifft?«

Ich antworte nicht, will ihr nicht Recht geben. Wer weiß, was sie dann in ihren Scheißbericht schreibt? Aber ich will hier raus und dafür brauche ich sie.

»Na ja, ich hatte einen heftigen Streit mit meiner Frau, sie hatte mal wieder genug von mir und meinen Depressionen, wollte mich verlassen, das ganze Programm.«

»Das Sie vermutlich schon in allen Facetten auswendig kennen?«

»Allerdings, aber Sie wissen doch, für uns Männer ist eine Ehe intakt, solange die Frau noch im Haus wohnt«, versuche ich mich müde an einem Kalauer, den sie nicht lustig findet.«

»Was glauben Sie, warum ist Ihre Frau immer noch da?«

»Das ist mal eine verdammt gute Frage, ehrlich. Ich habe keine Ahnung, vielleicht hat sie masochistische Tendenzen? Vielleicht sollten Sie sie therapieren und nicht mich? Ich an ihrer Stelle wäre längst weg.«

»Tatsächlich? Haben Sie mir nicht erzählt, dass Sie bei Ihrer großen Liebe bis zum letzten Atemzug ausgeharrt haben?«

»Natürlich, aber das war doch etwas völlig anderes. Sie haben es gerade selbst gesagt, sie war meine große Liebe.«

»Und was sind Sie für Ihre Frau?«

»Was ich für ... wie meinen Sie das jetzt? Wollen Sie etwa sagen, Doro hat mich nicht verlassen, weil sie ... ach, das ist doch totaler Unsinn. Doro ist nicht der sentimentale Typ, die steht mit beiden Beinen auf dem Boden ... also, natürlich muss man nicht sentimental sein, wenn man mit jemandem zusammenbleibt, der krank ist oder so. Das wollte ich damit nicht sagen.«

»Was wollten Sie damit sagen?«

»Ich denke, Doro hat mich nicht verlassen, weil Max seinen Vater braucht, und weil wir nun mal miteinander verheiratet sind. Sie ist ganz rational, sie träumt nicht von einem Himmel voller Geigen. Sie akzeptiert, dass es in einer Ehe Höhen und Tiefen gibt.«

»Wie viele Höhen gab es in Ihrer Ehe denn für Ihre Frau?«

»Also, die ersten Jahre waren ganz schön. Ich meine, wir haben viel unternommen, sind viel gereist, hatten ein gemütliches und komfortables Zuhause ...«

»Ich glaube, wenn mein Mann über unsere Ehe sagen würde, ›Sie sei ganz schön‹, hätten wir Redebedarf. Warum haben Sie Ihre Frau geheiratet? Bitte, nur einen Satz.«

»Warum ich meine Frau ... na ja, sie sah echt gut aus, hatte eine tolle Figur, wir hatten ähnliche Interessen, konnten uns gut unterhalten ...«

»Alles in der Vergangenheit und ohne ein Wort über Gefühle?«

»Ach, kommen Sie, das sind Spitzfindigkeiten. Natürlich war ich auch verknallt, sonst hätte ich sie doch nicht geheiratet.«

»Und wieder Vergangenheit. Warum sind Sie eigentlich noch mit Ihrer Frau zusammen oder schon wieder? Was hält Sie bei ihr?«

»Keine Ahnung und ich habe auch keine Lust, darüber zu philosophieren. Außerdem geht Sie das wirklich nichts an.«

»Stimmt, entschuldigen Sie, aber ich verstehe einfach nicht, warum Sie so konsequent Ihre Frau und Ihren Sohn verlassen haben. Nach Ihren eigenen Worten von einem Tag auf den anderen, ohne auch nur einmal zurückzuschauen. Und jetzt leben Sie seit Jahren wieder mit ihnen zusammen, ohne zu wissen, warum?«

»Hat die Beantwortung dieser Frage irgendeine Relevanz für meine Entlassung? Sonst geht Sie das wirklich nichts an?« Ich fühle tatsächlich Wut und das wundert mich, denn Wut ist ein Gefühl, und außer dieser unendlichen Traurigkeit, kenne ich seit Jahren keine Gefühle mehr. Ist das ein Fortschritt?

»Ich muss mich noch einmal bei Ihnen entschuldigen, es geht mich wirklich nichts an. Möchten Sie sich vielleicht etwas ausruhen? Ich komme später noch einmal wieder.«

Als ich nicht antworte, dreht sie sich schließlich um und verlässt mein Zimmer. Ich überlege, ob sie tatsächlich so ungeschickt ist oder ob sie mich vielleicht absichtlich provoziert hat. Bleibt die Frage, warum ich immer noch mit Doro zusammen bin, und was mir mein Sohn eigentlich bedeutet? Mir fällt keine Antwort ein, außer, dass ich mich plötzlich schuldig fühle. Damals, als das mit Hannah begann, hatte ich weder ein schlechtes Gewissen noch Schuldgefühle. Das Einzige, was mich interessierte, war mein Leben mit Hannah.

FÜNFZEHN
HANNAH

Es war kurz vor 18:00 Uhr, als wir Dr. Polland wieder gegenübersaßen. Ich hielt Hannahs Hand, die sich eiskalt anfühlte und spürbar zitterte. Ich drückte sie zärtlich, in der Hoffnung, sie dadurch zu überzeugen, dass ich für sie da war.

»Tja, Frau Böhm, das war ein langer Tag für Sie, sicher auch sehr anstrengend …« Er räusperte sich und ich merkte, dass er sich unwohl fühlte.

»Leider haben alle unsere Untersuchungen den Verdacht auf einen Ovarialtumor bestätigt. Nun ist es aber so, dass bei dieser Krebsart die endgültige Bestätigung nur durch eine Operation erfolgen kann. Das heißt, wir müssen Sie operieren und während der OP auf den pathologischen Befund warten. Wenn sich unsere Diagnose bestätigt, müssen wir alles entfernen, was eventuell befallen sein könnte. Das heißt bei Ihnen beide Eierstöcke, die Gebärmutter, eventuell Teile des …«

Er verstummte, weil Hannah einen entsetzten Schrei ausgestoßen und beide Hände vors Gesicht geschlagen hatte. Ich war schon aufgesprungen und kniete neben ihr.

»Ich kann mir vorstellen, dass Sie jetzt erst einmal sehr erschrocken sind, Frau Böhm, das hört sich natürlich sehr schlimm an, aber erstens muss es nicht so weit kommen und zweitens, selbst wenn, ist es noch kein Todesurteil. Die Überlebensrate ist bei dieser aggressiven Krebsart zwar deutlich niedriger als bei anderen, aber durch neue Chemotherapien und Krebsmedikamente ist sie in den letzten Jahren doch deutlich gestiegen.«

Er klang für mich wie ein Pharmavertreter, der gern einen größeren Auftrag an Land gezogen hätte.

»Bitte, können Sie meiner Frau vielleicht einen Moment geben, Sie sehen doch, dass sie jetzt kaum zuhören kann.« Ich klang bestimmt nicht sehr freundlich, aber das war mir egal. Ich sah nur Hannah und spürte, wie sie litt.

»Natürlich, entschuldigen Sie«, murmelte der Arzt, nahm seine Brille ab und begann, sie zu putzen.

Nach einer Weile, in der niemand etwas sagte, richtete Hannah sich auf, zog ein Taschentuch aus ihrer Handtasche und putzte sich die Nase.

»Es tut mir leid«, sagte sie leise, »ich war nicht darauf vorbereitet, ich hatte gehofft, es wäre alles nicht wahr. Ich weiß, es war dumm von mir ...«

»Aber nein, Sie müssen sich nicht entschuldigen, Ihre Reaktion ist völlig verständlich und normal. Auch uns Ärzten fällt es nicht leicht, Patienten eine so schlimme Nachricht zu überbringen. Aber, nach dem, was unsere Untersuchungen heute ergeben haben, kann ich Ihnen nur empfehlen, diese Operation keinen einzigen Tag länger aufzuschieben. Es ist sehr ernst, Frau Böhm, und so leid es mir tut, je schneller wir den Feind jetzt bekämpfen, desto größer sind Ihre Chancen.«

Ich schluckte, fuhr mit der Zunge über meine trockenen Lippen und fragte: »Wann?«

»Morgen«, antwortete er und ich hörte, wie Hannah neben mir den Atem anhielt.

»Tu es, bitte, meine Liebste. Ich weiß, du hast schreckliche Angst und es ist eine schwere Entscheidung, aber …«

»Es ist die Entscheidung zwischen einem langen Leiden und einem schnellen Tod.« Sie sagte es laut und so deutlich, dass sogar der Arzt zusammenzuckte.

»Aber, Liebes, so darfst du das nicht sehen.«

»Nein, Frau Böhm, so ist es wirklich nicht. Es tut mir sehr leid, wenn ich Ihnen diesen Eindruck vermittelt habe. Ja, es ist unter Umständen eine sehr große Operation, die lange dauern und Ihren Organismus sehr anstrengen wird, aber es ist kein Todesurteil. Außerdem wissen wir noch gar nicht, ob dieser große Eingriff überhaupt notwendig ist. Möglicherweise …«

»Von wie viel Prozent reden wir?«

Ich erkannte Hannahs Stimme kaum wieder, so emotionslos klang sie.

»Das kann ich Ihnen wirklich nicht beantworten, erst morgen, wenn ich …«

»Ich muss mich aber heute, in diesem Moment entscheiden, nicht morgen. Also, wie viel?«

»Dass keine größere Operation nötig ist, es vielleicht mit der Entfernung eines Ovars getan ist?« Er machte eine Pause, schüttelte den Kopf, und sagte dann leise: »Unter 20 Prozent, meiner Meinung nach.«

»Das sind immerhin 20 von 100 Menschen, die Glück haben, oder? Warum soll ich nicht dabeisein? Operieren Sie mich?«

»Nicht allein, aber ich bin der verantwortliche Chirurg im OP und ich verspreche Ihnen, dass ich alles tun werde, was ich nur kann.«

»Muss ich heute Nacht hier in der Klinik bleiben oder darf ich ...?«

»Tut mir leid, Frau Böhm, aber wir werden morgen sehr früh mit den Vorbereitungen beginnen. Wir können aber Ihrem Mann eine Liege in Ihr Zimmer stellen, wenn Sie möchten.«

Später, in ihrem Zimmer, gingen wir das Gespräch mit Dr. Polland wieder und wieder durch. Versuchten aus jedem Wort, aus jeder Geste etwas Positives für uns herauszulesen.

»Er war sich nicht sicher mit den 20 Prozent, vielleicht sind es mehr, 25 oder sogar 30. Könnte doch sein, oder?«

Hannahs Blick war flehend und so nickte ich und antwortete mit großer Sicherheit: »Aber natürlich, so aus dem Stegreif kann er das gar nicht genau wissen. Außerdem ist mir das egal, ob 20 oder 30 Prozent, du wirst es auf jeden Fall schaffen. Zeus wird es nicht zulassen, dass unsere Kugel erneut auseinandergerissen wird. Daraufhin umarmten wir uns im Stehen, schlangen unsere Arme umeinander und versuchten das Gleiche mit den Füßen. Das brachte uns natürlich ins Wanken und darüber mussten wir tatsächlich so lachen, dass wir für einen kurzen Moment unsere Angst vergaßen.

Gegen 22:00 Uhr bekam Hannah ein Beruhigungsmittel und schlief kurz darauf ein. Ich saß neben ihrem Bett und betrachtete sie, bemühte mich, mir jede Einzelheit, jedes noch so kleine Detail genau einzuprägen. Erst nach einer ganzen Weile wurde mir klar, dass ich glaubte, sie zu verlieren. Darüber erschrak ich sehr und bemühte mich darum, dieses Gefühl der Hoffnungslosigkeit abzuschütteln. An Schlaf war für mich in dieser Nacht lange nicht zu denken, ich war zu aufgewühlt. Lange lauschte ich Hannahs regelmäßigen Atemzügen, bis auch mich endlich der Schlaf übermannte.

SECHZEHN
DIE KLINIK

»Schlafen Sie?« Ich öffne die Augen und komme aus meinen Erinnerungen in die Realität zurück. Zu der gehört leider Dr. Iwanowa, die hartnäckige Psychiaterin, die mich begutachten muss. Entscheiden, ob ich dieses Gefängnis, das sich Psychiatrische Klinik nennt, verlassen darf oder ob ich auf unbestimmte Zeit hierbleiben muss. Nur aus diesem Grund nicke ich und sage: »Ich bin wach.«

»Sie sahen sehr unglücklich aus, als ich eben hereinkam, Herr Osthoff. Wo waren Sie mit Ihren Gedanken?«

Ich überlege, ob ich mich dumm stellen, irgendetwas Banales sagen soll, aber ich entscheide mich dagegen. Was kann es schon schaden, ihr von meinen ständigen Zweifeln zu erzählen?

»Ich habe noch einmal darüber nachgedacht, ob alles anders gekommen wäre, hätte ich Hannah nicht dringend geraten, sich schnell operieren zu lassen. Verstehen Sie? Sie war sich unsicher, wusste nicht, was sie tun sollte. Und ich war derjenige, der ihr zugeredet und behauptet hat, alles würde gut ausgehen. Sie hat mir vertraut und daran ist sie gestorben.«

»Warum haben Sie ihr denn zu dieser Operation geraten?«

»Warum? Na, weil es die einzige Hoffnung war, sonst wäre sie ganz sicher gestorben, das hat der Arzt ganz klar und unverblümt gesagt. Der gottverdammte Krebs hätte sie langsam, aber sicher aufgefressen.«

»Sie ist also an ihrer schweren Krankheit gestorben?«

»Sie wurde operiert, und es war eine schwere Operation, die sieben Stunden gedauert hat. Ich habe die ganze Zeit im Krankenhaus gewartet. Ich bin nicht gläubig, aber damals habe ich alle Götter angefleht, mir Hannah nicht wegzunehmen. Ich wurde erhört, die OP war erfolgreich, auch wenn sie damit nicht geheilt war.«

»Sie ist also nicht während der Operation gestorben und doch quält es Sie, ihr dazu geraten zu haben?«

»Es war der Anfang eines endlosen Leidensweges, alles begann mit dieser Entscheidung.«

»Heißt das, sie war vorher nicht krank, ist es erst durch diese Operation geworden?«

»Was? Nein, natürlich war sie schon vorher krank, sehr krank sogar, sonst hätte sich doch diese Frage überhaupt nicht gestellt.«

»Ich habe Sie so verstanden, dass Sie glauben, Hannah sei gestorben, weil sie sie zu dieser Operation überredet haben?«

»Vielleicht nicht nur deswegen, aber, also, nehmen wir mal an, ich hätte ihr davon abgeraten ...«

»Wäre sie dann nicht einen langen, qualvollen Tod an diesem Krebs gestorben?«

»Möglicherweise, aber dann wären ihr die Chemo und die zweite Operation vielleicht erspart geblieben. Sie hätte sich nicht so viel erhofft und wäre nicht so furchtbar enttäuscht gewesen.«

»Das ist natürlich alles möglich, aber wissen Sie, was ich denke? Dass Sie dann heute hier vor mir liegen und sich Vorwürfe machen würden, ihr nicht eindringlicher zu dieser Operation geraten zu haben.«

Für einen Moment bringt mich das aus dem Konzept und ich schüttele irritiert den Kopf.

»Sind Sie anderer Meinung, Herr Osthoff?«

»Ich weiß es nicht, darüber habe ich nie nachgedacht. Ich weiß aber, dass sie dieser Operation zugestimmt hat, weil ich dafür war.«

»Waren Sie allein dafür?«

»Nein, ihr Arzt natürlich auch, er hat ihr gesagt, dass sie keine Zeit mehr verlieren darf.«

»Hatten Sie den Eindruck, dass dieser Arzt wusste, warum er das sagte?«

»Ja, sicher, er hatte doch die Befunde aller Untersuchungen vor sich liegen.«

»Also haben sie nur bestätigt, was ein Experte auf seinem Gebiet ebenfalls geraten hat?«

»Ich hatte grauenhafte Angst, so etwas habe ich in meinem ganzen Leben zuvor noch nicht gefühlt. Als ich dann bemerkte, dass sie zögerte, habe ich sofort gesagt, dass sie sich operieren lassen muss. Vielleicht war das egoistisch von mir und hat ...«

»Sie haben gerade gesagt, dass auch der Arzt, der ihren Zustand sehr genau kannte, dringend zu einer Operation geraten hat. Ist es nicht sehr wahrscheinlich, dass Hannah sich auch ohne Ihre Intervention so entschieden hätte?«

Ich lasse diesen Satz eine Weile auf mich wirken, bevor ich antworte: »Ich glaube schon, sie hatte keine andere Wahl.«

»Vielleicht hatten auch Sie keine andere Wahl als diese Entscheidung mit ihr zusammen zu tragen.«

Ich starre sie an, spüre, wie mir Tränen die Kehle hochsteigen, mir den Atem rauben. Ich will nicht heulen, was soll das? Wahrscheinlich will sie genau das, dann kann sie sagen, dass ich emotional noch zu instabil bin, um entlassen zu werden. Den Gefallen werde ich ihr garantiert nicht tun, also schlucke ich ein paar Mal und drehe den Kopf zum Fenster, damit sie mein Gesicht nicht mehr sehen kann.

»Ich glaube, für heute haben wir genug geplaudert, Herr Osthoff, gleich kommt das Abendessen. Ich hoffe, Sie haben ein bisschen Appetit. Wir sehen uns dann morgen wieder. Ich wünsche Ihnen eine gute Nacht.«

Ich nicke, sage nichts, weil sie die Tränen in meiner Stimme hören würde, oder ist sie vielleicht nur so schnell verschwunden, weil sie etwas gemerkt hat? Ich muss besser aufpassen, sie ist gerissen und gar nicht so harmlos, wie sie sich gibt. Was hat sie gesagt? Ich hätte Hannahs Entscheidung nur unterstützt, gar nichts anderes machen können? Wie ist sie darauf gekommen? War es wirklich so?

SIEBZEHN
HANNAH

Gegen sechs Uhr begann die Krankenhausroutine. Eine Schwester kam mit einem Instrumentenwagen, um Hannah für die Operation vorzubereiten. Sie bat mich, das Zimmer zu verlassen, aber Hannah bestand darauf, dass ich blieb.

»Das ist mein Mann, er hat mich schon öfter nackt gesehen, warum also nicht auch jetzt«, sagte sie, in einem verzweifelten Versuch, lustig zu klingen. Die Schwester zögerte kurz, dann zuckte sie mit den Schultern und ich blieb auf meinem Bett sitzen.

»Sie sind die Erste auf dem Operationsplan, Frau Böhm, das ist gut, dann sind Sie bald fertig. Den meisten Patienten macht das lange Warten große Angst«, plauderte sie munter, während sie Hannahs Blutdruck und die Sauerstoffsättigung maß und auf ihr Tablett eintrug.

»Alles super, Fieber haben Sie auch keins, von mir aus kann's losgehen. Brauchen Sie eine Beruhigungstablette?«

Hannah nickte zögernd und schluckte die kleine, weiße Pille, die die Schwester ihr in einem rosa Plastikbecher hinhielt.

»Bitte nur einen kleinen Schluck Wasser, sie müssen

absolut nüchtern sein. So, es dauert nicht mehr lange, Sie können sich aber noch in Ruhe verabschieden, ich komme gleich zurück.«

Als sie das Zimmer verlassen hatte, setzte ich mich auf Hannahs Bett und nahm sie in den Arm. Sie sah klein und sehr verletzlich aus, gänzlich ohne Make-up, die schönen Haare unter einer hässlichen Plastikhaube versteckt.

»Sieh mich nicht an, ich sehe furchtbar aus«, sagte sie und verbarg ihr Gesicht in meiner Achselhöhle.

»Sag das doch nicht, du bist wunderschön«, widersprach ich sofort. »Ich liebe dich, sogar mit dieser chicen Mütze.«

Sie hob den Kopf und lächelte mich an. »Das musst du aber beweisen, also küss mich jetzt. Küss mich so, als wäre es das letzte Mal.«

Das war es dann tatsächlich, denn unmittelbar nach diesem langen Kuss kam die Schwester zurück und holte Hannah ab. Ich lief neben ihrem Bett her und hielt ihre Hand, bis wir vor einer Tür standen, durch die ich nicht mitgehen durfte. Ich drückte noch einmal ihre Hand und dann war sie weg, auf dem Weg in eine mehr als ungewisse Zukunft.

In meiner Erinnerung sehe ich mich oft in der Cafeteria sitzen, vor dem siebten oder achten Kaffee, der immer kalt wird, weil ich vergesse, ihn zu trinken, weil ich an nichts anderes denken kann als an Hannah. Ich stelle mir vor, wie sie tiefschlafend auf einem OP-Tisch liegt, während sich Ärztinnen und Ärzte über sie beugen, schrecke dann auf und blicke mich verwirrt um. Die Zeit vergeht im Schneckentempo, obwohl ich versuche, die Zeiger der großen Uhr zu zwingen, sich schneller zu bewegen. Gegen zehn Uhr wird es voll, das Personal hat Pause. Alle reden durcheinander, lachen, frühstücken und scheinen keine

Sorgen zu haben. Ich bin allein auf meiner Insel der Angst und der vagen Hoffnung. Niemand beachtet mich, niemand spricht mich an, ich bin unsichtbar, ein Außenseiter unter den Fröhlichen. Erst gegen Mittag, als kein Platz mehr frei ist, setzen sich zwei junge Frauen an meinen Tisch, ohne sich weiter um meine Anwesenheit zu kümmern. Sie unterhalten sich über einen komplizierten Fall, eine Sepsis, die nicht in den Griff zu bekommen ist.

»Die wird ihr Bein verlieren, hundertpro«, sagt die eine, und beißt genüsslich in ein Schinkenbrötchen. Die andere nickt lachend. »Gehe ich auch von aus, wer zu spät kommt, den bestraft das Leben.«

Ich starre in meine Tasse mit dem kalten, dünnen Kaffee und würde mir gern die Ohren zuhalten oder ganz laut schreien. Bei der Vorstellung, dass andere so über Hannah reden: »Die wird ihr Leben verlieren, hätte halt früher kommen müssen«, wird mir schlagartig übel, so, als hätte mir jemand mit der Faust in den Magen geschlagen. Ich springe auf und renne aus dem Raum, durch die Lobby, raus ins Freie. Frische Luft. Tief atmen, ruhig ein und aus, nicht denken, nur atmen. Langsam beruhigt sich mein Magen wieder, die Säure zieht sich aus meiner Kehle zurück, die Gefahr ist gebannt. Als ich langsam in das Gebäude zurückgehe, fällt mir ein, dass ich seit fast 36 Stunden nichts gegessen habe. Es ist mir nicht aufgefallen, kein Hungergefühl hat mich daran erinnert. Hunger habe ich auch jetzt nicht, aber ich muss etwas in den Magen kriegen, wer weiß, wann ich wieder die Gelegenheit dazu habe. Also kehre ich in die Kantine zurück, bestelle mir einen neuen Kaffee und nehme mir aus der Kühlung ein belegtes Brötchen. Dann fällt mein Blick auf ein kleines Glas mit Schokoladenpudding. Das stelle ich ebenfalls auf mein Tablett. Schokoladenpudding war als Kind mein größtes Glück. Solange es Schokoladenpudding gab, konnte nichts Böses passieren. Vielleicht wirkte dieser Zauber ja auch heute.

Es funktionierte, Hannah überlebte die Operation, auch wenn sie nicht zu den Glücklichen gehörte, die mit einem kleinen Eingriff davonkamen. Sie musste von nun an ohne Eierstöcke, Eileiter und ohne Gebärmutter leben. Das teilte mir in knappen Worten Dr. Polland mit, als er, sichtlich erschöpft, aus dem OP kam. Ich bat ihn darum, Hannah diese niederschmetternde Nachricht selbst mitteilen zu dürfen. Er nickte und wirkte erleichtert.

Ich saß neben ihrem Bett, und lauschte den Geräten, die ihr Leben überwachten. Ein Pfleger hatte sie auf die Wachstation gebracht und mir mitgeteilt, dass sie bald aus der Narkose aufwachen würde. Nach etwa 30 Minuten wurde sie zuerst unruhig und schlug kurz darauf die Augen auf und schaute sich um. Erst als ihr leerer Blick auf mich fiel, kam Leben in ihn und sie flüsterte meinen Namen.

Ich sprang auf und beugte mich über sie.

»Ja, mein Herz, ich bin hier. Du hast die Operation überstanden, jetzt wird alles gut.«

»Was haben sie gemacht?«, flüsterte sie mit langen Pausen, sichtlich angestrengt.

»Das weiß ich nicht, das wird dir Dr. Polland sicher später alles genau erklären«, wich ich aus. »Jetzt musst du dich erst einmal ausschlafen und wieder zu Kräften kommen.«

Sie nickte ganz leicht, bevor sie wieder davondämmerte.

Erst am nächsten Tag war Hannah wieder klar und ansprechbar. Inzwischen war sie von der Wachstation zurück auf ihr Zimmer gebracht worden, und die Nacht war ohne Komplikationen verlaufen. Dazu hatten sicherlich die vielen Schmerzmittel und die Antibiotika beigetragen, trotzdem verzog sie beim Aufwachen gequält das Gesicht.

»Langsam, mein Herz, du musst ruhig liegen, du darfst dich noch nicht aufsetzen.«

»Habe ich es überstanden? Wie ist es gelaufen?«

Ihre Stimme war so leise, dass ich ihre Frage mehr erahnte als verstand und ausweichend antwortete: »Es wird alles gut.«

»Was haben sie gemacht, sag es mir!«

»Liebes, bitte, du darfst dich jetzt nicht aufregen, du bist noch sehr schwach und …«

»Sag es mir!«

»Leider mussten sie mehr als nur einen Eierstock entfernen, sie mussten …«

»Oh Gott, ich werde sterben.«

»Was? Aber nein, ganz bestimmt nicht. Dr. Polland hat mir versichert, dass sie den Krebs vollständig entfernen konnten. Du musst dich jetzt nur gut erholen, vielleicht noch ein paar Bestrahlungen bekommen, aber du wirst wieder gesund. Versprochen.«

»Weißt du, was das bedeutet, was sie mit mir gemacht haben? Mit 32 Jahren bin ich in der Menopause, und muss für den Rest meines Lebens Hormone schlucken. Wir werden nie Kinder haben können, ich bin nur noch eine halbe Frau.«

»Ich brauche keine Kinder, wenn ich nur dich habe, bin ich ein glücklicher Mann. Und Hormone schluckt doch heute jede Frau, die die Pille nimmt, das ist bestimmt kein großes Problem. Du wirst sehen, in einem Jahr lachst du über deine heutigen Ängste.«

»In einem Jahr bin ich tot.«

Sie sagte diesen furchtbaren Satz völlig emotionslos und

das machte es für mich schlimmer, als wenn sie ihn herausgeschrien hätte.

»Mein Herz, bitte, bitte, sag doch so etwas nicht, ich halte das nicht aus. Du darfst jetzt nicht den Mut verlieren, nicht aufhören zu kämpfen. Versprich mir das, bitte, versprich mir, dass du alles tun wirst, um am Leben zu bleiben.«

Eine ganze Weile schwieg sie, aber dann nickte sie leicht und sagte: »Ich werde es versuchen.«

Etwas später kam Dr. Polland ins Zimmer und ich signalisierte ihm, dass Hannah über die Schwere ihrer Operation Bescheid wusste.

»Es tut mir sehr leid, Frau Böhm, dass ich Ihnen keine positivere Nachricht überbringen kann, aber der Krebs war bereits sehr weit fortgeschritten, hatte auch das zweite Ovar befallen und wir mussten davon ausgehen, dass er auch in den Uterus gestreut hatte. Deshalb haben wir uns schweren Herzens für eine Totaloperation entschieden. Leider waren das noch nicht alle schlechten Nachrichten. Um ganz sicher zu gehen, dass wir wirklich alles erwischt haben, ist eine Chemotherapie unumgänglich. Das wird Sie viel Kraft kosten und sicher auch einige Nebenwirkungen verursachen.«

»Und danach bin ich geheilt? Ich meine, wenn ich diese Chemotherapie mache, bin ich dann geheilt?«

»Zumindest bestehen gute Chancen, darauf …«

»Wie viel?«

»Was meinen Sie damit?«

»Sie wissen genau, was ich meine. Wie groß sind meine Chancen, wieder gesund zu werden? Größer als die, trotz Operation und Chemotherapie zu sterben?«

»Frau Böhm, das kann ich wirklich nicht beantworten,

das ist auch bei jedem Patienten anders, da spielen viele Faktoren eine Rolle.«

»Ich will eine Antwort, ich brauche eine Antwort, sonst schaffe ich es nicht, verstehen Sie das nicht?«

Dr. Polland wand sich sichtlich, wiegte den Kopf hin und her, schluckte heftig, sodass sein Adamsapfel auf und ab hüpfte, und sagte schließlich gequält: »30 Prozent für die ersten fünf Jahre. Laut Statistik, aber da gibt es natürlich auch Ausreißer nach oben.«

»Und nach unten nicht?«, fragte Hannah sarkastisch und schloss verzweifelt die Augen.

»Sie sind jung, Frau Böhm und ansonsten in guter körperlicher Verfassung, das ist ein großes Plus. Sie haben Ihren Mann an Ihrer Seite, auch das ist ganz wichtig und trägt zur Genesung eine Menge bei. Sie dürfen sich nur nicht aufgeben, das wirkt sich leider ganz fatal auf die Wirkung der Chemotherapie aus.«

»Wie bitte?« Hannah öffnete ihre Augen wieder und sah den Arzt an. »Wollen Sie mir damit sagen, dass ich an diese Therapie glauben muss, damit sie wirkt? Was ist denn das für eine Aussage?«

»So habe ich das nicht gemeint. Was ich sagen wollte, ist, dass eine positive Einstellung und der Wille zu leben, einen großen Einfluss auf den Heilungsprozess haben. Wer sich aufgibt, hat schon verloren. Ich kann Ihnen leider keine Garantien geben, aber ich verspreche Ihnen noch einmal, dass ich alles tun werde, was in meiner Macht steht.«

»Danke, das weiß ich zu schätzen. Wie lange muss ich hierbleiben und wie läuft das mit der Chemo ab?«

»Jetzt müssen Sie sich erst einmal erholen und die Wunden heilen lassen. Alles Weitere besprechen wir, wenn die Zeit reif ist.«

»Wie lange wird das dauern, wann kann ich nach Hause?«

»Oh, diese ungeduldigen Frauen«, Dr. Polland rang in komischer Verzweiflung die Hände, bevor er schließlich sagte: »Wenn es keine unerwarteten Zwischenfälle gibt und alles gut verheilt, in einer Woche.«

Erst als er schließlich den Raum verlassen hatte, liefen Hannah Tränen über die Wangen und sie schluchzte leise.

»Wie soll das gehen? Wir leben in einem Hotelzimmer, haben keine Wohnung, kein Zuhause. Wer weiß, wie lange diese Chemotherapie dauert und wie es mir dabei geht?«

»Alles geht, wenn man es will. Meine Sekretärin findet bestimmt bald eine Wohnung, mach dir doch bitte keine Sorgen. Du musst nur gesund werden, um alles andere kümmere ich mich.«

»Das sagst du jetzt, und ich bin dir wirklich unendlich dankbar für deine Fürsorge, aber, du weißt nicht, was noch kommt. Irgendwann musst du schließlich auch mal wieder arbeiten gehen. Wer kümmert sich dann um mich? Vielleicht ist es besser, wenn ich im Krankenhaus bleibe?«

»Unsinn, natürlich bleibst du nicht im Krankenhaus. Wir werden eine Lösung finden, also hör auf, dir den Kopf über Dinge zu zerbrechen, die nichts mit deiner Genesung zu tun haben.«

»Ach Alex«, jetzt fing sie bitterlich an zu weinen und ich nahm sie vorsichtig in den Arm.

»Scht, nicht weinen, mein Herz, alles wird wieder gut, das habe ich dir doch versprochen.«

»Du wolltest ein Leben mit mir, Kinder, eine Familie, das hast du selbst gesagt und, was hast du jetzt? Eine kranke Frau, die zum Krüppel operiert wurde, die monatelang, vielleicht für immer pflegebedürftig sein wird, bis sie schließlich stirbt.«

»Liebes, bitte, sag doch so etwas nicht, das macht mich echt traurig. Ich liebe dich und und deine Erkrankung wird das nicht ändern. Wir werden das zusammen durchstehen, ich werde dich nicht im Stich lassen, und mich um alles kümmern. Deine Aufgabe ist es, gesund zu werden, aber daran musst du glauben. Bitte, meine Liebste, gib dich, gib uns nicht auf. Ich könnte es nicht ertragen, dich wieder zu verlieren.«

Sie weinte noch immer, wirkte aber nicht mehr panisch.

ACHTZEHN
DIE KLINIK

Ich schrecke zusammen, als die Tür aufgestoßen wird und ein mir unbekannter Pfleger mit einem Tablett hereinkommt.

»Tag, Herr Osthoff, ich bin Bernd und bringe Ihnen Ihr Abendessen. Ich wusste leider nicht, welchen Tee Sie mögen, daher habe ich mal Pfefferminze gebracht. Ich hoffe, das ist okay für Sie?«

»Ein Bier wäre mir lieber«, versuche ich mich an einem Scherz, aber das versteht er nicht.

»Oh, kein Problem, das bringe ich Ihnen dann gleich. Soll ich den Tee trotzdem hierlassen oder ...?«

»Sie wollen mir wirklich ein Bier bringen?«, frage ich verblüfft und er nickt fröhlich.

»Aber klar. Als Privater kriegen Sie alles, was Sie wollen. Also, alkoholfrei natürlich, aber Bier und schön kalt. Wollen Sie?«

»Ja, wenn das so ist, sehr gerne, vielen Dank.«

»Da nicht für«, lacht er und stellt das Tablett auf meinem Nachttisch ab.

Ich bin nicht hungrig, obwohl mein Magen ein paar Mal

laut geknurrt hat. Trotzdem hebe ich den Deckel ab, und zum Vorschein kommt eine Käseplatte, nett garniert mit Petersilie und kleinen Salzbrezeln.

»Ich bringe Ihnen nachher noch den Speiseplan für die kommende Woche«, teilt Bernd mir mit. »Sie können alles ankreuzen, was Sie gern haben möchten. Für heute Abend wussten wir das leider nicht.«

»Es ist alles gut so, wie es ist, ich habe ohnehin keinen großen Hunger.«

»Sie sollten aber etwas essen, das ist gut für Ihren Magen, Herr Osthoff. Ich gehe schnell und hole Ihnen noch Ihr Bier, dann rutscht es besser.«

Bis er zurückkommt, habe ich schon eine ganze Scheibe Brot mit Käse gegessen und bestreiche gerade eine zweite mit Butter. Kaum habe ich den ersten Bissen runtergeschluckt, stelle ich fest, dass ich geradezu ausgehungert bin, und genieße es, zu essen. So ist es mir in meiner Zeit mit Hannah auch oft gegangen. Ich vergaß zu essen, verspürte keinerlei Appetit und das bemerkte als Erstes meine Sekretärin.

»Was ist denn mit Ihnen los, Chef, machen Sie eine Nulldiät oder so was? Dann würde ich an Ihrer Stelle langsam damit aufhören, Sie sind viel zu dünn, Ihre Anzüge schlackern schon.«

NEUNZEHN
HANNAH

Hannahs körperliche Genesung verlief gut, aber mit ihrer Psyche ging es weiterhin bergab. Sie haderte mit ihrem Schicksal, stellte sich stündlich die Frage: »Warum gerade ich«, und fand dafür die unmöglichsten Gründe. Einmal hatte sie in der 6. Klasse einen Spickzettel dabei, einmal die Unterschrift ihres Vaters unter einer Mathearbeit gefälscht, dann die Turnstunden geschwänzt, den Freund einer Freundin geküsst und ähnliche Kleinigkeiten.

»Du wirst es sehen, ich werde nicht gesund, auch wenn du sagst, dass das lächerlich ist. Das Schicksal vergisst nichts, schon gar nicht das, was wir meiner Schwester angetan haben.«

Ich hielt immer dagegen, versicherte ihr, dass das alles Unsinn sei und davon nicht ihr Überleben abhängen würde.

»Bitte, du musst mit Doro reden. Du musst ihr das mit uns erklären, ihr sagen, wie leid mir das alles tut. Erzähl ihr von mir, damit sie weiß, wie krank ich bin, vielleicht vergibt sie mir dann.«

»Warum rufst du sie nicht an und sagst es ihr selbst? Ich

meine, Doro ist deine Schwester, es kann ihr nicht egal sein, wie es dir geht.«

»Ich kann nicht, ich schäme mich zu sehr. Ich habe ihr den Mann weggenommen, sie hasst mich, da bin ich mir sicher. Nein, nein, es ist besser, wenn du das machst, dir wird sie bestimmt zuhören. Machst du es? Bitte, Alex, es hängt so viel für mich davon ab.«

Natürlich versprach ich es ihr, und am Vorabend ihrer Entlassung aus dem Krankenhaus, fuhr ich in meine alte Wohnung, um mit Doro zu sprechen. Leider passte mein Schlüssel nicht mehr, sie hatte wohl das Schloss bereits auswechseln lassen. Immerhin öffnete sie mir auf mein Klingeln und fragte knapp: »Was willst du hier?«

»Guten Abend, Doro, ich möchte mit dir reden, um zu erklären …«

»Danke, aber das interessiert mich nicht«, antwortete sie und wollte die Tür wieder schließen. Mein Fuß war schneller und ich appellierte an ihr großes Herz.

»Bitte Doro, so hör dir doch an, was ich zu sagen habe. Hannah ist todkrank, sie hat vielleicht nicht mehr lange zu leben …«

Es klappte, sie öffnete die Tür wieder und sah mich fragend an. »Dann stimmt es also, was sie mir erzählt hat? Sie ist nach Deutschland gekommen, um sich operieren zu lassen?«

»Ja, das stimmt, und sie ist bereits operiert worden. Allerdings musste weit mehr entfernt werden, als sie gedacht hatte, und nun braucht sie auch noch eine Chemotherapie, die sehr belastend sein wird. Doro, Hannah hat ein furchtbar schlechtes Gewissen, hat große Angst vor dem Karma, das sie heimsuchen könnte …«

»Dazu hat sie auch verdammt jeden Grund, aber bitte, komm rein und lass uns reden.«

»Wo ist denn Max?«

»Wo ist der um diese Zeit wohl? Im Bett, er schläft bereits seit zwei Stunden. Und, etwas sage ich dir gleich, dass du mich mit meiner eigenen Schwester betrügst, das ist das eine, das andere ist, dass du von heute auf morgen unseren Sohn im Stich gelassen hast, und das werde ich dir nicht verzeihen, solange ich lebe. So, da das nun geklärt ist, was willst du von mir?«

»Doro, ich verstehe, dass du sauer bist, wütend, enttäuscht, alles zusammen, aber ich kann dir nur immer wieder versichern, dass weder Hannah noch ich dich verletzen wollten. Es ist einfach passiert, wir konnten nichts dagegen tun, es war stärker als wir.«

»Bitte, komm zur Sache, ich möchte mir diesen Schwachsinn nicht länger anhören. Also, spuck's aus, was willst du?«

»Dass du Hannah verzeihst. Wenn schon mir nicht, dann jedenfalls ihr. Ruf sie an oder noch besser, geh zu ihr und sag ihr, dass du ihr verzeihst.«

»Weißt du eigentlich noch, was du redest? Seid ihr beiden denn komplett verrückt geworden? Meine Schwester taucht nach Jahren bei mir auf, verführt bereits am ersten Abend meinen Ehemann, der mich und unseren Sohn daraufhin Hals über Kopf verlässt und du besitzt die Frechheit ...«

»Doro, bitte! Wenn es nicht um ihr Leben ginge, wäre ich nicht hier. Sie gibt sich auf, wenn du ihr nicht verzeihst. Sie glaubt, ihre Krankheit sei die gerechte Strafe dafür, dass sie und ich ...«

»Ganz genau! Damit liegt sie vielleicht gar nicht so falsch! Ihr habt euch so derartig schäbig benommen, dass mir die Worte fehlen, es zu beschreiben. Wäre sie nicht krank, wärst du dann hier? Hätte sie dann auch ein schlechtes Gewissen oder würdet ihr jetzt irgendwo sitzen und euer neues, ach so großes Glück genießen?«

»Natürlich hätten wir auch dann ein schlechtes Gewissen, ganz sicher, aber es hinge nicht ihr Leben davon ab. Doro, sie ist furchtbar krank, selbst wenn sie überlebt, wird sie immer mit der Angst vor einem Rückfall leben müssen. Sie ist doch schon gestraft genug, sie wird niemals Kinder haben, muss ihr Leben lang Hormone schlucken.«

»Das tut mir leid, reicht aber nicht aus, um so zu tun, als wäre das alles nicht passiert. Tut mir leid, Alex, aber das kann ich nicht. Noch nicht, vielleicht irgendwann einmal.«

»Doro ...«

»Nein! Hör auf, mich zu etwas zwingen zu wollen, wozu ich nicht bereit bin. Jetzt geh bitte und tauch hier nicht wieder ohne Voranmeldung auf.«

Ich öffnete den Mund, wollte noch nicht aufgeben, aber sie stand auf und ging entschlossen zur Tür. Ich kannte Doro gut genug, um zu wissen, dass sie nichts, was ich sagen könnte, umstimmen würde. Nicht jetzt und vielleicht nie.

Enttäuscht und wütend über mein Versagen fuhr ich zu unserem Hotel, um zu duschen und frische Kleidung anzuziehen. Ich war gerade dabei, mich abzutrocknen, als mein Handy klingelte. Einer der Assistenzärzte war dran und teilte mir mit, dass man Hannah mit starken Blutungen in den OP gebracht hatte. Ohne Socken und mit nassen, ungekämmten Haaren, stürmte ich aus dem Raum, ignorierte den Fahrstuhl und sprang, drei Stufen auf einmal nehmend, die Treppe runter. Meinen Wagen parkte ich unmittelbar vor der Krankenhauseinfahrt, ignorierte das Rufen des Nachtdienstes und lief, so schnell ich konnte, auf Hannahs Station. Sie lag ruhig im diffusen Licht der für die Nacht gedämpften Beleuchtung, keine Menschenseele war zu sehen. Zum

Glück kam gerade die Nachtschwester aus einem Raum, bevor ich weiter kopflos durch die Gegend rennen konnte. Sie wusste sofort, wen sie vor sich hatte und versuchte, mich zu beruhigen.

»So etwas kann vorkommen, Herr Böhm, das ist gar nicht so selten. Vielleicht ist ein kleines Blutgefäß geplatzt, das wird schon wieder. Sie ist doch bei Dr. Polland in den besten Händen. Der war zum Glück noch im Haus und ist sofort gekommen. Möchten Sie einen Kaffee? Sie können sich dort in den Warteraum setzen, ich hole Ihnen einen.«

Zum Antworten war ich nicht in der Lage, also nickte ich nur und schlurfte in die gewiesene Richtung.

Ich musste eingenickt sein, denn als mich die Nachtschwester an der Schulter rüttelte, war es halb drei.

»Wachen Sie auf, Ihre Frau kommt gleich aus dem OP. Es ist alles in Ordnung, kein Grund zur Sorge. Sie wird noch eine Weile schlafen, aber Sie können sie kurz sehen, wenn Sie wollen.«

»Was war denn der Grund?«, stammelte ich noch schlaftrunken, aber sie zuckte mit den Schultern.

»Das weiß ich leider nicht, das wird Ihnen morgen bestimmt Dr. Polland erklären. Sehen Sie, da kommt Ihre Frau.« Sie drehte sich um und zeigte auf die Fahrstuhltür, die sich gerade öffnete.

Ich rannte los, damit ich neben Hannahs Bett herlaufen konnte. Natürlich schlief sie noch fest, aber sie sah aus wie immer. Erleichtert ließ ich mich auf einen Stuhl fallen, griff nach ihrer Hand und drückte sie sanft. Ihre Lider flatterten, aber sie wachte nicht auf.

»Gehen Sie nach Hause, Herr Böhm, Ihre Frau braucht Ruhe und Sie brauchen Schlaf.«

»Ich kann mich da hinlegen«, widersprach ich und zeigte auf die Liege, die ich schon einmal benutzt hatte.

Sie zögerte, schüttelte dann resigniert den Kopf und murmelte: »Wie Sie wollen, sind ja Ihre Knochen.«

»Jetzt seien Sie nicht sauer, ich weiß, Sie meinen es gut, aber sie muss mich sehen, wenn sie aufwacht, verstehen Sie das nicht?«

»So was kenne ich nur von Netflix, in der Realität kommt das nicht allzu oft vor. Sie geben mir gerade den Glauben an die Liebe zurück«, grinste sie und schloss leise die Tür hinter sich.

ZWANZIG
DIE KLINIK

So rücksichtsvoll ist die Dame vom Service nicht, die mir am frühen Morgen mein Frühstück bringt. Sie stößt die Tür mit so viel Schwung auf, dass sie gegen die Wand knallt. Hätte ich noch geschlafen, wäre das ein böses Erwachen gewesen, so gucke ich sie nur verärgert an.

»Schuldigen, nix Absicht«, erklärt sie und knallt schwungvoll ein Tablett auf meinen Nachttisch, sodass der Kaffee überschwappt.

»Schuldigen, nix Absicht«, behauptet sie erneut, während ich mich bemühe, den Kaffee mit der Serviette vom Tablett zu wischen. Als sie die Tür hinter sich schließt, fliegt auf meiner Seite der Schlüssel raus. Offenbar beschäftigt die Klinik temperamentvolles Personal.

Etwas weniger stürmisch kommt eine Stunde später Dr. Iwanowa rein und sieht aus wie der junge Morgen.

»Sie sehen so ausgeschlafen aus, muss ich aufpassen, was ich sage?«, frage ich ironisch und sie nickt.

»Natürlich, auf jedes Wort, denn ich werde alles gegen Sie verwenden, und Sie für immer hinter diesen Mauern verschwinden lassen.«

»Da kennen Sie aber meine Frau schlecht, die würde diese Mauern mit den bloßen Händen niederreißen, sollten Sie an so etwas auch nur denken.«

»Das finde ich interessant, dass Sie das sagen. Nachdem, was ich bisher über Ihre Ehe weiß, hätte ich eher vermutet, dass sie den Schlüssel wegschmeißt.«

»Ich sagte doch, Sie kennen sie nicht. Sie ist ein guter, ein freundlicher Mensch, aber man sollte sich nicht mit ihr anlegen, wenn es um ihre Familie geht.«

»Danke für die Warnung, aber das hatte ich natürlich ohnehin nicht vor, wie Sie wissen. Erzählen Sie mir daher lieber, wie Sie geschlafen haben und ob Sie etwas von Ihrem Frühstück gegessen haben.«

»Was ist das denn für eine merkwürdige Therapie? Wollen Sie mich nicht endlich nach meiner traurigen Kindheit fragen?«

»Wenn Sie das gern möchten, natürlich. Also, warum war Ihre Kindheit traurig?«

»Das war ein Witz, das wissen Sie sehr genau.«

»Weiß ich das? Worüber möchten Sie denn gern reden, wenn nicht über Ihre Kindheit? Vielleicht erzählen Sie mir, wie es mit Ihnen und Hannah weiterging?«

Ich weiß selbst nicht genau, warum, aber ich muss mich nicht einmal sehr überwinden, ihr von meinem Gespräch mit Doro und meiner Angst um Hannah zu erzählen. Im Gegenteil, ich bin erleichtert.

»Irgendwann bin ich schließlich auf meiner Liege eingeschlafen und am nächsten Morgen steif und frierend wieder aufgewacht«, beginne ich.

Ich muss total erschöpft gewesen sein, ohne es zu merken. Ich hatte mal wieder nichts gegessen und so knurrte mein Magen vernehmlich. Hannah schlief zwar noch, aber ich konnte mich nicht überwinden, sie auch nur für 10 Minuten zu verlassen, um mir aus dem Automaten einen Kaffee und einen Schokoriegel zu holen. Brauchte ich auch nicht, denn die Nachtschwester war wirklich ein Engel, sie brachte mir einen Kaffee und ein Marmeladenbrot.

»Ist aus den Vorräten der Schwestern, also verraten Sie mich bitte nicht, aber, so wie ich Sie kenne, haben Sie lange nichts mehr gegessen und wollen auch jetzt nicht von der Seite Ihrer Frau weichen.«

»Darf man Engeln Trinkgeld geben«, fragte ich und sie lachte: »Das weiß ich leider nicht, aber das Pflegepersonal hat eine Kaffeekasse im Stationszimmer.«

Ich hob einen Daumen und biss mit Heißhunger in mein Brot.

Hannah wachte kurze Zeit später auf und fragte erschrocken: »Wo bin ich, was ist passiert?«

»Es ist alles gut, hab keine Angst. Du hattest eine Blutung, aber sie wurde gestillt und alles ist wieder in Ordnung.«

»Eine Blutung? Oh, jetzt erinnere ich mich, alles war ... sag mir die Wahrheit, war es ein neuer Krebs?«

»Was? Aber nein, wie kommst du denn nur auf so was. Es ist nur ein kleines Blutgefäß geplatzt, das kann schon mal passieren. Dr. Polland wird dir das bestätigen, wenn er kommt.«

»Blutgefäße platzen doch nicht einfach so, du verschweigst mir etwas, das spüre ich. Was ist es, Alex, sag es mir, ich muss es wissen.«

»Liebes, es hat nichts mit diesem kleinen Eingriff zu tun, es ist nur so, dass ich gestern Abend bei Doro ...«

»Und sie verzeiht mir nicht, was ich getan habe. Ich wusste es, ich wusste es die ganze Zeit. Sie war schon als Kind so. Immer beleidigt und unversöhnlich.«

»Lass ihr Zeit, Hannah, sie muss sich auch erst an die Situation gewöhnen, ich meine …«

»Du verteidigst sie? Warum gehst du dann nicht besser gleich zu ihr zurück? Zu einer gesunden Frau, die noch Kinder kriegen kann? Du musst nicht bei mir bleiben, ich verstehe das schon.«

Ich war längst aufgesprungen und griff nun nach ihren Händen.

»Hannah, um Gottes willen, du weißt ja nicht, was du da sagst. Ich verteidige Doro nicht und ich will auch nicht zu ihr zurück. Du bist die einzige Frau, die ich liebe und mit der ich zusammen sein will. Ich hoffe, du weißt das.«

Wieder liefen ihr Tränen über die Wangen und sie schluchzte: »Sei mir nicht böse, ich bin furchtbar, ich weiß, aber ich habe so schreckliche Angst, dich zu verlieren.«

»Wirst du nicht, ganz bestimmt nicht. Mich wirst du nicht wieder los, egal, wie du es auch anstellst.«

»Aber was ist mit Doro und was ist mit Max? Ich meine, er ist doch dein Sohn?«

»Ach, Max war doch sowieso ein Mamakind, er wird mich gar nicht so vermissen, er ist ja noch viel zu klein, und wird mich bestimmt bald vergessen haben.«

Ich verstumme und denke über diese Worte nach.

»Das habe ich nicht nur gesagt, sondern auch so gemeint. Können Sie sich das vorstellen? Ich habe mein Kind einfach verraten, verleugnet und vergessen. Das werde ich mir mein Leben lang nicht verzeihen.«

»Wie ist denn Ihr Verhältnis zu Ihrem Sohn heute?«

»Ich glaube, wir haben gar keins. Er weicht mir aus, geht mir aus dem Weg, ich finde keinen Zugang zu ihm. Er weiß, was ich getan habe, und ich verstehe, dass er nichts mehr mit mir zu tun haben will, dass er mir misstraut.«

»Haben Sie denn versucht, ihn wieder für sich zu gewinnen?«

»Ich weiß nicht ... na ja, am Anfang, also, nachdem Hannah gestorben war und Doro mir angeboten hat, wieder bei ihnen einzuziehen ... ach, was soll's, das ist lange her und ich habe es auch nicht besser verdient.«

»Sie vergeben sich also selbst nicht? Wie sollen es dann andere tun?«

»Das verlange ich doch gar nicht. Was ich Doro und meinem Sohn angetan habe, kann ich nicht wiedergutmachen und verzeihe es mir auch nicht. Aber ich konnte damals nicht anders und wenn ich noch einmal vor dieser Entscheidung stünde, würde ich es wieder genau so machen. Ich weiß, das ist schrecklich, aber es ist die Wahrheit.«

»Ich glaube Ihnen, dass Sie wirklich das Gefühl hatten, keine andere Wahl zu haben.«

»Es war nicht einmal eine Wahl, es war etwas, das ich unbedingt wollte, um jeden Preis. Ich wollte von Anfang an nur Hannah. Es klingt vielleicht verrückt, aber es war so. Ich wäre für diese Frau durch die Hölle und wieder zurück gegangen.«

»Sind Sie das nicht auch?«

Bei dieser Frage zucke ich zusammen, weiß keine Antwort darauf und verliere mich wieder in meinen Erinnerungen.

EINUNDZWANZIG
HANNAH

Ich war meiner Sekretärin wirklich dankbar, sie hat das Unmögliche möglich gemacht und eine möblierte Zwei-Zimmer-Wohnung in der Nähe der Klinik gefunden. Hannah musste also bei ihrer Entlassung nicht wieder in das Hotelzimmer zurück.

Doch an diesem Morgen erwartete mich zunächst eine böse Überraschung. Es war kurz vor zehn, als mir einfiel, dass ich in meiner gestrigen Panik mein Auto einfach vor dem Haupteingang stehengelassen hatte.

»Ich bin gleich wieder da, ich muss nur schnell den Wagen umparken und ein Ticket kaufen«, sagte ich zu Hannah, die nur schwach nickte und schon wieder halb schlief.

Kein Auto stand vor dem Eingang und meine bösen Vorahnungen bestätigten sich an der Rezeption.

»Ihr Wagen wurde abgeschleppt, er stand verbotswidrig in der Zufahrt für Krankenfahrzeuge. Das wird Sie teuer zu stehen kommen.«

Die etwas schadenfrohe Dame gab mir einen Zettel mit der Anschrift des Abschleppunternehmers und wo ich mein

Auto abholen konnte. Zuerst ging ich natürlich zu Hanna zurück, um sie zu informieren, aber sie schlief, daher rief ich mir ein Taxi und machte mich auf den Weg, um mein Auto auszulösen. Nach vielen Unterschriften und dem häufigen Einsatz meiner Kreditkarte hatte ich mein Auto wieder. Das Ganze dauerte fast zwei Stunden und als ich zu Hannah zurückkam, fand ich sie völlig aufgelöst und weinend vor.

»Um Gottes willen, was ist passiert? War Dr. Polland hier, hatte er schlechte Nachrichten für dich? Sag doch, was ist los?«

Sie schniefte und schluchzte, bis sie schließlich hervorstieß: »Ich dachte, du hättest mich verlassen und wärst wieder zurück zu Doro.«

»Aber, wie kommst du denn nur auf so etwas? Ich habe dir doch versprochen, dass ich dich unter keinen Umständen verlasse. Ich musste mein Auto auslösen, es wurde abgeschleppt. Ich wollte dir Bescheid sagen, aber du hast geschlafen. Es tut mir so leid, ich dachte auch nicht, dass es so lange dauern würde. Hör auf zu weinen, es gibt wirklich keinen Grund.«

»Du darfst mich nicht verlassen, Alex, das könnte ich nicht ertragen. Alles, alles kann ich überstehen, sogar diesen Krebs, aber dass du mich verlässt, das überlebe ich nicht.«

»Ich verlasse dich nicht, da kannst du ganz beruhigt sein, auch wenn ich mal nicht da bin, ich komme immer wieder.«

»Dann ist es gut, dann bin ich beruhigt. Dr. Polland war da, wenn es jetzt keine weiteren Probleme mehr gibt, kann ich am Montag nach Hause. Na ja, ins Hotel, aber immerhin.«

»Nein, mein Herz, nicht ins Hotel, in unser Zuhause. Zwar nur ein möbliertes, aber vorerst ist das besser als gar nichts. Es liegt in der Nähe zu dieser Klinik und wenn du die Chemo hinter dir hast, dann sehen wir weiter. Na, sind das gute Nachrichten, was sagst du?«

»Das ist wunderbar. Unser erstes, eigenes Zuhause, ich freue mich schrecklich.«

Viele Stunden saß ich an ihrem Bett und jeder genoss die Nähe des anderen. Wir schmiedeten Pläne für eine gemeinsame Zukunft und mieden das Thema Krebs wie der Teufel das Weihwasser. Hannah erzählte mir, dass sie sich ein Leben in Deutschland wieder gut vorstellen könne, und sogar sicher sei, von ihrer Firma in eine deutsche Niederlassung versetzt zu werden. Das erleichterte mich ungemein, denn ich war auf der Karriereleiter so weit nach oben geklettert, dass ich hoffte, zeitnah zum Chef der gesamten Abteilung befördert zu werden. Nicht nur für mein Ego, auch für meine finanzielle Situation bedeutete das einen gewaltigen Sprung nach oben. Finanzielle Sorgen hatten wir ohnehin nicht, Hannah hatte ein gutes Einkommen und Rücklagen im hohen sechsstelligen Bereich, war also auf meinen Verdienst nicht angewiesen. So träumten wir viele Stunden zusammen, malten uns aus, wo und wie wir wohnen, welche Reisen wir unternehmen und welche Autos wir fahren würden. Wir lebten auf unserer kleinen Insel, schlossen die Realität aus und taten so, als würde die Zukunft uns gehören. Heute glaube ich, dass Hannah ahnte, dass wir nur träumten, dass nichts davon wahr werden würde. Trotzdem war es eine wunderbare Zeit, voller Liebe und Magie, ein Wunschtraum, aus dem wir wenig später brutal gerissen wurden.

ZWEIUNDZWANZIG
DIE KLINIK

»Wussten Sie ebenfalls, dass nichts von dem, was Sie sich ausmalten, in Erfüllung gehen würde?«

Ich wische mir mit dem Ärmel über die feuchten Augen und zucke mit den Schultern. »Das kann ich nicht beantworten, vielleicht habe ich es befürchtet und verdrängt. Was hätte ich tun sollen? Hannah sagen, dass ihre Chancen mehr als schlecht stehen? Dass die Chemotherapie ihr das Leben für lange Zeit sehr schwer machen würde? Das konnte ich nicht. Dr. Polland, den ich einmal auf dem Flur traf, wollte sich auch nicht festlegen, behauptete ausweichend, sogar Spontanheilungen gesehen zu haben, aber ich merkte, dass er mich nur loswerden wollte. Ich hatte niemanden, mit dem ich über meine Zweifel, meine Ängste hätte reden können. Na ja, ich versuchte es einmal und rief Ralph an, aber er ließ mich kurz und unfreundlich abblitzen. Er stellte sich umgehend auf Doros Seite und nannte mich einen hirnverbrannten Idioten. Nach diesem Erlebnis habe ich nie wieder versucht, mit jemandem über meine Probleme zu reden.

Eigentlich gab es auch niemanden, meine Arbeit hatte einen Großteil meiner Zeit in Anspruch genommen, der Rest ging für Fitnessstudio und Familie drauf. Ich hatte Kollegen, aber das war's auch schon. Ganz im Gegensatz zu Doro, die einen großen Freundeskreis pflegte, zu dem ich allerdings nicht einmal während unserer Ehe gehörte. Daher konnte ich mir gut vorstellen, wie man dort über mich urteilte, also versuchte ich gar nicht erst, jemanden von diesen Leuten zu kontaktieren. Ich brauchte auch niemanden, ich hatte Hannah und das war alles, was ich wollte und was ich brauchte.«

»Das muss eine große Belastung für Sie gewesen sein, für Sie und auch für Hannah.«

»Nein, überhaupt nicht, wie kommen Sie darauf?«

»Na ja, in der Psychologie weiß man heute, dass Zufriedenheit oder Glück, wie immer man es nennen will, auf drei Säulen steht. Bricht eine davon weg, beginnt man zu wackeln. Die erste Säule ist die Anerkennung im sozialen Umfeld, also der Beruf, das Ehrenamt und so weiter, die zweite ist die Liebe und die Sexualität und die dritte, die Gemeinschaft, also im weitesten Sinn die Freunde. Überlegen Sie einmal, was es zwangsläufig für eine Beziehung bedeuten muss, wenn eins davon ausfällt.«

»Verstehe ich echt nicht, können Sie mir das erklären?«

»Ich kann es versuchen. Für Hannah ist ja nicht nur der Beruf und damit die soziale Anerkennung weggefallen, sondern auch die Gemeinschaft und die Sexualität. Sie hatte nur noch Ihre Liebe und das muss Auswirkungen auf ihre Psyche gehabt haben. Sie haben mir doch erzählt, dass sie keine Minute mehr allein bleiben wollte, Sie immer in ihrer Nähe brauchte?«

»Ja, das stimmt, es wurde mit der Zeit immer

schlimmer. Sie wachte nachts mehrfach auf, um sich zu vergewissern, dass ich neben ihr lag.«

»Es war sicher sehr schwer für Sie beide. Sie hatten immerhin noch Ihren Beruf, Kollegen, Hannah hatte das alles verloren.«

»Aber das konnte ich doch nicht ändern, ich meine, sie hätte doch in ihrem Zustand, krank wie sie war, nicht arbeiten gehen können und sie kannte außer mir in Deutschland niemanden mehr.«

»Wie kommen Sie auf die Idee, dass Sie das hätten ändern können?«

»Haben Sie mir nicht gerade vorgeworfen, dass ich es viel besser hatte als Hannah?«

»Aber nein, meine Absicht war es nur, Ihnen zu erklären, wie kompliziert und schwierig derart stark belastete Beziehungen sind. Sie mussten all das, was sonst auf viele Schultern verteilt ist, allein auffangen. Dazu kommt außerdem, dass diese Situation quasi von Anfang an bestand. Sie hatten überhaupt keine unbelastete Vergangenheit, von der sie zehren konnten.«

»Sie haben keine Ahnung, wie die Beziehung zwischen mir und Hannah war. Sie war nicht eine Minute eine Belastung für mich, sie war immer nur eine Bereicherung meines Lebens, immer, bis zu dem Moment, in dem sie starb. Tun Sie mir also den Gefallen und reden Sie nicht, als würden Sie irgendwas verstehen. Am besten ist es, wenn Sie jetzt gehen. Ich habe keine Lust mehr auf eine weitere Unterhaltung.«

»Tut mir sehr leid, Herr Osthoff, ich wollte Sie nicht aufregen. Machen wir eine Pause, ich komme später wieder zu Ihnen.«

Ich starre ihr nach und bin versucht, sie zurückzurufen,

tue es aber dann doch nicht. Sie hatte den Nagel auf den Kopf getroffen, auch wenn ich das nicht einmal mir selbst gegenüber eingestehen wollte. Hannah war an manchen Tagen eine Belastung für mich gewesen. Und nicht nur das, ich war von der ganzen Situation komplett überfordert gewesen.

DREIUNDZWANZIG
HANNAH

Hannah wurde entlassen, sollte sich noch zwei Wochen erholen, bevor sie zur ersten Chemotherapie wieder in die Klinik musste. Ich schob sie mit dem Rollstuhl bis zum Auto und half ihr hinein. Sie war sehr schwach, konnte kaum stehen oder sich aufrichten. Wenn sie durch den Raum ging, dann gebückt, beide Hände auf den Unterleib gepresst.

Dr. Polland versicherte uns, das sei ganz normal und würde sich bald legen. Hannah brauche Ruhe, viel Bewegung an der frischen Luft und dürfe sich nicht zu viele Gedanken machen, was vielleicht passieren könnte. Leichter gesagt als getan.

Meine Sekretärin hatte die möblierte Wohnung mit ein paar bunten Kissen und frischen Blumen etwas persönlicher gestaltet, sodass man sich durchaus wohlfühlen konnte. Sie lag im fünften Stock, hatte natürlich einen Aufzug und die Aussicht war auch nicht ganz schlecht. Es war vielleicht nicht ideal, aber es hätte schlimmer sein können. Das sagte Hannah zumindest, als sie zum ersten Mal unser Zuhause auf Zeit betrat.

»Die Wohnung ist wirklich sehr gemütlich und es stehen sogar frische Blumen da. Wie lieb von dir.«

»Der Dank geht an meine Sekretärin«, lachte ich und merkte nicht, dass das offensichtlich die falsche Antwort war.

»Warum stellt deine Sekretärin Blumen in unsere Wohnung? Hat sie vielleicht auch noch die neuen Kissen besorgt?«

»Wahrscheinlich ja, warum, gefallen sie dir nicht?«, fragte ich, immer noch nichts Böses ahnend.

»Nein, sie gefallen mir nicht, sie sind geschmacklos und die Blumen passen farblich überhaupt nicht zusammen. Wie alt ist die Dame? 70?«

»Wie alt sie ist? Was spielt das denn für eine Rolle? Ich war froh, dass sie diese Wohnung gefunden und ein bisschen gemütlicher eingerichtet hat. Alles andere ist mir doch völlig egal.«

»Mir aber nicht, ich kann nicht in einer Wohnung leben, die eine andere Frau für dich eingerichtet hat.«

»Eine andere Frau für mich eingerichtet ...? Was redest du denn da? Frau Gruber ist keine andere Frau, sie ist meine Sekretärin und hat gemacht, worum ich sie gebeten habe. Für dich gebeten habe, nur, damit das klar ist. Ich brauche nämlich weder Kissen noch Blumen.«

Hannah sah mich einen Moment lang fassungslos an, dann brach sie in Tränen aus. Sie schluchzte so heftig, dass ihr zarter Körper wie von Krämpfen geschüttelt wurde. Hilflos, wie die meisten Männer in einer solchen Situation, stammelte ich: »Aber, warum weinst du denn jetzt? Ich habe es doch wirklich nur gut gemeint, wollte, dass du dich wohl fühlst. Außerdem kenne ich Frau Gruber seit einer Ewigkeit, war auf ihrer Hochzeit und, wenn ich mich richtig erinnere, hat sie mittlerweile drei Kinder.«

»Und warum erzählst du mir das? Wenn du auf ihrer Hochzeit warst und sie Kinder hat, dann ist sie wahrscheinlich noch keine 70 und sie könnte durchaus ein anderes, ein tieferes Interesse an dir haben.«

»Hannah, bitte, ich versichere dir, dass Frau Gruber kein Interesse an mir hat, und ich kein Interesse an ihr, zumindest keins, das über unsere berufliche Zusammenarbeit hinausgeht. Du hast wirklich keinen Grund, dich so aufzuregen. Du weißt genau, dass dir das überhaupt nicht guttut.«

»Dann versprich mir, dass deine Frau Gruber hier nicht mehr auftaucht, auch nicht, um eventuell frische Blumen zu bringen.«

»Gut, wenn du das nicht willst, dann sage ich es ihr natürlich, auch, wenn ich nicht verstehe, was dich daran so stört. Ich mache das doch nur für dich, damit du dich wohlfühlst.«

»Das glaube ich dir auch, aber du kennst die Frauen nicht, ich kenne sie besser. Die tun vielleicht hilfsbereit, haben aber ganz andere Absichten.«

»Okay, vielleicht sollten wir das Thema besser beenden, was möchtest du jetzt machen? Hast du Hunger, soll ich uns etwas zu essen kommen lassen, oder möchtest du dich hinlegen und dich ausruhen?«

»Ich bin tatsächlich ein bisschen erschöpft und würde mich gern ausruhen. Danach hätte ich schrecklich gern eine Tasse Kaffee. Der im Krankenhaus war eine Zumutung, gibt es hier eine Maschine?«

»Ich habe noch nicht nachgeschaut, wenn nicht, sage ich der Frau Gruber … kümmere ich mich gleich selber drum«, unterbrach ich mich schnell, bevor sie wieder mit diesem Thema anfangen konnte.

Als sie nach zwei Stunden aufwachte, entschuldigte sie sich für ihr Verhalten.

»Es tut mir leid, wirklich. Du gibst dir so viel Mühe und ich bin so zickig. Ich weiß nicht, was da in mich gefahren ist, vielleicht liegt's an den Medikamenten oder den Hormonen? Ich frage demnächst Dr. Polland mal danach. Verzeihst du mir?«

»Natürlich, ist schon vergessen, ich weiß, dass du es nicht so meinst, und die Frau Gruber ist wirklich sehr nett, mit der würdest du dich bestimmt gut verstehen.«

Wieder verschloss sich ihr Gesicht und ich ahnte, dass ich das besser nicht gesagt hätte.

»Rein theoretisch natürlich, du wirst sie ja gar nicht kennenlernen«, schob ich schnell nach und sie nickte knapp.

Wenn ich mich richtig erinnere, war das einer dieser Momente, in denen ich am liebsten davongelaufen wäre. Weg von Hannah, weg von dieser Krankheit, weg von allem. Natürlich tat ich das nicht, im Gegenteil, ich versuchte, ihr jede Angst, jede Aufregung zu ersparen, indem ich fast 24 Stunden in ihrer Nähe blieb. Zumindest in den ersten Tagen, dann wurde ich langsam unruhig. Ich musste zurück ins Büro, ich konnte nicht auf Dauer Urlaub machen, das musste schließlich auch Hannah verstehen.

Wie sehr ich mich da geirrt hatte, wurde mir klar, als ich etwa drei Tage später dieses Thema vorsichtig ansprach.

»Hör mal, meine Liebste, ich muss dringend mal ins Büro, so lange war ich noch nie weg. Also, nicht den ganzen Tag, nur für ein paar Stunden, mal nach dem Rechten sehen …«

»Nein! Nein! Nein! Das darfst du nicht, du kannst mich hier doch nicht allein lassen, das halte ich nicht aus, dann drehe ich durch. Bitte, es ist noch zu früh, später, nächste Woche vielleicht.«

»Hannah, bitte, sei vernünftig, darüber haben wir doch gesprochen. Ich habe einen Job und den will ich nicht riskieren, weil ich ihn nicht mehr ordentlich mache. Das geht nicht, das musst du verstehen.«

»Aber das verstehe ich eben nicht. Du hast gesagt, vier Wochen Urlaub wären überhaupt kein Problem für dich und jetzt? Es sind noch nicht einmal zwei um und du willst mich hier ganz allein in dieser schrecklichen Wohnung zurücklassen.«

Sie hatte nicht ganz Unrecht, ich hatte tatsächlich mal von vier Wochen gesprochen. Das war allerdings zu einer Zeit gewesen, als ich mir noch nicht vorstellen konnte, wie anstrengend es sein kann, 24 Stunden aufeinanderzuhocken. Ich will mich kein bisschen besser machen, als ich bin, mir war es tatsächlich manchmal zu viel. Vielleicht wäre es anders gewesen, hätten wir uns die Zeit mit Sex vertreiben können, aber das konnten wir natürlich nicht. So blieben uns nur endlose Gespräche über unsere Zukunft und das Fernsehprogramm auf einem lächerlich kleinen Bildschirm.

So verging die erste Woche, aber in der zweiten wurde es schon etwas besser. Hannah erholte sich so weit, dass sie das Haus verlassen und kleine Spaziergänge machen konnte. Wir gingen ein Eis essen oder in ein Café in der Nähe und bestellten uns ein Stück Kuchen. Sie war so mager geworden, dass ihre Haut durchscheinend wirkte und auch ich hatte abgenommen. Wir scherzten oft darüber, dass wir uns ein Kleidungsstück teilen könnten.

Jetzt konnte ich auch täglich für zwei bis drei Stunden ins Büro gehen, ohne dass Hannah Panikattacken bekam. Im Gegenteil, sie übernahm mit kindlichem Eifer die Rolle der Hausfrau und kochte uns das Mittagessen. Nichts Besonderes, dafür fehlte ihr die Erfahrung und auch noch die Kraft. Einfache Gerichte an einem schön gedeckten Tisch vermittelten uns den trügerischen Eindruck friedlicher Zweisamkeit. Noch ahnten wir nicht, was schon sehr bald auf uns zukommen würde.

VIERUNDZWANZIG
DIE KLINIK

Ich seufze tief auf, als ich an diese Woche vor dem Sturm zurückdenke. Vielleicht auch, weil mir zum ersten Mal so richtig bewusst wird, wie schwer diese Zeit wirklich war, trotz der tiefen Liebe, die ich für Hannah empfand. Endlich kann ich mir eingestehen, dass ich völlig überfordert war und mich mehr als einmal eingesperrt und ausgenutzt fühlte.

So weit war ich mit meinen Gedanken gekommen, als Dr. Iwanowa wieder auftaucht.

»Darf ich reinkommen?«, fragt sie lächelnd, als sie schon mitten im Raum steht.

»Sie sahen gerade sehr nachdenklich aus, Herr Osthoff, wo waren Sie mit Ihren Gedanken, wollen Sie mir das verraten?«

»Ungern, denn ich musste mir gerade eingestehen, dass ich nicht der aufopferungsvolle Held meiner eigenen Träume war, der seiner großen Liebe selbstlos zur Seite steht. Ich war mehr als einmal genervt und sicher auch ungeduldig mit Hannah.«

»Gehen Sie da nicht vielleicht ein bisschen zu hart mit

sich ins Gericht? Die Situation war außergewöhnlich schwierig und was Sie getan haben, hätten sicher nicht viele Männer getan. Hatten Sie in dieser Zeit eigentlich mal Kontakt zu Ihrer Frau oder zu Ihrem Sohn?«

»Warum interessiert Sie das? Nein, hatte ich nicht, ich hatte genug mit all dem anderen zu tun, da konnte ich wirklich nicht noch mehr Stress gebrauchen.«

»Das kann ich sehr gut verstehen. Wissen Sie, was mich interessieren würde? Wie sind Sie eigentlich aufgewachsen? Wie waren Ihre Eltern, haben Sie Geschwister oder sind Sie Einzelkind?«

»Na bitte! Darauf habe ich lange gewartet.«

»Worauf denn? Was meinen Sie?«

»Na, auf die übliche Frage aller Therapeuten nach meiner traurigen Kindheit.«

»Habe ich etwas von traurig gesagt? Ich wollte nur wissen, ob Sie Geschwister haben.«

»Nein ... na ja, ich hatte eine Schwester.«

»Präteritum? Was ist aus ihr geworden?«

»Sie ist mit 11 Jahren an einer Lungenentzündung gestorben. Aber sie war schon lange vorher krank, es kam also nicht überraschend. Sie hatte Leukämie.«

»Das muss ein schreckliches Erlebnis für Sie gewesen sein. Wie alt waren Sie damals?«

»Wie alt? Warten Sie, ich bin vier Jahre älter, also war ich 15, warum?«

»In der Pubertät sind solche einschneidenden Erlebnisse besonders schwer zu verarbeiten. Man hat sowieso schon genug mit sich selbst zu tun. Hatten Sie Menschen, an die Sie sich wenden konnten, die Ihre Trauer, Ihren Schmerz über den Verlust mit Ihnen geteilt haben?«

»Mein Gott, das weiß ich nicht mehr, das ist alles so

lange her. Sie war ja viel jünger als ich, wir hatten nicht so viel miteinander zu tun, ich kann mich kaum an Sie erinnern.«

»Wie war ihr Name?«

»Julia«, stoße ich so schnell hervor, dass ich es selbst nicht fassen kann, und gleichzeitig schießen mir wieder Tränen in die Augen.

»Bitte«, sage ich nach einer Weile, »bitte lassen Sie diese alten Geschichten ruhen. Der Tod meiner Schwester hat absolut nichts mit der Frage meiner Entlassung zu tun, und nur darum geht es bei unseren Gesprächen.«

»Nicht ganz, ich muss beurteilen können, ob Sie weiterhin eine Gefahr für sich selbst sind und wenn ja, warum das so ist. Was Sie so sehr belastet, dass Sie damit nicht leben können. Aber gut, lassen wir Julia vorerst ruhen, erzählen Sie mir, wie es mit Hannah und Ihnen weiterging.«

FÜNFUNDZWANZIG
HANNAH

Natürlich fuhr ich sie zur ersten Chemotherapie in die Klinik und hielt ihre Hand, als die Infusion angelegt wurde.

»Das wird jetzt ein paar Stunden dauern, aber Sie können bei Ihrer Frau bleiben«, sagte Dr. Polland freundlich und lächelte Hannah beruhigend zu. »Die nächste Sitzung ist in drei Wochen. Sie werden sich die nächsten Tage vielleicht schlapp und müde fühlen, vielleicht ist Ihnen übel und Sie müssen sich übergeben. Das alles kann passieren, muss aber nicht. Zögern Sie nicht, mich anzurufen, wenn Ihnen etwas sehr ungewöhnlich vorkommt.«

»Siehst du, vielleicht passiert ja gar nichts, und du verträgst die Therapie gut«, sagte ich, ohne zu ahnen, wie falsch ich damit lag. Hannah vertrug die Therapie alles andere als gut, nach drei Tagen setzten Übelkeit und Erbrechen ein und nach einer Woche war sie so schwach, dass sie nicht mehr aufstehen konnte. Ich rief Dr. Polland an und schilderte ihm ihren Zustand, aber er beruhigte mich und riet mir, abzuwarten und der Wirkung zu vertrauen.

»Natürlich wehrt sich der Organismus gegen das Medikament, schließlich zerstört es Körperzellen. Die bösartigen, aber auch die guten. Eine andere Möglichkeit haben wir leider nicht und wenn Ihre Frau diese Krankheit besiegen will, dann muss sie jetzt durchhalten.«

Ich redete ihr also gut zu, versprach, dass es mit jeder Infusion besser werden würde und hielt ihren Kopf, wenn sie sich ein weiteres Mal übergab. Sie behielt kaum etwas bei sich, hatte keinen Appetit und wurde immer blasser und apathischer. Es war grauenhaft, sie so leiden zu sehen und ihr nicht helfen zu können. Zu allem Überfluss saß mir mein Chef im Nacken, beschwor mich, endlich wieder meinen Job zu machen und regelmäßig zur Arbeit zu kommen. Ich wusste keinen Ausweg, ich konnte Hannah nicht acht Stunden allein lassen, das war gänzlich unmöglich, aber meinen Job konnte ich auch nicht einfach hinschmeißen. Also kam ich auf eine Idee, auf die wohl nur ein Mann kommen kann: Ich rief Doro an und bat sie um ihre Hilfe.

»Doro, sie ist schließlich deine Schwester, egal, was zwischen uns ist, das ist Fakt. Es geht ihr furchtbar schlecht, sie hat niemanden, der sich um sie kümmert, wenn ich zur Arbeit gehe. Denn wenn ich meinen Job verliere, ist niemandem geholfen, das musst du doch einsehen.«

»Meine Schwester!« Doro spuckte die beiden Worte förmlich aus. »Meine Schwester taucht nach Jahren wieder bei mir auf. Nicht etwa, weil sie Sehnsucht nach mir hat, oh nein, weil sie krank ist und meine Hilfe will. Was sie aber nicht davon abgehalten hat, meinen Mann zu vögeln und meine Familie zu zerstören. Und ich soll jetzt Mitleid mit ihr haben? Ihr helfen, weil sie doch meine Schwester ist? Jetzt mal im Ernst, wie blöd müsste ich sein? Ganz zu schweigen davon, dass ich einen Job habe und ein Kind zu versorgen, dein Kind, was du anscheinend vergessen hast.«

»Ich weiß ja, dass das viel von dir verlangt ist, aber trotzdem, sie ist und bleibt deine Schwester. Sie hat doch sonst niemanden, das weißt du ganz genau. Mit euren Eltern hat sie sich schon vor vielen Jahren überworfen, die will sie unter keinen Umständen um Hilfe bitten.«

»Und was ist mit deinen Eltern? Warum fragst du die nicht?«

»Du weißt genau, warum. Für sie leben wir in Sünde und Hannahs Krankheit ist die gerechte Strafe des Herrn.«

»Na ja, ich muss zugeben, dass mir dieser Gedanke auch schon das eine oder andere Mal gekommen ist.«

»Doro! Ich kenne dich nicht wieder. Du warst doch immer ein so freundlicher und hilfsbereiter Mensch ...«

»Hör auf! Das ist doch nur eine freundliche Umschreibung für selten blöd. Aber so blöd, mich von euch jetzt so benutzen zu lassen ... nein! Schluss jetzt, ich werde euch nicht helfen. Seht zu, wie ihr mit dem, was ihr euch eingebrockt habt, fertig werdet. Ende der Diskussion.«

Einen Tag später rief sie mich dann an.

»Wie hast du dir das denn vorgestellt? Ich kann nicht den ganzen Tag einspringen, ich muss auch arbeiten?«

»Du glaubst gar nicht, wie dankbar ich dir bin, Doro, das werde ich dir nie vergessen.«

»Geschenkt, ich mache das nicht für dich, auch nicht für Hannah, ich mache das nur für mich. Ich will mich nicht so beschissen fühlen, wie ihr euch eigentlich fühlen müsstet. Also, wie kann ich helfen?«

Wir einigten uns auf einen Ablauf, bei dem Hannah nicht länger als drei Stunden alleine bleiben musste und bei dem für ihre körperlichen Bedürfnisse gesorgt wurde. Sie selbst war von unserem Plan dann aber alles andere als begeistert.

»Ich will das nicht, Alex, bitte. Sie hasst mich, nur deshalb hat sie sich darauf eingelassen. Sie will mich leiden sehen, das ist der Grund. Wer weiß, vielleicht tut sie mir noch etwas an.«

»Aber Hannah, das ist doch Quatsch. Sie wollte auch zuerst gar nicht und ich musste sie lange überreden. Sie macht das, weil du ihre Schwester bist. Du solltest ihr also dankbar sein, ich bin es jedenfalls.«

»Du musst in ihrer Gegenwart ja auch nicht kotzen, dich nicht von ihr zum Klo bringen lassen, du kannst also locker dankbar sein. Ich allein muss diese Demütigungen ertragen, weil ich mich nicht mehr wehren kann. Ich wünschte, ich wäre endlich tot, damit das ein Ende hat.«

Sie brach völlig zusammen, schluchzte und weinte hemmungslos, und ich saß hilflos daneben und fühlte mich schrecklich. In den Jahren danach habe ich mich immer wieder gefragt, was ich hätte anders machen können. Meinen Job aufgeben? Eine Pflegerin suchen? Sie tagsüber allein lassen und hoffen, dass nichts passiert? Bis heute habe ich keine Antwort gefunden. Damals kam nun Doro täglich, um mich bei der Pflege ihrer Schwester zu unterstützen. Wir trafen uns nie, das war ihre Bedingung gewesen und Hannah sprach nie über sie. Sie wich jeder Frage aus oder sagte missmutig: »Lass mich in Ruhe, ich will nicht darüber reden.«

»Sie haben wirklich nie versucht, mit einem der beiden darüber zu sprechen? Ihre Frau nicht angerufen, gar nichts? Es fällt mir jetzt ein bisschen schwer, das zu glauben.«

»Dann glauben Sie es eben nicht, aber es war so. Ich war einfach nur froh, dass es irgendwie geklappt hat, dass ich arbeiten gehen konnte, ohne ständig die Angst um Hannah im Nacken zu haben. Denn ich war mir sicher, dass Doro ihr Versprechen halten und sich gut um sie kümmern würde. Ich glaube, ich wollte einfach nicht dran rütteln, dieses filigrane Arrangement nicht zerstören. Doro hätte mir wahrscheinlich Vorwürfe gemacht und Hannah hätte sich über die Situation beklagt. Ich habe einfach den Kopf in den Sand gesteckt, weil ich nicht wusste, was ich sonst hätte tun sollen.«

»Sie hätten Hannah in eine Klinik einweisen lassen können, eine Pflegekraft beantragen …«

»Hätte, hätte, Sie waren damals nicht dabei. Ich musste nur das Wort Klinik oder Krankenhaus in den Mund nehmen, und Hannah ist fast durchgedreht. Entweder hat sie mich angefleht, ihr das nicht anzutun, sie nicht wegzuschicken, oder sie hat mich beschuldigt, sie im Stich zu lassen, sie loswerden zu wollen. Und eine Pflegerin wollte sie auf gar keinen Fall, eine Fremde, den ganzen Tag um sich haben, das konnte sie sich überhaupt nicht vorstellen. Also habe ich es laufen lassen, wie es lief und das war wirklich mehr schlecht als recht. Nach etwa zwei Wochen ließen die schlimmsten Nebenwirkungen zwar nach, aber dafür kam die Panik vor der nächsten Infusion.«

Ich mache eine Pause, tauche in meine Erinnerungen ein und sehe Hannah vor mir, blass und krank, die schönen Haare stumpf und ohne Glanz. Wir stritten schon eine ganze Weile, sie ließ sich von keinem meiner Argumente überzeugen, war bockig wie ein Kind.

Hannah

. . .

»Lass mich endlich in Ruhe, du hast keine Ahnung, wovon du redest. Du bist ja nicht krank, du kotzt dir nicht tagelang die Seele aus dem Leib, also hör auf, mir Unvernunft vorzuwerfen.«

»Meinst du, ich weiß nicht, dass du diejenige bist, die leidet? Aber denkst du denn, es macht mir Spaß, dich leiden zu sehen? Dich leiden zu sehen und dir nicht helfen zu können? Ganz bestimmt nicht. Ich würde alles für dich tun, aber wenn ich zuließe, dass du die Therapie abbrichst, dann würde ich dich im Stich lassen. Mach, was du willst, aber das kannst du von mir nicht verlangen. Du weißt, was Doktor Polland gesagt hat, wenn du die Therapie abbrichst, hast du kaum eine Überlebenschance. Hast du das etwa vergessen?«

»Nein, das habe ich ganz sicher nicht vergessen, aber ich kann das nicht noch einmal durchmachen, ich kann es einfach nicht. Ich habe jetzt schon keine Kraft mehr, schau mich doch an, von mir ist so gut wie nichts mehr übrig. Lasst mich einfach alle in Ruhe, dann sterbe ich eben. Wen interessiert das schon?«

Am Ende weinten wir beide, klammerten uns aneinander, und waren doch jeder auf seine Weise, hilflos und allein. Ich rief noch einmal Doktor Polland an und bat ihn um Rat.

»Das ist nicht so ungewöhnlich, wie Sie vielleicht denken, solche Krisen treten recht häufig auf. Geben Sie Ihrer Frau Zeit, unterstützen Sie sie, aber machen Sie ihr keine Vorwürfe und üben Sie keinen Druck auf sie aus. Ich bin sicher, sie wird vernünftig genug sein, die Therapie fortzusetzen.«

Also redete ich Hannah weiter gut zu, tröstete sie, sprach davon, dass die nächste Infusion nicht mehr so schlimm sein würde, und fühlte mich dabei einfach nur hilflos. Wir hatten noch fünf Infusionen vor uns und ich fragte mich immer öfter, woher ich nur die Kraft dafür nehmen sollte. Aber es kam mir nie in den Sinn, aufzugeben, Hannah aufzugeben. Keine einzige Minute, auch wenn ich oft am Ende meiner Kräfte war.

Wäre ich gläubig, würde ich wohl sagen, dass es Karma war, die gerechte Strafe für unseren Betrug, denn die Nebenwirkungen der zweiten Infusion, waren fast noch schlimmer als die der ersten.

Nach drei Tagen musste ich den Notarzt rufen, der Hannah in die Klinik brachte. Dr. Polland untersuchte sie gründlich und machte ein sehr ernstes Gesicht.

»Sie spricht leider nicht so gut auf die Therapie an, es tut mir leid, aber wir müssen die Chemo vorerst absetzen. Ihre Frau muss erst wieder zu Kräften kommen, essen, gut schlafen, sich erholen. Wir behalten sie ein, zwei Tage hier, geben Vitamine und hochkalorische Infusionen, dann sehen wir weiter.«

Natürlich wollte Hannah nicht bleiben, sie war sich sicher, dass sie sterben würde, weinte und schrie, bis man ihr ein Beruhigungsmittel spritzte und sie endlich einschlief.

Schweißgebadet und am Ende meiner Kräfte fuhr ich nach Hause, stellte das Auto ab, suchte eine Kneipe und betrank mich systematisch. Es war nicht viel los, schließlich war es erst Mittag und der Wirt fragte mich, ob ich Zoff mit meiner Frau oder mit meiner Geliebten hätte. Vermutlich fand er das witzig und lachte laut über seinen blöden Witz. Ich zuckte nur mit den Schultern und antwortete ihm nicht, worauf er mich in Ruhe ließ. Irgendwann torkelte ich nach Hause, ließ mich aufs Sofa fallen und schlief ein. Als ich aufwachte, war es bereits dunkel und ich erschrak heftig. Ich hatte mehr als sechs Stunden geschlafen. Zum Glück waren keine Nachrichten oder Anrufe in Abwesenheit auf meinem Handy, sodass ich davon ausgehen konnte, dass mit Hannah alles in Ordnung war. Daher duschte ich erst einmal ausgiebig und suchte mir dann ein Restaurant für die erste anständige Mahlzeit seit Langem.

SECHSUNDZWANZIG
DIE KLINIK

»Haben Sie von da an öfter getrunken?« Dr. Iwanowa sitzt auf einem Stuhl neben meinem Bett. Wann sie ihn dahingestellt hat, weiß ich nicht, ich habe es nicht mitbekommen, so vertieft war ich in meine Erinnerungen.

»Nicht regelmäßig, aber öfter als sonst, ja. Es war eine Flucht aus meinem Alltag und es hat mir geholfen, besser zu schlafen. Denn meine Schlafstörungen waren einer der Gründe, warum meine Kraft immer mehr nachließ. Ich konnte nicht einschlafen und wenn, dann wachte ich bereits nach ein, zwei Stunden wieder auf, lag lange wach und grübelte. Erst gegen Morgen schlief ich dann wieder ein, meistens, kurz bevor der Wecker klingelte. Dann war ich natürlich wie gerädert, brauchte Unmengen Kaffee, um halbwegs wach zu werden, was meinem Magen auf die Dauer auch nicht besonders guttat. Im Büro sprach mich ein Kollege auf mein übermüdetes Aussehen an und ich erwähnte kurz meine Schlafprobleme. Am nächsten Morgen zog er eine Schachtel Tabletten aus der Tasche und versicherte mir, dass sie gut helfen würden und völlig harmlos seien. Natürlich war das der Beginn meiner langjährigen Abhängigkeit. Zuerst nahm ich nur Schlaftabletten, später brauchte ich etwas, um wieder wach zu werden. Der übliche Teufelskreis.«

»Wie lange ging das so?«

»Etwa ein halbes Jahr, dann bin ich aufgewacht und habe von einem Tag auf den anderen keine einzige Tablette mehr genommen.«

»Einfach so? Ohne ärztliche Hilfe? Respekt, dazu braucht es sehr viel Willenskraft.«

»Es war auch nicht leicht, das kann ich Ihnen sagen. Wenn ich mich wieder mal schlaflos im Bett herumgewälzt habe, war ich mehr als einmal in Versuchung, wieder rückfällig zu werden, aber ich wusste, dass ich meine ganze Kraft jetzt für Hannah brauchen würde, denn ihr Krebs war zurück.«

»Herr Osthoff, ich glaube, es ist genug für heute. Sie sollten sich emotional nicht überanstrengen, wir können morgen weiterreden, wenn Sie möchten.«

»Ich weiß nicht, ob ich das möchte, ehrlich gesagt. Es ist merkwürdig, eigentlich will ich nie reden, aber wenn ich dann mal damit anfange, kann ich nicht mehr aufhören.«

»Vielleicht haben Sie viel zu lange alles, was Sie belastet hat, in sich hineingefressen und nichts nach außen dringen lassen. Das bricht sich jetzt Bahn und das ist sehr gut so. Die wenigsten Männer haben gelernt zu reden. Nicht nur über Dinge, die sie belasten oder über ihre Gefühle, sondern überhaupt zu reden. Außer vielleicht über Fußball und Politik, aber das ist kein richtiges Reden.«

»Dann schlage ich mich hier doch ganz gut, oder etwa nicht?«

»Ja, das tun Sie und ich bin sicher, Sie werden die positive Wirkung bald spüren. Für heute überlasse ich Sie dem Fußball, wir sehen uns morgen wieder.«

Sie macht eine Kopfbewegung in Richtung des Fernsehers, auf dem tatsächlich ein Fußballspiel ohne Ton läuft, winkt mir noch kurz zu und dann ist sie verschwunden.

Ich kann mich nicht auf Fußball konzentrieren, mir geht ihre Aussage im Kopf herum, dass Männer nicht reden können. Irgendwie stimmt das für mich nicht, denn mit Hannah habe ich schließlich geredet, stundenlang, manchmal nächtelang. Ich schalte den Fernseher aus und versuche, ein solches Gespräch zu rekapitulieren. Worüber haben wir gesprochen, wer hat was gesagt?

Die Erinnerung kommt schnell, darin bin ich geübt, ich kann in sie eintauchen wie in ein warmes Bad. Ich höre ihre Stimme, manchmal traurig, manchmal schmerzverzerrt, nur noch ein Flüstern. Ich rieche den Duft ihrer Haut, der mit der Zeit vom Geruch der Desinfektionsmittel und der Krankheit verdrängt wird. Es dauert immer länger, sich an die guten Zeiten zu erinnern, als sie noch strahlend schön und fröhlich war. Vielleicht, weil diese Zeit so viel kürzer war als die andere.

SIEBENUNDZWANZIG
HANNAH

Ich sehe das kleine Zimmer vor mir, das zum Mittelpunkt unseres Lebens geworden ist. Hannah sitzt im Bett, den schwachen Körper von einem Berg Kissen gestützt, und ich versuche, sie zum Essen zu überreden.

»Schatz, komm, wenigstens ein bisschen, du musst etwas essen, du wirst immer schwächer.«

»Ich kann nicht, bitte, mir ist sowieso schon übel und allein der Geruch von Essen macht es noch schlimmer. Bring das raus, und mach bitte das Fenster auf.«

Diese und ähnliche Diskussionen führen wir mehrmals täglich. Es wird immer schwieriger, sie zum Essen zu bewegen. Nun gut, das hat Dr. Iwanowa wohl nicht mit reden gemeint. Aber, was dann, was für Gespräche haben wir geführt? Hannah hatte oft gar nicht die Kraft, überhaupt etwas zu sagen und ich lag neben ihr, hielt sie in meinen Armen und redete ... worüber? Ich erzählte von den Kollegen, von ihren Problemen bei der Arbeit, von den Jungs im Fitnessstudio, der Verkäuferin im Supermarkt und imitierte den kleinen Asiaten, bei dem ich oft unser Essen holte. Doch, ich habe geredet, sehr viel geredet sogar, aber, immer über andere, nie über mich. Auch unsere anfänglichen Gespräche über unsere Zukunft wurden seltener, es war, als hätten wir uns stillschweigend darauf geeinigt, keine zu haben. Selbst Dr. Polland lächelte nicht mehr, als Hannah wieder einmal mit dem Notarztwagen gebracht wurde.

»Sie hätten Ihre Frau früher herbringen sollen ...«

»Was glauben Sie, was ich gerne getan hätte? Sie hat sich strikt geweigert und war entsetzlich aufgeregt. Sie hat Panik vor dem Krankenhaus, und ich habe es nicht übers Herz gebracht, sie gegen ihren Willen herbringen zu lassen.«

»Na gut, wir werden sie gründlich untersuchen und erst mal aufpäppeln, morgen kann ich Ihnen sicher schon mehr sagen.«

Ich bezog wieder einmal meine Liege in ihrem Zimmer, weil sie mich verzweifelt anflehte, sie nicht allein zu lassen. In dieser Nacht begriff ich zum ersten Mal, dass sie es nicht schaffen würde, dass diese Krankheit stärker sein würde als ihr Lebenswille. Dasselbe Wissen sah ich in ihren Augen und doch sagte ich kein Wort, sprach nicht über meine schrecklichen Ängste, gab ihr nicht die Möglichkeit, über ihre zu sprechen. Stattdessen beschwichtigte ich, log, um der Wahrheit nicht ins Gesicht sehen zu müssen. Ich war ein Feigling, das gebe ich zu.

»Ich komme hier nicht mehr lebend raus, das weiß ich«, sagte sie, während Tränen über ihre Wangen liefen.

»Was redest du denn? Natürlich kommst du wieder raus, und es wird dir sehr viel besser gehen als jetzt. Du wirst schon sehen, in zwei, drei Tagen fühlst du dich schon ganz anders. Dann erholst du dich zu Hause noch eine Weile und ... «

»Nein, Alex, ich weiß es, ich fühle es genau, mit mir

geht es zu Ende. Ich kann diesen Krebs nicht besiegen, er besiegt mich.«

»Aber nein, ganz sicher nicht. Das denkst du nur, weil du so schwach bist, so lange nicht richtig gegessen hast. Ich verspreche dir, in ein paar Tagen lachst du über deine trüben Gedanken.«

»Kannst du Doro sagen, dass ich nicht mehr lange leben werde? Ich würde sie gern noch einmal sehen, mich verabschieden ...«

»Dazu ist noch sehr lange Zeit, da bin ich mir ganz sicher. Jetzt schlaf ein bisschen und träum was Schönes. Ich gehe nicht weg, ich bleibe bei dir.«

Wie war es nur möglich, dass ich sie so wenig ernst genommen habe? So gar nicht auf sie eingegangen bin? Sie hätte mich gebraucht, meine Stärke, um ihre Ängste zu besiegen, und ich hatte ihr außer leeren Worten nichts gegeben, ich hatte sie total im Stich gelassen.

Nach einer, für mich schlaflosen Nacht, wurde Hannah zu verschiedenen Untersuchungen abgeholt, zu denen meine Anwesenheit nicht möglich war. Also ging ich in die Cafeteria, um zu frühstücken. Ich saß vielleicht fünf Minuten, als sich ein Mann neben mich setzte, obwohl fast alle Plätze frei waren. Sein Gesicht war grau, seine Augen gerötet, sein Blick leer.

»Äh, guten Morgen«, stotterte ich, »geht es Ihnen nicht gut, kann ich etwas für Sie tun?«

Er schaute mir direkt in die Augen, aber ich war mir sicher, dass er mich gar nicht wahrnahm.

»Was soll ich jetzt ohne sie machen, welchen Sinn hat mein Leben noch? Sie ist tot, verstehen Sie? Gestorben, obwohl sie so gekämpft hat, obwohl wir so sehr gehofft haben, und die Ärzte …«

»Ihre Frau?«, frage ich noch unbeholfener und überflüssiger.

»Wissen Sie, als meine Frau vor 15 Jahren starb und mich mit unserer Kleinen allein ließ, dachte ich, ich hätte alles an Trauer und Schmerz durchlebt, was ein Mensch durchleben kann, aber dann …«

Sein Blick irrte durch den Raum, fand keine Ruhe, ebenso wie seine Hände, die unentwegt imaginäre Krümel vom Tisch wischten.

»Nach einer Weile hatten wir uns in diesem neuen Leben eingerichtet, sie und ich und manchmal war es sogar ein gutes, aber als sie gerade 17 geworden war, bekam sie Schmerzen, die nicht mehr aufhören wollten. Natürlich schickte ich sie zum Arzt, der verschrieb ihr ein paar Tabletten, das war's. Die haben auch überhaupt nicht geholfen und sie wollte zu einem Spezialisten gehen. Auf den Termin hat sie viele Monate warten müssen, vielleicht war der Krebs nur deshalb schon so weit fortgeschritten. Ich bin zu diesem ersten Arzt in die Praxis gegangen, einfach so, habe mich von niemandem aufhalten lassen. Der saß da hinter seinem Schreibtisch, hat nur mit den Schultern gezuckt und gesagt, das täte ihm natürlich sehr leid, aber bei einem so jungen Mädchen käme das so selten vor, da wäre niemand draufgekommen. Ich hätte ihn gern geschlagen, aber ich neige nicht zu Gewalt, darum konnte ich mich nur umdrehen und diese Praxis verlassen. Und nun ist sie tot, verstehen Sie, sie war erst 21 Jahre alt, sie hatte überhaupt kein Leben. Na ja, manchmal sah es so aus, als hätte sie ihn besiegt und wir haben Hoffnung geschöpft, gefeiert, Pläne geschmiedet … aber das Leben hat uns ausgelacht, die Krankheit kam immer wieder, jedes Mal schlimmer und gemeiner. Hätte ich das alles vorher gewusst, wie viel Leid und Schmerz wäre ihr vielleicht erspart geblieben?«

»Aber Sie haben es doch gut gemeint, Sie konnten doch nicht wissen, dass es so enden würde«, wende ich ein, aber er schüttelt nur den Kopf.

»Irgendwann weiß man es, weiß ganz genau, dass nichts mehr hilft, dass alles nur die Qualen verlängert, aber man ist zu feige, es zu akzeptieren, es auszusprechen. Also lügt man weiter und nimmt dem Kranken damit die Möglichkeit, über seine schlimmsten Ängste und Befürchtungen zu sprechen. Weil man selbst so schwach ist, so große Verlustängste hat. Ich schäme mich so sehr dafür, mein Kind derart im Stich gelassen zu haben.«

Er rieb sich über die Augen und richtete sich ein wenig auf, bevor er mich zum ersten Mal bewusst ansah.

»Was machen Sie um diese Zeit hier?«

»Meine Frau wurde gestern eingeliefert, es geht ihr gerade nicht so gut, aber das wird schon wieder. Tut mir wirklich leid für Ihren Verlust, mein Beileid.«

Er nickte wieder, stand langsam auf und ging. Ich glaube nicht, dass er sich an unser Gespräch jemals erinnert hat. Ich hatte die Gelegenheit verpasst, seinen Schmerz mit mir zu teilen, oder sollte ich besser sagen, meinen Schmerz mit ihm? Ich wäre allerdings nie auf die Idee gekommen, einem Wildfremden irgendetwas von meinen Gefühlen, meinen Ängsten zu erzählen.

Irgendwann kehrte ich auf die Station zurück, den trauernden Vater hatte ich bereits vergessen. Hannah war noch nicht zurück, aber eine Ärztin sprach mich auf dem Flur an.

»Sie sind doch Herr Böhm? Wir kennen uns noch nicht, ich bin Dr. Ruge, die behandelnde Gynäkologin ihrer Frau. Ich war auch bei der Operation dabei und habe sie gerade erneut untersucht. Also, es tut mir entsetzlich leid, Ihnen das sagen zu müssen, aber wir werden Ihre Frau noch einmal operieren. Der Krebs ist zurück und hat bereits …«

»Nein! Ich lasse nicht zu, dass sie erneut an meiner Frau rumschnippeln. Sie ist schon jetzt nur noch ein Schatten ihrer selbst, völlig kraftlos und völlig am Ende. Sie wird keine weitere Operation überleben und das wissen Sie auch genau. Also, was soll das?«

Sie sah mich einen Moment lang verblüfft an und sagte dann: »Dann können wir leider nur noch palliativ behandeln, nur eine weitere Operation wäre zumindest eine kleine Chance.«

»Wie viel? 10 Prozent, fünf? Dass sie vielleicht noch einen Monat länger leidet? Nein, danke, das ist keine Chance, das ist Folter auf Raten. Weiß meine Frau etwas von diesem Befund?«

»Natürlich nicht, ich wollte vorher mit Ihnen sprechen.«

»Dafür danke ich Ihnen und verbinde damit die Bitte, dass sie es von mir erfährt. Was kann ich sonst noch für sie tun, um ihr die nächste Zeit zu erleichtern?«

»Wir werden sie natürlich mit Medikamenten versorgen, sie soll so wenig Schmerzen wie möglich haben. Wir beraten das noch im Team, welchen Weg wir da einschlagen. Ansonsten für sie da sein, ihr zuhören, ihre Wünsche erfüllen, wenn sie welche äußert. Ich kann Ihnen aus meiner Erfahrung sagen, dass es für Sie sehr schwer sein wird, mit der Todesangst Ihrer Frau umzugehen. Sie sollten sich deshalb unbedingt Hilfe holen, Menschen, die Ihnen zuhören, sonst brechen Sie unter dieser Last zusammen.«

»Ach, machen Sie sich um mich nur keine Sorgen, ich schaffe das schon.«

»Unser Seelsorger kommt täglich …«

»Entschuldigung, wenn ich Sie unterbreche, aber ich schaffe das allein … danke.«

Ich lächelte zuversichtlich und glaubte, was ich sagte. Was ich nicht bemerkte, war, dass ich längst keinen Zugang mehr zu meinen Gefühlen hatte. Ich ließ einfach nichts mehr an mich heran. Ich agierte wie ein Roboter.

Vielleicht habe ich es deshalb geschafft, meinen Chef anzurufen und ihm mitzuteilen, dass ich wieder einmal für einige Wochen nicht zur Arbeit kommen würde. Er war nicht begeistert.

»Herr Osthoff, bei allem Verständnis für Ihre privaten Probleme …«

»Ich habe keine privaten Probleme, ich habe eine sterbende Frau, die ich in ihren letzten Wochen nicht allein lassen kann und werde. Schmeißen Sie mich raus, das ist mir grad egal.«

»Das ist sicher schrecklich für Sie, dafür habe ich natürlich als Mensch Verständnis, aber als Ihr Chef muss ich eben auch an den Betrieb denken. Drei Wochen, Herr Osthoff, länger kann ich das vor der Geschäftsleitung nicht rechtfertigen, es tut mir leid.«

Wenn ich mich recht erinnere, habe ich einfach aufgelegt. Es war mir egal, was er tat und was nicht. Hannah würde sterben, nicht irgendwann in ferner Zukunft, sondern bald, vielleicht schon heute oder morgen.

ACHTUNDZWANZIG
DIE KLINIK

In dieser Nacht schlafe ich schlecht und wache schon kurz nach fünf wieder auf. Ich bilde mir ein, Hannahs Duft auf meinem Kopfkissen zu riechen, bis ich merke, dass meine Infusionsnadel herausgerutscht ist und das Medikament das Laken durchnässt hat. Krankenhausgeruch. Ich stehe auf, gehe ins Bad und hole ein Handtuch, das ich über die nasse Stelle lege. Trotzdem kann ich nicht wieder einschlafen, ich bin unruhig, weil ich weiß, dass ich mich in meinen Erinnerungen der schlimmsten Nacht meines Lebens nähere, und das will ich auf keinen Fall. Ich kann das nicht noch einmal durchleben, niemals, und wenn mich diese Dr. Iwanowa bis an mein Lebensende nicht mehr hier rauslässt. Sechs Jahre lang bin ich nie über diesen Punkt hinausgekommen, habe lange vorher angefangen zu trinken, damit ich einschlafen konnte, bevor es gefährlich wurde.

Drei Stunden später ist Dr. Iwanowa wieder da und sieht so gut aus wie immer.

»Guten Morgen, wie schaffen Sie das nur, um diese Zeit schon so frisch und gut auszusehen?«, begrüße ich sie.

»Nun, ich hatte einen entspannten Abend, eine ruhige

Nacht mit acht Stunden Schlaf und ein gutes Frühstück, das wird es wohl sein.«

»Ah ja, und jetzt freuen Sie sich darauf, mir mit Ihren Fragen meinen Tag zu verderben?«

»Aber nein, wie kommen Sie denn auf die Idee? Ganz im Gegenteil, ich möchte Ihnen mit diesen Fragen helfen, etwas zu sehen, was da ist, von dem Sie aber nicht mehr wissen, dass es da ist.«

»Oh Gott, kommen Sie mir jetzt etwa mit Ihrem Psychologenkauderwelsch? Verwirren mich so lange mit unverständlichen Sätzen, bis ich meinen eigenen Namen nicht mehr weiß und schließen daraus, dass mein Verhältnis zu meiner Mutter gestört ist?«

Dr. Iwanowa stutzt einen Moment, bleibt, den Stuhl in der Hand, mitten im Raum stehen und lacht dann fröhlich.

»Sie können ja richtig witzig sein, Herr Osthoff, das wusste ich bisher noch nicht. Hatten Sie ein gestörtes Verhältnis zu Ihrer Mutter oder wie sind Sie darauf gekommen?«

»Jetzt hören Sie aber auf, bitte, ich bin doch nicht hier, um über meine Mutter zu reden. Ich will hier raus, das ist überhaupt der einzige Grund, warum ich überhaupt mit Ihnen rede.«

»Das ist mir klar, Herr Osthoff, auch wenn ich das sehr schade finde. Reden hilft, auch wenn das natürlich eine Erkenntnis ist, die gerade Männer oft nicht glauben wollen. Die halten das Reden über Probleme meist für eine Schwäche. Es sei denn, es geht um die Abwehrschwäche einer Mannschaft oder die Frage Abseits oder nicht Abseits, da werden sie erstaunlich gesprächig.«

»Wer ist jetzt hier witzig? Sehr komisch, wirklich, aber über welche Probleme sollte ich denn reden? Denn, wie ich ihn schon mehrfach versichert habe, gibt es keine. Dieser kleine Vorfall mit den Tabletten war ein Versehen, und wird nicht wieder vorkommen. Problem gelöst, wann werde ich entlassen?«

»Wie lange war Ihre Schwester eigentlich krank, bis sie schließlich verstorben ist?«

»Julia? Was hat sie denn jetzt damit zu tun? Keine Ahnung, ich glaube, sie war das erste Mal im Krankenhaus, als sie acht oder neun war. Ja, genau, das war an ihrem Geburtstag, ich glaube, sie ist an dem Tag neun geworden. Meine Eltern hatten eine Party für sie organisiert, und viele ihrer Freundinnen waren eingeladen, aber sie wollte nicht aufstehen. Hat gesagt, ihr wäre übel und sie hätte Kopfschmerzen.«

Plötzlich muss ich lachen, als ich an diesen Tag zurückdenke.

»Ich war total in eine ihrer Freundinnen verknallt und hatte Angst, dass die Party ausfällt, also habe ich sie überredet, unseren Eltern nicht zu sagen, dass ihr schlecht ist. Sie wollte nicht, hat angefangen, zu heulen und ich musste ihr mein Taschengeld versprechen, damit sie mitmacht. Na ja, das ging nicht gut aus. Kaum waren alle Gäste da, auch mein Schwarm, wurde ihr so richtig übel und sie kotzte quer über den Geburtstagstisch. Wow, da war vielleicht was los. Meine Eltern haben dann, glaube ich, unseren Hausarzt angerufen und irgendwann ist sie dann ins Krankenhaus gekommen.«

»Und? Haben Sie ihr Ihr Taschengeld noch gegeben?«

»Mein Taschen ... ach so, keine Ahnung, daran erinnere ich mich nicht mehr. Was ich aber noch weiß, dass ich total sauer auf sie war, weil sie mich vor meinem Schwarm so blamiert hat.«

»Sie waren ja auch noch ein Kind und haben nicht verstanden, wie krank Ihre Schwester war.«

»Nee, außerdem war sie am Anfang gar nicht so krank, jedenfalls kam sie aus dem Krankenhaus zurück und hat … ich weiß nicht mehr, was es war, aber sie hat irgendein größeres Geschenk bekommen. So als ›Willkommen zu Hause‹, verstehen Sie? Das fand ich total ungerecht. So ein tolles Geschenk, nur weil sie im Krankenhaus war, außerdem hatte sie doch gerade erst Geburtstag gehabt. Merkwürdig, daran habe ich seit damals nicht mehr gedacht, Sie bringen mich wirklich auf komische Gedanken.«

»Sind die wirklich so komisch? Es gab in Ihrem Leben zwei Menschen, die an einer tödlichen Krankheit gestorben sind. Haben Sie nie an Ihre kleine Schwester gedacht, wenn Sie Hannah leiden sahen?«

»What? Ich bitte Sie, das ist doch lächerlich und hat überhaupt nichts miteinander zu tun. Julia war ein Kind, wurde von meinen Eltern betreut, also überwiegend von meiner Mutter, ich hatte nicht viel mit ihr zu tun. Eigentlich gar nichts, ich war im Fußballverein, hatte meine Kumpels, die Schule, ich war immer beschäftigt. Das mit Julia ist irgendwie an mir vorbeigegangen. Verstehen Sie? Natürlich wusste ich, dass sie krank war, dass sie oft ins Krankenhaus musste, irgendwann nicht mehr in die Schule gehen konnte und so, aber so richtig realisiert habe ich das alles nicht.«

»Wie schon gesagt, Sie waren ebenfalls noch ein Kind, Sie waren nicht verantwortlich für Ihre kleine Schwester. Aber zurück zu Hannah, um die Sie sich offensichtlich aufopferungsvoll gekümmert haben. Wie ging es weiter? Konnte Sie das Krankenhaus wieder verlassen?«

NEUNUNDZWANZIG
HANNAH

Zuerst musste ich ihr den neuen Befund mitteilen, das war wirklich sehr, sehr schwer für mich. Mir fehlten die Worte, ich wand mich und begann zu stottern.

»Liebes, ich habe gerade mit der Gynäkologin gesprochen, also, eigentlich hat sie mit mir gesprochen. Ich bin ihr zufällig auf dem Gang begegnet und da …«

»Alex! Sag mir, was sie gesagt hat, schnell!«

»Sie hatte leider keine guten Nachrichten, im Gegenteil, sie wollte gleich einen neuen Operationstermin für dich festsetzen, aber ich habe ihr sofort gesagt, dass du auf keinen Fall noch ein weiteres Mal operiert werden willst. Das war doch richtig, oder?«

»Noch eine Operation? Das kann doch nur heißen, dass der Krebs zurück ist? Dass sie noch mehr rausschneiden wollen? Was denn noch? Es ist doch gar nichts mehr drin. Kommt jetzt der Darm dran oder die Blase? Oh Gott, Alex, bitte, bitte, lass das nicht zu. Lieber sterbe ich, als dass ich das auch noch ertrage. Ich will nicht inkontinent und mit künstlichem Ausgang vor mich hinvegetieren. Was genau hat sie gesagt, ich muss das wissen?«

Ich zögere einen Moment, aber sie sieht mich so flehend an, dass ich mein Schweigen nicht lange aushalte. »Sie vermutet, dass es erneut Krebs ist, dass er weiter gestreut hat. Aber das ist nur eine Vermutung, genau weiß sie das nicht, und darum wollen sie operieren, um sicherzugehen.«

»Sie wollen mir wieder den Bauch aufschneiden, um mal zu gucken, was sie finden? Das kann doch nicht wahr sein. Sag, dass das ein Scherz ist.«

»Ich weiß es auch nicht, ich bin kein Arzt. Sie hat nur von einer Operation gesprochen, um die Diagnose zu sichern, vielleicht wollen sie ja nur mit einer kleinen Sonde rein, das müssen wir Dr. Polland genau fragen, bevor du dich entscheidest.«

»Es gibt nichts zu entscheiden, ich will das nicht. Keine erneute Operation und auch keine Chemo mehr. Bring mich nach Hause und lass mich in Frieden sterben.«

»Hannah! Mein Herz, meine Liebe, sag so etwas doch nicht. Du hast mir versprochen, um dein Leben zu kämpfen, um unsere Zukunft, um unser Glück. Bitte, wir fahren nach Hause und prüfen die Optionen. Vielleicht gibt es in der Palliativmedizin etwas, das den Krebs ausbremst ... irgendwelche neuen Behandlungen, die gerade erst zugelassen werden. Ich will nicht ohne dich leben, ich brauche dich so sehr ...«

Ich umklammerte ihre Hände, die zerbrechlich wie Vogelknöchelchen geworden waren, und versuchte, alle Überzeugungskraft in meine Stimme zu legen. Mir war übel vor Angst, denn ich ahnte schon, dass ich sie nicht überreden konnte.

Das gelang auch Dr. Polland nicht, als er kam, um die Ergebnisse der vielen Untersuchungen zu besprechen.

»Frau Böhm, ich weiß, Sie denken jetzt, es ist alles

vorbei, aber das muss es nicht sein. Noch nicht, noch haben wir Optionen …«

»Nein, haben Sie nicht, denn ich bin kein Versuchskaninchen, will mich nicht länger quälen lassen. Ich weiß, dass ich sterben werde, mit oder ohne weitere Behandlung. Mag sein, dass Sie das Unvermeidliche um ein paar Tage oder Wochen hinauszögern können, aber zu welchem Preis? Ein Preis, den nur ich zu zahlen habe. Nein, es reicht! Ich will nicht mehr, ich kann auch nicht mehr. Worum ich Sie aber bitte, ist, tun Sie für mich, was Sie tun können, um mir die größten Schmerzen zu ersparen. Können Sie mir das versprechen?«

»Frau Böhm …«

»Versprechen Sie es!«

»Nun gut, es ist Ihre Entscheidung, ich will Sie nicht überreden. Wir haben eine Palliativstation …«

»Nein! Ich will zu Hause sterben, nicht in einem Krankenhaus. Ich will nur die Medikamente, die ich brauche.«

»Natürlich, wir werden für Sie tun, was wir können, ich werde mich sofort mit einem Palliativmediziner in Verbindung setzen, das ist unumgänglich. Er wird Ihren Mann unterstützen, ihm die Handhabung der Morphinpumpe und das Wechseln der Nährlösungen zeigen. Wie oft und in welchem Rahmen Sie diese Organisation beanspruchen, wird die Zukunft zeigen. Sie werden auf keinen Fall allein gelassen, das verspreche ich Ihnen. Melden Sie sich … jederzeit.«

Grau im Gesicht und mit zitternden Lippen drehte sich Hannah zu mir um, als Doktor Polland den Raum verlassen hatte.

»Nun ist es beschlossen und ich habe dich um das Schwerste gebeten, um was man einen Menschen bitten kann. Du sollst mich in den Tod begleiten, bei mir sein, mich halten, wenn ich mich in meiner Angst verliere, nicht irgendwelche Fremde. Du musst meine Verzweiflung aushalten, meine Wut, meine Schmerzen, denn sie werden kommen, das weiß ich. Schaffst du das? Sieh mir in die Augen und sag mir ehrlich, ob du das kannst? Sag mir, dass du bis zu meinem letzten Atemzug bei mir bleibst, mich nicht für einen Augenblick verlässt? Nur wenn du mir das versprichst, kann ich ertragen, was mich erwartet.«

Selbst wenn ich eine Wahl gehabt hätte, was hätte ich anderes sagen können als: »Ja, das verspreche ich dir. Ich werde bei dir sein, dich halten, dich trösten und dich nicht für einen Augenblick verlassen.«

Ich schüttele langsam den Kopf, sehe Frau Dr. Iwanowa an und sage leise: »Ich habe dieses Versprechen gebrochen.«

»Ich bin ganz sicher, dass sie es halten wollten.«

»Ja, natürlich, zumindest in dem Moment, als ich es Hannah gab, aber es kam ganz anders, als ich es geplant hatte. Es ging nicht schnell und nichts an ihrem Weg war leicht oder gar gnädig, er war steinig und schwer.«

»Herr Osthoff, wenn Sie gern eine Pause machen wollen, kann ich das verstehen; es muss sehr anstrengend sein, sich an diese Zeit zu erinnern.«

»Nein, eigentlich würde ich es gerne hinter mich bringen, wenn Sie noch Zeit haben. Ich weiß, dass ich es in all den Jahren nicht geschafft habe, mich wirklich daran zu erinnern, was genau so entsetzlich schief gelaufen ist.«

»Gut, ich bin hier und höre Ihnen zu.«

Ich brachte Hannah also zum Sterben nach Hause ... ach, auch das ist eine Lüge, ich brachte sie in eine gemietete Zweizimmerwohnung, die mit geschmacklosen Möbeln eingerichtet war.

Die ersten Tage wechselte ihre Stimmung zwischen

Weinen, Schreien, Beten und Schlafen. Die Palliativmedizinerin, eine Frau Dr. Meraner, kam bereits am nächsten Tag, brachte die Morphinpumpe mit und erklärte uns ihre Handhabung.

»Die Pumpe ist zur regelmäßigen Abgabe einer programmierten Dosis eingestellt. Nicht zu viel, aber auch nicht zu wenig, Frau Böhm, bevor die Schmerzen unerträglich werden, drücken Sie einfach diesen Knopf, okay? Gut, dann haben wir das Wichtigste schon geklärt. Ich schlage vor, dass für den Anfang einmal täglich einer unserer Mitarbeiter kommt und schaut, wo seine Hilfe gebraucht wird. Das können wir selbstverständlich jederzeit aufstocken. Herr Böhm, Sie müssen nur sagen, wenn Sie etwas überfordert, dann springen wir sofort ein.«

Anfangs weigerte Hannah sich, Morphium zu nehmen, aber die anderen, sehr starken Medikamente machten sie tagsüber müde und hielten sie nachts wach. Ihre Gefühle überwältigten sie oft völlig, dann ging sie wütend auf mich los.

»Tu doch nicht so verständnisvoll, du Heuchler, du kannst es doch gar nicht erwarten, dass ich endlich sterbe und du wieder in dein schickes, ruhiges Leben mit Frau und Kind zurückkehren kannst. Gib ruhig zu, dass mein Anblick dich abstößt und es dich vor meinen Geruch ekelt.«

Ich konnte es leugnen so oft und so viel ich wollte, versichern, sie über alles zu lieben, solche Phasen kamen immer wieder. Ihre Stimmung schlug von einer Sekunde auf die andere um. Mal war sie wie ein Kind, das Schutz und Nähe sucht, dann wieder abweisend und beleidigend. Anfangs entschuldigte sie sich noch für solche Ausbrüche, später nicht mehr, und sie waren nicht mehr die Ausnahme, sie waren die Regel. Sie endeten jeweils in totaler Erschöpfung und Tränen. Wenn mich jemand nach meinen

Gefühlen gefragt hätte, nach meiner psychischen Verfassung, hätte ich keine Antwort geben können. Ich hatte keine Gefühle mehr oder jeden Zugang zu ihnen verloren. Ich ertrug ihr Leiden ebenso neutral wie ihre Wut, ihre Angst oder ihre grenzenlose Verzweiflung. Ich hörte stundenlang ihren Selbstanklagen zu, ihren Versuchen, dem Schicksal eine Antwort auf ihre tausend Fragen abzuringen, ich antwortete ihr geduldig, beruhigend, liebevoll, und fühlte gar nichts davon. Ich redete mir selbst ein, dass ich nur so Herr der Lage bleiben, sie professionell betreuen könnte. Das tat ich auch, es fehlte ihr objektiv an nichts. Ich trug sie zur Toilette, reinigte und pflegte sie. Ich kämmte ihr Haar, das jetzt dünn und glanzlos war, lackierte, auf ihren Wunsch hin, sogar Fuß und Fingernägel. Sie wollte das nur mich machen lassen, nie die wechselnden Mitarbeiter der Palliativstation.

»Bitte Alex, ich halte das nicht aus, wenn mich fremde Menschen so sehen, mich berühren, das ist mir furchtbar peinlich. Bitte, bitte, mach du das. Also tat ich es, behauptete überzeugend, keinerlei Hilfe zu benötigen, saß geduldig an ihrer Seite und versuchte, sie dazu zu bringen, wenigstens eine Kleinigkeit zu essen. Apfelmus war eines der wenigen Dinge, die sie nicht völlig verweigerte. Es kühlte ihre durch die Medikamente entzündeten Schleimhäute und war leicht zu schlucken. Ich mischte es mit Sahne, um es gehaltvoller zu machen, denn das war fast das Einzige, was sie in ihren letzten Wochen noch zu sich nahm. Ihr einst so schöner Körper erinnerte mich immer mehr an Bilder von Hungerkatastrophen, man konnte jede Rippe, jeden Knochen unter der aschfahlen Haut sehen. Vielleicht lag es auch an dieser mangelhaften Ernährung, dass sie immer öfter Krämpfe bekam, die so schmerzhaft waren, dass sie laut schrie. Ich massierte sie, so gut ich konnte und gab ihr Magnesium, was wiederum zu Durchfällen führte. Ich hatte wohl alles falsch gemacht, was man falsch machen konnte. Deshalb rief ich umgehend Dr. Meraner an, die sofort kam. Sie versuchte, ihr Entsetzen über Hannahs Zustand zu verbergen und bemühte sich, mich zu überreden, sie umgehend zurück ins Krankenhaus zu bringen, aber ich lehnte ab, obwohl ich das Angebot nur zu gerne angenommen hätte. Wahrscheinlich wollte ich mir selbst nicht eingestehen, dass ich völlig überfordert war und Hannah von Tag zu Tag mehr als Belastung empfand. Schäbig, ich weiß. Auch, dass es dafür keine Entschuldigung gibt, aber so war es nun mal. Wenn ich Ihnen das schon alles erzähle, dann soll es auch die Wahrheit sein. Ich fühlte mich eingesperrt, meiner Freiheit beraubt und war mehr als einmal nahe dran, einen Krankenwagen zu rufen und dann auf Nimmerwiedersehen zu verschwinden. Können Sie sich so was vorstellen? Wie schäbig kann ein Mensch denn sein?«

»Sie haben es offensichtlich nicht getan, sind aber trotzdem sehr streng mit sich, sehr unnachgiebig, waren Sie immer so?«

»Ich glaube nicht, ich meine, bevor ich Hannah kennengelernt habe, war ich eher locker und habe gern Fünfe gerade sein lassen, aber seither … ist doch klar, oder? Erst betrüge ich meine Frau mit ihrer Schwester, erzähle was von der großen, einmaligen Liebe und Seelenverwandtschaft. Deswegen verlasse ich sie und meinen kleinen Sohn, tue, als gäbe es sie nicht mehr. Dann wird Hannah krank, so krank, dass sie sterben wird, und was mache ich? Ich bedauere mich selbst, klage, dass mir ihre Pflege zu viel wird und dass ich am liebsten weglaufen möchte. Das ist doch einfach nur erbärmlich, da gibt es gar nichts zu beschönigen.«

»Warum haben Sie sich keine Hilfe von der Palliativstation geholt?«

»Habe ich von diesem Tag an getan. Dr. Meraner hat noch am gleichen Tag einen Nährstofftropf angelegt, der Hannah vermutlich vor dem Verhungern bewahrt hat und angeordnet, dass zweimal täglich jemand kommt, der ihren Zustand genauestens kontrolliert. Auch gegen ihren Willen. Vielleicht bilde ich mir das ein, aber ich bin überzeugt, dass sie mich verachtet hat.«

»Sie verachtet? Warum das? Sie haben sich aufopferungsvoll um eine sehr kranke Frau gekümmert, das verdient Anerkennung, keine Verachtung.«

»Ja, vielleicht, wenn ich es gut gemacht hätte, aber das habe ich ja nicht. Hannah war in einem sehr schlechten Zustand ...«

»Herr Osthoff, für Hannahs schlechten Zustand war ihre letale Erkrankung verantwortlich, nicht Sie.«

»Trotzdem, ich hätte mehr tun müssen, früher Hilfe holen, irgendwas, vielleicht wäre es dann nicht so schnell zu Ende gegangen.«

Ich schlage beide Hände vor mein Gesicht und breche unvermittelt in ein heftiges Schluchzen aus. Ich habe noch nie so deutlich artikuliert, dass ich nicht nur Trauer über Hannahs Tod empfinde, sondern auch Schuld an ihrem Tod. Es reißt mir den, ohnehin seit Jahren wackeligen Boden unter den Füssen weg.

Dr. Iwanowa sitzt ruhig neben meinem Bett, sagt nichts und fragt nichts, lässt mich einfach weinen. Es dauert eine ganze Weile, bis ich mich so weit gefasst habe, dass ich weiterreden kann.

»Auch wenn ich seit Langem wusste, dass Hannah sterben würde, kam dieses abrupte Ende für mich völlig überraschend. Es traf mich wie ein Schlag. Es war ein

Mittwoch, sie war schon beim Aufwachen sehr lethargisch und bekam kaum die Augen auf. Der junge Mann der Palliativstation hörte ihr Herz ab, überprüfte die Zugänge der Infusion und die Morphinpumpe, bevor er zu mir sagte: »Sie können jederzeit anrufen, wenn sich ihr Zustand verändert.«

Ich setzte mich zu ihr auf das Bett und nahm ihre Hand in die meine. Sie reagierte nicht darauf, nicht die kleinste Bewegung zeigte mir, dass überhaupt noch Leben in ihr war. So saß ich, bestimmt zwei Stunden und lauschte angstvoll ihren mühsamen Atemzügen mit den langen Pausen.

Irgendwann begann sie dann zu husten und zu keuchen, versuchte, sich aufzurichten, aber ihr fehlte die Kraft. Ich schob meine Arme unter ihre knochigen Schultern und half ihr in eine sitzende Haltung. Plötzlich schlug sie die Augen auf und ihr Blick war so intensiv wie nie zuvor.

»Alex, es ist so weit, ich muss dich verlassen, ich werde sterben. Ach, mein Geliebter, lass mich nicht allein und sag ...«

Mehr schaffte sie nicht, bevor sie ihre Augen schloss und in sich zusammensackte. Ich hielt sie noch einen Moment, brachte sie dann vorsichtig in eine bequeme Lage und lauschte wieder ihren Atemzügen.

Selbst unter Androhung von Folter könnte ich Ihnen nicht sagen, was dann passiert ist. Bitte, Sie müssen mir das glauben, es ist keine Ausrede, keine Lüge, ich habe wirklich keine Ahnung, wie ich da hingekommen bin und warum ich keine Hilfe geholt habe.«

Ich bin sehr aufgeregt, lege alle Überzeugungskraft in meine Stimme. Es ist mir seltsamerweise wichtig, dass diese Therapeutin mir glaubt.

»Sie sind irgendwo zu sich gekommen und wussten weder, wo Sie sind, noch wie Sie dort hingekommen sind?«

»Woher wissen Sie das? Das habe ich nie einer Menschenseele erzählt.« Ich starre sie verblüfft an und glaube, meinen Ohren nicht zu trauen.

»Ich weiß es nicht, ich vermute es aber. Menschliche Gehirne sind zu den großartigsten Leistungen fähig und sie können sich auch selbst schützen, wenn ihr Besitzer das grad nicht kann. Sie waren über viele Wochen in einer unglaublich überfordernden Situation, haben Ihre eigenen Gefühle, Ihre Ängste, Ihre Bedürfnisse, vollkommen verleugnet, sozusagen von sich abgespalten. Sie haben laufend und über einen langen Zeitraum Ihre physischen und psychischen Grenzen überschritten. An diesem Morgen hat Ihr Unterbewusstsein die Führung übernommen und Sie aus der Situation heraus gebeamt. Es wusste, dass sie es nicht mehr ertragen hätten, diese Frau, die Sie geliebt haben, sterben zu sehen, dass Sie darüber wahnsinnig geworden wären. Es war also die einzige Chance für Sie, halbwegs heil aus dieser Situation rauszukommen.«

»Eine Chance, die mich seit dem Tag und Nacht quält, mich auffrisst, mit der ich nicht leben kann.«

»Darüber können wir reden, damit können wir arbeiten, aber bitte, erzählen Sie noch den Schluss, das wird Ihnen guttun.«

Ich zögere, weiß nicht, wie und wo ich anfangen soll, was wichtig und was unwichtig ist.

»Es war fast dunkel, als ich mich in meinem Auto wiederfand. Ich hatte keine Ahnung, weder wo ich war, noch wie ich dahingekommen war. Ich stand auf einem Supermarktparkplatz, keine zwei Kilometer von der Wohnung entfernt. Natürlich bin ich umgehend zurückgefahren, habe den Fahrstuhl ignoriert, bin die Treppen hochgerannt und in die Wohnung gestürmt. Hannah lag noch genauso da, wie ich sie hingelegt hatte, und für einen Moment war ich unglaublich erleichtert, bevor mich die Erkenntnis wie ein Schlag traf. Sie schlief nicht, sie war tot. Vollkommen allein gestorben, ihre größte Angst war wahr geworden. Ich war nicht bei ihr gewesen, ich hatte sie im Stich gelassen, war feige davongelaufen. Keine Ahnung, wie lange ich dagestanden habe, ich kam erst wieder zu mir, als jemand seine Hand auf meine Schultern legte. Es war der Mann von der Sozialstation.

»Mein Beileid, Herr Böhm, es tut mir sehr leid für Sie, aber für Ihre Frau war es jetzt eine Erlösung. Daran müssen Sie immer denken, dass sie jetzt keine Schmerzen mehr hat. Bleiben Sie gern bei ihr, und verabschieden Sie sich in Ruhe, ich kümmere mich um alles Notwendige.«

An das, was folgte, kann ich mich kaum erinnern, das liegt alles wie unter einem dicken Nebel. Irgendwann waren alle verschwunden und auch Hannah war nicht mehr da, ich war allein. Meine Erinnerung setzt erst wieder damit ein, dass Doro vor mir stand und mich ins Gesicht schlug.

»Verdammt, Alex, mach die Augen auf und komm endlich zu dir. Du musst unter die Dusche, dich rasieren, umziehen, du willst doch nicht die Beerdigung auch noch verpassen. Ich habe mich schon um alles andere allein gekümmert, aber jetzt ist Schluss, du kommst mit und wenn ich dich an den Haaren auf den Friedhof schleifen muss.«

Sie hat mir erst viel später erzählt, wie sie von Hannahs Tod erfahren und mich gefunden hat. Ich selbst habe der Ärztin der Palliativstation ihre Nummer gegeben, auch wenn ich mich daran nicht erinnern kann. Es muss aber stimmen, schließlich hatte sie auch meinen Wohnungsschlüssel.«

»Ihre Frau hat sich also um alles gekümmert? Sie scheint eine sehr starke Persönlichkeit zu sein.«

»Das ist sie wirklich. Sie fackelt nicht lange und packt an, wenn's nötig ist. Ich weiß nicht, was ohne sie aus mir geworden wäre, und auch jetzt verdanke ich es wohl ihr, dass ich überhaupt noch lebe.«

»Wie fühlt sich das für Sie an?«

»Was? Dass ich noch lebe?«

Dr. Iwanowa lacht und ich stelle fest, dass sie ein sehr schönes Gesicht hat. Oval, mit hohen Wangenknochen und schön geschwungenen Brauen über mandelförmigen Augen. Vermutlich hat sie asiatische Vorfahren.

»Schon gut, ich habe Sie verstanden. Sie möchten wissen, wie ich mich meiner Frau gegenüber fühle, die ich betrogen und verlassen habe und der ich mein Leben verdanke. Das ist eine sehr berechtigte Frage, aber ich kann sie nicht beantworten, weil ich es nicht weiß.«

»Haben Sie nie über die ganze Situation gesprochen, versucht, herauszufinden, wie es dazu kommen konnte?«

»Na ja, Doro hat das natürlich versucht, aber meist endete das in einem Streit. Sie wirft mir seit Jahren vor, mich in meiner Trauer zu suhlen, zu übertreiben ...«

»Tun Sie das?«

»Was weiß ich? Ja, ich kann verstehen, dass das bei ihr so ankommt, sie ist ja eher pragmatisch. Tot ist tot, das Leben geht weiter, aber ich kann das nicht. Ich vermisse Hannah unendlich, jede Sekunde am Tag. Ich kann einfach nicht so tun, als wäre alles easy-peasy und mein Leben fortsetzen, das geht nicht. Warum versteht sie das nur nicht?«

»Vielleicht versucht sie es ja? Herr Osthoff, das war

heute ein sehr anstrengender Tag, wir machen morgen weiter.«

»Wie weiter? Ich habe Ihnen doch alles erzählt, sogar zugegeben, dass ich keines meiner Versprechen, die ich Hannah gab, am Ende gehalten habe. Ich war feige und habe auf der ganzen Linie versagt. Was wollen Sie denn noch von mir?«

»Nun, Sie haben mir Ihre Version erzählt, das, was Sie für den Grund für Ihre Trauer und Ihren ... Tablettenunfall halten. Das war gut und sehr mutig von Ihnen, aber unsere Arbeit beginnt jetzt erst. Aber ich bin zuversichtlich, dass wir herausfinden können, was sich hinter diesem so offensichtlichen Grund verbirgt und was wir dann tun können. Jetzt ruhen Sie sich erst einmal aus.«

Ich schaue ihr wortlos nach, wie sie den Raum verlässt und leise die Tür hinter sich schließt. Ich hatte in den letzten Jahren unzählige Therapiestunden, habe geredet, zugehört, genickt und zugestimmt, aber das Gefühl, verstanden worden zu sein, das hatte ich nie. Für mich hatten alle immer nur das eine Ziel, mich möglichst schnell wieder funktionsfähig zu machen. Zurück in die Tretmühle der Normalos zu entlassen. Das ist diesmal anders, ich nehme Dr. Iwanowa ab, dass sie mir helfen will, mit meiner Trauer umzugehen, mich besser zu fühlen, auch, wenn ich nicht verstehe, worüber wir sonst noch reden könnten, außer über Hannah. Mit ihr hat doch alles erst angefangen, vorher war ich mit meinem Leben im Reinen gewesen.

DREISSIG
DORO

An diesem Nachmittag bekomme ich Besuch von meiner Frau. Sie bringt einen Schwall kalter Luft ins Zimmer, und ich ziehe fröstelnd die Decke hoch.

»Entschuldige, aber es ist wirklich verdammt kalt draußen, heute Morgen waren es minus 13 Grad. Hier drinnen ist es allerdings viel zu warm. Wie fühlst du dich? Weißt du schon, wann du entlassen wirst?«

»Nein, weiß ich nicht, warum auch? Du hast doch dafür gesorgt, dass man mich bis zum St. Nimmerleinstag hier einsperren kann. Das hast du doch nicht etwa vergessen, oder?«

»Nein, habe ich nicht, aber wie lange es tatsächlich dauert, liegt ganz allein in deiner Hand. Ich habe dir nur eine Chance geboten, die du nutzen oder verspielen kannst. Liegt ganz bei dir.«

»Wenn du nur gekommen bist, um mir schon wieder Vorwürfe zu machen, dann geh lieber gleich wieder.« Ich drehe den Kopf zum Fenster, ich will sie nicht ansehen, weil mir erneut Tränen in die Augen steigen, keine Ahnung, was das neuerdings immer soll.

»Du machst mir Vorwürfe, nicht ich dir, merkst du das denn gar nicht? Ich bin hier, weil ich dir helfen möchte, weil ich wissen will, wie es dir geht.«

»Ja, schon gut, es ist alles in Ordnung, alle sind nett und bemühen sich. Bist du jetzt zufrieden?«

»Das klingt doch gut, dann gehört es sicher zum Therapieplan, dass deine Therapeutin mit mir sprechen will?«

»Was? Warum denn das? Davon weiß ich nichts …« Ich drehe mich vom Fenster weg, als die Tür aufgeht und Dr. Iwanowa reinkommt, wie immer mit einem Lächeln auf den Lippen.

»Frau Osthoff, schön, dass Sie kommen konnten, mein Name ist Dr. Iwanowa, ich bin die zuständige Psychiaterin Ihres Mannes. Bitte setzen Sie sich doch, damit wir uns ein wenig unterhalten können.«

»Worum geht es denn?«, frage ich, nicht eben freundlich. »Das hätten Sie mir sagen können, bevor Sie mich derart überrumpeln.«

»Sie fühlen sich vom Besuch Ihrer Frau überrumpelt, das tut mir sehr leid. Sie haben Recht, ich hätte es mit Ihnen absprechen sollen.«

»Okay, schon gut, wenn sie jetzt schon mal da ist, was haben Sie vor?«

»Ich möchte, dass Ihre Frau mit eigenen Worten schildert, wie Sie sie damals, nach Hannahs Tod, vorgefunden und was sie getan hat. Können Sie das, Frau Osthoff?«

»Sicher, warum nicht. Ich wusste, dass meine Schwester sehr krank war und bald sterben würde. Eine Zeit lang habe ich sie ja sogar gepflegt, zusammen mit meinem Mann. Darüber haben wir nie gesprochen, auch wenn das sicher komisch klingt. Aber wahrscheinlich hat er sich mit ihr köstlich über die selten dumme Ehefrau amüsiert, die nicht nur von ihrem Mann verlassen wird, sondern auch noch ...«

Sie schaut mich nicht an, als ich sie heftig unterbreche. »Nein, das haben wir nicht, niemals und mit keinem Wort. Sie wollte nie mit mir über dich reden. Nach dem ersten Tag habe ich sie natürlich gefragt, aber sie hat mir nicht geantwortet. Ich weiß trotzdem, dass es für sie verdammt schwer war, Hilfe von dir annehmen zu müssen.«

»Das kann ich ihr nicht verübeln. Was glaubst du, wie schwer es mir gefallen ist, ihr zu helfen? Ich weiß bis heute nicht, warum ich mich überhaupt auf diesen wahnwitzigen Plan eingelassen habe. Ich meine, das kann man doch niemandem erzählen, meine Schwester nimmt mir den Mann weg, den Vater meines Kindes, schert sich einen Dreck um mich und meine Gefühle, und ich spiele dann für sie die Krankenschwester. Ja, sie hat einmal angesetzt, wollte etwas erklären. Aber das begann gleich mit ihrer Krankheit, ihren Bedürfnissen und ihren Gefühlen, daran hatte ich wirklich absolut kein Interesse. Das habe ich ihr sofort ganz klar gesagt und danach hat sie es nie mehr versucht.«

»Sie haben ihr nicht geglaubt, dass es ihr leidtut, sie so sehr verletzt zu haben?«

»Nein, keine Sekunde. Ich kannte meine Schwester nämlich viel besser, als mein Mann sie in der kurzen Zeit kennenlernen konnte. Oh ja, sie war hübsch, charmant, klug, und sie konnte jeden um den Finger wickeln, wenn sie es darauf angelegt hat.«

»Das klingt für mich so, als hätten Sie so etwas öfter erlebt? Also, dass Ihre Schwester Menschen um den Finger gewickelt hat?«

»Das gehört nicht hierher, darüber will ich nicht reden. Sie wollten wissen, wie ich Alex am Tag ihres Todes vorgefunden habe. Die Ärztin, die ihren Tod festgestellt hat, rief mich an, um mir zu sagen, dass sie sich Sorgen um seinen Zustand macht. Ich habe zugesagt, nach ihm zu sehen, aber ich konnte es nicht. Zumindest nicht an diesem Abend. Nicht etwa, dass ich etwas anderes vorgehabt hätte, ich konnte einfach nicht in diese Wohnung gehen. Nicht so kurz nach ihrem Tod und überhaupt ... die haben da zusammen gewohnt, es ging eben nicht. Ich glaube, ich konnte mir auch nicht vorstellen, in welchem Zustand mein Mann war. Na egal, ich bin erst am übernächsten Tag hingegangen, habe geklingelt, aber es hat keiner aufgemacht. Ich habe angenommen, er hat sich beruhigt und kümmert sich um die Beerdigung. Hat er leider nicht. Ich bekam wieder einen Anruf von dieser Sozialstation, dass man Frau Böhm anonym beisetzen müsse, wenn sich Herr Böhm nicht endlich meldet.«

Die Worte »Herr Böhm« spuckt sie förmlich aus und man merkt ihr deutlich an, wie schwer es ihr fällt, sie überhaupt auszusprechen.

»Wie auch immer, ich bin erst mal hingefahren und habe mich um die Beerdigung gekümmert. Es war wirklich ein unvergessliches Erlebnis, den Leuten dort unsere Verwandtschaftsverhältnisse erklären zu müssen. ›Ach, der Herr Böhm ist eigentlich Ihr Mann? Und der heißt gar nicht Böhm, sondern Osthoff? Aber Frau Böhm ist Ihre Schwester, hat aber mit Herrn Böhm, ach nein, Herrn Osthoff, zusammengelebt‹?« Sie verstummt und schüttelt langsam, wie verwundert, den Kopf, bevor sie schließlich fortfährt. »Ich habe also alle Formalitäten, erledigt, auch bezahlt, aber ich wollte auf keinen Fall zu ihrer Beerdigung gehen und ob er hingehen würde, das war mir ebenfalls völlig egal. Zumindest eine Weile, dann bekam mein Entschluss erste Risse und schließlich habe ich mich überwunden, bin wieder zu dieser Wohnung hin und habe, als auf mein Klingeln keiner öffnete, den Schlüssel benutzt, den ich von der Ärztin bekommen hatte. Tja, und da saß er am Tisch, sah aus wie Robinson Crusoe und roch auch genauso. Wahrscheinlich hatte er mehrere Tage nicht geduscht und auch seine Kleidung nicht gewechselt. Ob er etwas gegessen hatte, kann ich ebenfalls nicht sagen. Getrunken hatte er jedenfalls genug, meist Bier und Whiskey. In der kleinen Wohnung stank es so sehr, dass ich als Erstes die Fenster aufriss und mich erst dann um ihn kümmerte. Natürlich wollte er nicht auf mich hören, nicht duschen, nicht umziehen und schon gar nicht zu Hannahs Beerdigung mitkommen. Ich habe es anfangs wirklich noch im Guten versucht, obwohl ich einfach nur wahnsinnig wütend auf ihn war, aber das hat nicht geholfen. Er saß da, unrasiert und grau im Gesicht, starrte mich aus blutunterlaufenen Augen an und sagte kein Wort. Da musste ich eben deutlicher werden und habe gedroht, ihn notfalls an den Haaren zum Friedhof zu schleifen. Na ja, das wäre mir kaum möglich gewesen, hat aber trotzdem gewirkt.«

»Warum war es Ihnen so wichtig, dass Ihr Mann zur Beisetzung Ihrer Schwester geht?« Dr. Iwanowa klingt so, als würde sie die Antwort tatsächlich interessieren, was ich nicht glaube.

»Warum? Na, weil er es sein Leben lang bereut hätte, wenn er nicht da gewesen wäre, um von ihr Abschied zu nehmen. Mag sein, dass er das anders sieht, aber ich war an dem Tag davon überzeugt.«

»Herr Osthoff? Wie haben Sie das Kommen Ihrer Frau erlebt? Haben Sie sich gestört oder unterstützt gefühlt?«

»Mein Gott, Sie können vielleicht Fragen stellen. Das

weiß ich doch jetzt nicht mehr, ich kann mich an diese Zeit ohnehin kaum erinnern.«

»Ich weiß, Sie haben es schon erwähnt, dass alles wie unter einem Nebel verborgen ist. Ich glaube allerdings, es könnte helfen, diesen Nebel ein bisschen zu lichten. Versuchen Sie es, woran erinnern Sie sich, vielleicht können wir einzelne Teile wie ein Puzzle zusammenfügen.«

»Ich erinnere mich, dass meine Augen wie verrückt brannten, als ich auf der Straße stand. Dann war da ein Auto, Doros Auto, glaube ich. Sie öffnete die Tür, ich bin eingestiegen und sie hielt mir eine Sonnenbrille hin. Ja, genau, ich habe mich noch gewundert, woher sie die plötzlich hatte.«

»Wussten Sie, wo Sie hinfuhren?«

»Ja, ich wusste es, und ich war ein Dutzend Mal versucht, die Tür aufzureißen und rauszuspringen.«

»Warum haben Sie es nicht getan?«

»Sie kennen meine Frau nicht, erstens war meine Tür mit Sicherheit verriegelt und zweitens fährt sie wie der Teufel persönlich.« Ich muss jetzt tatsächlich lachen, und beide Frauen schauen sich vielsagend an.

»Quatsch, ich bin ganz normal gefahren, du hattest nur einen schlimmen Kater, deshalb kam es dir vermutlich anders vor«, gibt Doro zurück, kann sich aber ein Grinsen auch nicht ganz verkneifen. »Egal, jedenfalls waren wir noch pünktlich zu Hannahs Aussegnung in der Kirche. Die war ziemlich leer, nur meine Eltern waren gekommen, um ihrer Tochter die letzte Ehre zu erweisen. Natürlich habe ich auch deine Eltern informiert, aber sie lehnten es ab, zu kommen. Sie kannten Hannah ja gar nicht, und durch euer Verhältnis ...«

»Oh, daran erinnere ich mich auch und an den Pfarrer«,

unterbreche ich sie, »deine Eltern haben mich völlig übersehen, und der Pfarrer war nicht ganz nüchtern.«

»Das stimmt doch überhaupt nicht. Meine Eltern hatten ihre Tochter verloren, sie trauerten und hatten vermutlich keine Kraft für lange Diskussionen mit dir, und der Pfarrer war einfach alt und etwas wackelig auf den Beinen.«

»Oder so«, sage ich trocken und zucke mit den Schultern. Ich habe keine Lust, mich jetzt mit Doro darüber zu streiten, was wer vor über sechs Jahren gesagt oder getan hat.« Natürlich gibt sie sich mit dieser Antwort nicht zufrieden.

»Außerdem haben wir dir doch später alle geholfen, auch meine Eltern.«

»Was? Wie geholfen, wovon redest du, bitte?«

»Also ehrlich, jetzt sag mir nicht, dass du dich nicht daran erinnerst, wie du …«

Ein dunkelroter Nebel steigt vor meinen Augen auf, ein Bild vertreibt ihn, während mein Herz zu rasen beginnt. Ich will das nicht, ich will hier weg, ich kann da nicht hinsehen, auf keinen Fall kann ich das.

»Herr Osthoff? Geht es Ihnen nicht gut? Atmen Sie, tief durch die Nase ein und langsam durch den Mund wieder aus. So ist es gut. Wissen Sie, was Flashbacks sind? Vergessene Erinnerungen, die plötzlich und unerwartet auftauchen und einen aus der Bahn werfen können. Hatten Sie gerade so einen Flashback?«

Ich nicke stumm und presse beide Hände auf meine Brust.

»Atmen Sie bitte ruhig weiter, es kann Ihnen nichts passieren. Am besten Sie erzählen uns, was Sie gesehen haben.«

Gänzlich gegen meinen Willen stammele ich: »Ich

stand an einem offenen Grab und bin in das Loch gefallen, auf den Sarg mit den Blumen.«

»Beinahe«, unterbricht mich Doro, und ich sehe sie fragend an.

»Du wärst beinahe in das offene Grab gefallen, wenn meine Eltern und ich dich nicht zurückgerissen hätten. Du warst völlig abwesend, wusstest nicht einmal, wozu die Schaufel gedacht war. Bis du plötzlich einen Schrei ausgestoßen hast, der uns fast zu Tode erschreckt hat. Du hast lange geschrien, dann bist du ins Taumeln geraten und fast in Hannahs offenes Grab gestürzt. Weißt du das wirklich alles nicht mehr?«

Wieder kommt dieser Nebel auf und trübt den Blick auf meine Erinnerung. Nichts ist mehr da, kein Friedhof, kein Grab und auch kein Sarg. Also zucke ich mal wieder die Schultern: »Tut mir leid, mehr weiß ich wirklich nicht, es war nur so eine kurze Sequenz, nichts Genaues. Wie ging's denn weiter?«

»Na ja, die Beerdigung war vorbei, ich wollte mit meinen Eltern einen Kaffee trinken gehen, aber du wolltest nicht mitkommen. Jedenfalls hast du uns alle stehen lassen und bist einfach abgehauen. Ich habe noch versucht, dich aufzuhalten, dir nachgerufen, dass der Friedhof weit außerhalb liegt, aber …«

»Wahrscheinlich erschien es mir als das kleinere Übel, da ich ja nur die Wahl hatte, zwischen Laufen und Kaffeetrinken mit dir und deinen Eltern.« Ich versuche es mit Ironie, weil ich ganz tief in mir drin ein seltsames Gefühl habe, das ich nicht benennen kann.

»Und wohin sind Sie nach der Beerdigung gegangen? Sie müssen sehr aufgewühlt gewesen sein.«

»Keine Ahnung, weiß ich nicht. Wahrscheinlich in irgendeine Kneipe, um mich volllaufen zu lassen.«

»Das können Sie kaum auf Dauer gemacht haben, oder?«

»Hatte ich vor, aber meine Frau hatte andere Pläne.« Wieder klinge ich ironisch, obwohl ich eigentlich bewundere, wie viel Mühe sie sich damals mit mir gegeben hat. Habe ich ihr das je gesagt? Nein, ich glaube nicht.

»Eigentlich hatte ich gar keine Pläne, wenn ich ehrlich bin. Ich wollte mir erst einmal über meine eigenen Gefühle klar werden. Meine kleine Schwester war gerade gestorben, aber sie war auch die Frau, die meine Ehe zerstört hatte. Dieser Widerspruch hat mich innerlich fast zerrissen. Ich hatte also schon genug mit mir selbst zu tun. Und dann war da ja auch noch Max, der seine Mutter brauchte, nachdem der Vater schon nicht mehr für ihn da war. Ich hätte also wahrscheinlich gar nichts unternommen, wenn mich nicht dein Chef zigmal angerufen hätte. Er drängte, wollte wissen, wann du endlich wieder zur Arbeit kommst, drohte schließlich unmissverständlich mit fristloser Kündigung. Das hat mich dann veranlasst, dich aufzusuchen …«

»Der Wichser hat dich angerufen?«, frage ich ungläubig, »davon hat er mir nie was erzählt. Warum hast du ihn nicht zum Teufel geschickt, dazu hatte er überhaupt kein Recht.«

»Er hat sich Sorgen gemacht und dir lange Zeit den Rücken freigehalten, aber du hast ja noch nie gesehen, wo deine Freunde sind.«

»Was soll das jetzt wieder heißen? Der hat das doch nicht aus Freundschaft gemacht, der wollte dich nur anbaggern.«

»Mich anbaggern? Bist du jetzt völlig übergeschnappt? Der hat sich nur Sorgen um dich gemacht, ja, okay, vielleicht auch um die Firma, aber von mir wollte der ganz bestimmt nichts. Also lass diesen Quatsch. Du hast allen

Grund, dem Mann dankbar zu sein, schließlich hat er dir deinen Job gerettet.«

Ich gebe nur einen unverständlichen Laut von mir, weil ich nicht weiß, was ich darauf sagen soll. Natürlich sagt sie die Wahrheit. Er und mein Freund Ralph hatten sich bei der Geschäftsleitung sehr engagiert für mein Bleiben eingesetzt. Mir wurde lediglich die Jahresprämie gestrichen und meine ambitionierten Aufstiegspläne legte man auf Eis. Damals, so unmittelbar nach Hannas Tod, interessierte mich das alles überhaupt nicht. Man hätte mich ohne einen Cent auf die Straße setzen können, das wäre mir vollkommen egal gewesen. Ich hätte es vermutlich nicht einmal realisiert. Ich atmete, aber ich lebte nicht. Ich überlebte von einem Tag auf den anderen, mehr kann man über meinen damaligen Zustand nicht sagen. Bis Doro in ihrer überlegten Art das Kommando übernahm.

»Wollten Sie dazu etwas sagen?« Dr. Iwanowa lächelt mich einladend an, aber mir fällt nichts Gescheites ein, also schüttle ich den Kopf. Und nur weil niemand den Mund aufmacht und ich das Schweigen als beklemmend empfinde, sage ich schließlich: »Ich weiß echt nicht, was damals aus mir geworden wäre, wenn Doro nicht darauf bestanden hätte, dass ich diese Wohnung aufgebe und wieder in unser Haus umziehe.«

»Ich kann mir vorstellen, dass Ihnen dieser Schritt nicht leicht gefallen ist, Frau Osthoff?«

»Das ist eine ziemliche Untertreibung, ich habe ewig mit mir gerungen. Immer wieder habe ich mich gefragt, ob ich eigentlich bescheuert bin, ihm jetzt zu helfen, aber irgendwann ist Max, auf dem Weg in den Kindergarten, auf einen Mann zugelaufen und hat ›Papa‹ gerufen. Da habe ich gemerkt, dass er ihn nicht vergessen hat und vielleicht sogar vermisst. Meine Eltern und alle meine Freundinnen und Freunde haben mich für verrückt erklärt, aber, ich konnte einfach nicht anders. Ich habe mir eingeredet, dass es meine Pflicht ist, alles zu versuchen, um Max den Vater zurückzugeben. Was ich nicht ahnen konnte, war, dass nur eine leere Hülle zurückkommen würde. Ein Mann, der in nichts mehr dem gleicht, den ich einmal geheiratet habe.«

»Na ja, ganz so war es ja nun nicht, außerdem wollte ich gar nicht zurück. Du hast mir die Pistole auf die Brust gesetzt, mich moralisch unter Druck gesetzt, unseren Sohn benutzt, um deinen Willen durchzusetzen.«

»Und damit habe ich dir dein verdammtes Leben gerettet. Tut mir leid, wird bestimmt nicht wieder vorkommen.«

Bevor ich auf diese Bemerkung reagieren kann, sagt Frau Doktor Iwanowa schnell:

»Ich denke, wir brechen an dieser Stelle ab, Sie scheinen beide an einem Punkt angelangt zu sein, an dem es viele gegenseitige Verletzungen gegeben hat. Ihre Aufgabe für unser nächstes Gespräch könnte sein, dass jeder für sich einmal darüber nachdenkt, worin diese Verletzungen bestanden haben.«

»Also wirklich, muss das sein? Was bringt das denn, wenn wir diese alten Dinge wieder ausgraben? Ich habe ja schon zugegeben, dass ich damals in keinem guten Zustand war, und wenn meine Frau darauf besteht, spreche ich sie für ihre Hilfe heilig.«

»Ich will nicht heiliggesprochen werden, dazu müsste ich schließlich erst einmal sterben. Aber ich möchte, dass du verstehst, dass ich einen Grund hatte, dich um deine Rückkehr zu bitten.«

»Bitten ist wirklich eine nette Umschreibung für das, was …«

»Wir setzen unser Gespräch ein andermal fort«, sagt

jetzt die Iwanowa sehr bestimmt und erhebt sich demonstrativ von ihrem Stuhl.

»Frau Osthoff, ich habe noch ein paar kurze Fragen an Sie, begleiten Sie mich doch bitte.«

Das klingt irgendwie nicht wie eine Bitte, zumal sie Doro am Ellbogen aus dem Raum schiebt. Es ist mehr als deutlich, dass es ihr nur darum geht, unsere Diskussion für heute zu beenden.

Natürlich grübele ich noch über das Gespräch nach. Es stimmt schon, ich erinnere mich tatsächlich nur noch an wenige Details aus dieser Zeit. Ich hatte genug damit zu tun, jeden Morgen aufzustehen und zu überleben. Wochenlang hieß mein bester Freund Wodka, den ich, wie es sich gehörte, aus Wassergläsern trank. Ich kaufte ihn kartonweise im Supermarkt und entsorgte die leeren Flaschen heimlich im Dunkeln. Warum ich das tat, kann ich heute nicht mehr sagen, vielleicht war es mir doch noch nicht völlig egal, was die Leute von mir dachten. Doro hielt jedenfalls überhaupt nichts von mir. Das machte sie mir unmissverständlich klar, als sie eines Abends vor meiner Tür stand. Ich hatte sie schon durch den Türspion gesehen und bestimmt nicht vor, ihr zu öffnen.

»Alex, mach die Tür auf oder ich klingele so lange, bis deine Nachbarn die Polizei rufen.«

»Geh weg, ich will niemanden sehen.«

»Nein, werde ich nicht, ich muss mit dir reden, und du wirst mir zuhören. Notfalls durch die geschlossene Tür.«

Ich war anscheinend noch so klar im Kopf, dass ich wusste, dass das keine leere Drohung war, also öffnete ich ihr. Sofort verzog sie angewidert das Gesicht und riss, trotz des Schneeregens draußen alle Fenster auf.

»Hier stinkt es wie in einem Pumakäfig. Hast du neben deinem Verstand auch noch deinen Geruchssinn verloren, oder wie hältst du das aus?«

»Es hat dich niemand gezwungen, hierherzukommen. Jetzt mach die Fenster wieder zu und verschwinde.«

»Werde ich, aber zuerst hörst du mir zu. Ich habe es nämlich satt, dich ständig zu verteidigen und für dich zu lügen. Dein Chef erwartet von dir, dass du endlich wieder zur Arbeit kommst, und zwar in einem Zustand, wie es sich gehört. Wenn nicht, dann bist du in spätestens drei Tagen arbeitslos. Alex, hör mir zu, ich weiß, du vermisst Hannah, aber ...«

»Hör auf damit, du hast keine Ahnung, wie ich mich fühle, also lass mich gefälligst in Ruhe.«

»Alex, ich bin nicht dein Feind, ich bin hier, weil ich dir helfen will. Du setzt alles aufs Spiel, Max vermisst dich, er braucht seinen Vater. Du musst zur Vernunft kommen, sonst landest du in der Gosse.«

Irgendwas in ihrer Stimme, oder vielleicht die Erwähnung von Max erreichte meine alkoholgetränkten Gehirnwindungen und ich wurde zugänglicher.

»Okay, also, was willst du von mir? Halt, bevor du wieder zu langen Reden ansetzt, mach die Fenster wieder zu, mir ist kalt.«

»Ich will, dass du morgen wieder in deiner Firma erscheinst, geduscht und anständig rasiert. Dann will ich, dass du diese Wohnung hier kündigst und wieder bei uns einziehst.«

»Bei euch ... Doro, warum? Glaubst du wirklich, wir könnten einfach da weitermachen, wo wir aufgehört haben, nur, weil Hannah jetzt tot ist? Das wird nicht funktionieren ...«

»Unsinn! Das erwartet doch auch niemand. Wir

werden viel aufzuarbeiten haben, sehr viel, aber zuerst musst du wieder festen Boden unter die Füße kriegen. Das wird dir aber nicht gelingen, wenn du weiter in dieser … dieser trostlosen Umgebung vor dich hinvegetierst und dich mit Wodka abschießt. Du musst wieder anfangen, ein vernünftiges Leben zu führen, mit regelmäßigen Mahlzeiten und ausreichend Schlaf.«

»Warum tust du das für mich, Doro? Willst du dich an meinem Elend, meinem Kummer ergötzen? Ist das deine Rache an mir?«

»Ich tue das sicher nicht für dich, Alex. In erster Linie tue ich es für Max, er ist dein Sohn, und er kann nichts für seinen Vater. Und ein bisschen tue ich es auch für mich, weil ich nicht will, dass er mir später vielleicht vorwirft, ich hätte dessen Vater im Stich gelassen, als er mich brauchte. Aber dass du auf einen so widerlichen Gedanken kommst, ich wäre hier, um dich leiden zu sehen, das nehme ich dir persönlich übel.«

»Okay, tut mir leid, auch wenn ich es dir nicht verübeln könnte, wenn es so wäre.«

Ich schlafe sehr schlecht in dieser Nacht, träume wirres Zeug von Ralph und Doro, die sich an den Händen halten und mich auslachen, weil ich keine Hose anhabe. Ich fühle mich beschämt und wütend, versuche, meine Blöße mit den Händen zu bedecken. Sie zeigen mit den Fingern, lachen weiter, ich schreie, dass sie aufhören sollen, aber sie hören mich nicht. Ich habe keine Stimme. Schweißgebadet schrecke ich auf, nur um mich kurz darauf im nächsten Albtraum wiederzufinden. Diesmal bin ich auf einem Friedhof und stehe vor einem offenen Grab. Ich schaue hinein und sehe Hannah. Sie ist nackt und schrecklich dünn, aber sie ist nicht tot. Sie hat die Augen geöffnet und streckt mir flehend ihre Arme entgegen. Ich will sofort in das Grab runtersteigen, aber ich kann mich nicht bewegen. Meine Füße sind bleischwer und wie am Boden festgeschraubt. Ich zerre an ihnen, um mich zu befreien, als die Erde unter mir zu bröckeln beginnt und auf Hannah stürzt. Ich schreie verzweifelt um Hilfe, und versuche, meine Füße zu befreien, da wird die Tür aufgerissen und die Nachtschwester stürzt herein.

»Um Himmels willen, Herr Osthoff, was ist los mit Ihnen? Sie wecken ja die ganze Station auf. Haben Sie Schmerzen oder hatten Sie einen Albtraum?«

Im Lichtkegel ihrer Taschenlampe fällt mein Blick auf meine Füße, die sich in der Bettdecke verheddert haben. Ich befreie sie und sage schnell: »Alles in Ordnung, tut mir leid, ich habe wirklich schlecht geträumt.«

»Schreiben Sie gleich auf, was Sie geträumt haben. Wie ich unsere Ärztin kenne, will die das morgen auf alle Fälle wissen. Und wenn Sie das nicht aufschreiben, haben Sie es morgen vergessen. Schlafen Sie jetzt noch ein bisschen, es ist erst halb fünf. Gute Nacht.«

Ich nehme mein Smartphone aus der Nachttischschublade und diktiere, was ich noch zusammenkriege. Das ist gar nicht so einfach, denn auf seltsame Art und Weise verflüchtigt sich meine Erinnerung, je angestrengter ich versuche auf sie zuzugreifen. Nur dieses Bild der nackten Hannah, mit den flehend ausgestreckten Armen, das sehe ich überdeutlich vor mir. Es passt perfekt zu einer anderen Erinnerung.

Ich kann nicht mehr zählen, wie oft ich mich in den letzten Jahren gefragt habe, wie Hannah ihre letzten Stunden, Minuten verbracht hat. Millionen Mal. Ich habe mir eingeredet, dass sie es gar nicht gemerkt hat, wie sehr ich sie im Stich gelassen habe, dass sie friedlich eingeschlafen ist, mit einem Lächeln auf den Lippen. Das ist mir nie wirklich gelungen, dafür die andere Variante umso besser. Hannah, die verzweifelt nach mir ruft, mir flehend ihre Hände entgegenstreckt, sich aufzurichten versucht, es nicht schafft und schließlich mit einem entsetzlichen Schrei diese Welt für immer verlässt. Ein Schrei, den ich in tausend Albträumen gehört habe, den ich mit noch so viel Wodka nicht zum Verstummen bringen kann. Er verfolgt mich, er verschlingt mich, frisst mich von innen auf, und nichts wird das verhindern.

Dass ich noch einmal eingeschlafen bin, merke ich, als das Frühstück mit dem üblichen Lärm gebracht wird. Der Kaffee ist krankenhaustypisch, dünn und geschmacklos und schmeckt nach heißem Wasser. Wenigstens sind die Brötchen frisch und ich stelle fest, dass ich tatsächlich Hunger habe. Soweit ich mich erinnere, ist das schon lange nicht mehr vorgekommen. Denn außer dieser allumfassenden, tiefen Traurigkeit, habe ich keinerlei menschliche Gefühle und Empfindungen. Ich atme, ich esse, ich trinke, ich schlafe, ja, ich lache sogar, aber ich fühle nichts davon. Ich tue es aus reiner Gewohnheit. Manchmal beobachte ich meinen Sohn, wie ein Forscher ein Insekt, versuche, seine Gefühle zu erspüren, sie zu fühlen, aber es gelingt mir nie. Er ist ein fröhlicher Junge, lebhaft und an allem interessiert. Er kann ununterbrochen reden und lacht gern und viel. Aber wenn er mich sieht, verstummt er meistens. Am Anfang habe ich mich noch um ihn bemüht, aber in seinen Augen habe ich die Angst vor mir gesehen und es schnell bleiben lassen. Natürlich reden wir miteinander, »Hallo, wie war's in der Schule?«

»Ganz okay.«

»Gehst du heute zum Fußball?«

»Klar.«

»Soll ich dich abholen?«

»Nö, der Vater von Sven nimmt mich mit.«

Ich weiß nicht, wer Sven ist, und frage auch nicht nach. Max und ich sind uns fremd, er versteht mich nicht und umgekehrt. Natürlich versucht Doro seit Jahren, unser Verhältnis zu verbessern, schleppt mich mit zu Schulaufführungen und Fußballspielen, behauptet, es sei dem Jungen wichtig, aber das ist Wunschdenken. In Wirklichkeit ist es Max egal, nein, mehr noch, es ist ihm unangenehm. Er ist in meiner Gegenwart gehemmt, nie so fröhlich wie sonst. Auch das ist meine Schuld, die ich für den Rest meines Lebens zu tragen habe, aber darauf kommt es jetzt auch nicht mehr an.

Eine lange Gnadenfrist bleibt mir nicht. Bereits kurz nach neun kommt Doktor Iwanowa, zusammen mit Doro, herein.

EINUNDDREISSIG
DORO

»Guten Morgen, Herr Osthoff, wir sind heute Morgen sehr früh dran. Ich hoffe, das ist für Sie in Ordnung? Wie war Ihre Nacht, haben Sie gut geschlafen?«

»Warum fragen Sie, die Nachtschwester hat Ihnen doch sicher schon berichtet, dass ich einen Albtraum hatte?«

»Erwischt«, lacht sie und zwinkert mir zu.

»Möchten Sie mir vielleicht erzählen, worum es ging?«

»Nein, eigentlich nicht, es war nichts Wichtiges, irgendwas mit meinen Füßen, den Rest habe ich vergessen«, lüge ich und zucke mit den Schultern. Vielleicht hätte ich es ihr erzählt, aber nicht jetzt, nicht in Doros Beisein.

»Nun gut, wenn es nicht wichtig war, dann machen wir doch da weiter, wo wir gestern aufgehört haben, einverstanden? Sie, Frau Osthoff wollten Ihren Mann überreden, zu Ihnen zurückzukommen ...«

»Oh nein, das wollte ich ganz und gar nicht und sollte sich das so angehört haben, dann muss ich mich sehr missverständlich ausgedrückt haben.«

»Okay ... vielleicht habe ich Sie falsch verstanden. Was wollten Sie denn von ihm?«

»Na ja, in erster Linie wollte ich ihm sagen, dass sein Chef mit Kündigung droht, aber, das hätte ich natürlich auch telefonisch machen können. Wenn er denn mal an sein Handy gegangen wäre, was er nicht tat. Ich habe ihm bestimmt ein Dutzend Nachrichten drauf gesprochen und ein weiteres Dutzend WhatsApp geschickt, ohne jede Reaktion. Nur deshalb bin ich schließlich hingegangen.«

»Nun, das habe ich dann tatsächlich anders verstanden. Ich dachte, Sie hätten bemerkt, dass Ihr Sohn seinen Vater mehr vermisst, als Sie dachten und Sie wären zu ihm gefahren, um ihn zu überreden, zurückzukommen?«

Doro sitzt sehr verkrampft auf ihrem Stuhl, und umklammert mit beiden Händen ihre Handtasche. Meinem Blick weicht sie hartnäckig aus und auch meinen Gruß hat sie nicht erwidert. Irgendetwas ist anders als gestern, aber ich habe keine Ahnung, was.

Jetzt verdreht sie genervt die Augen und sagt: »Ja, irgendwie stimmt das auch, aber es ging dabei um Max und nicht um mich. Meinetwegen hätte er bis an sein Lebensende in dieser Bude hausen bleiben können. Ich war fertig mit ihm.«

»Frau Osthoff, wollen Sie Ihrem Mann nicht sagen, was Sie gestern so verletzt hat? Ich finde, er sollte es wissen.«

»Ich? Ich habe doch gar nichts gesagt, ich meine …« Überrascht schaue ich die beiden Frauen an, aber offensichtlich habe ich den falschen Satz gesagt, denn Doro reagiert heftig.

»Natürlich nicht, du sagst ja nie etwas, du bist immer nur das arme Opfer, dem das Leben grausam mitspielt. Nur deshalb schlägst du ständig um dich, stößt alle Menschen vor den Kopf, die sich um dich bemühen. Ich habe dich wieder bei uns einziehen lassen, habe dich aufgepäppelt, dafür gesorgt, dass du deinen Job behältst, und was weiß ich noch alles. Seit sechs Jahren ertrage ich deine Depressionen, deine Selbstvorwürfe, deine Weigerung, endlich mit Hannahs Tod abzuschließen und was ist der Dank für all das? Du unterstellst mir, ich hätte das nur getan, um mich an deinem Kummer zu ergötzen. Das ist so niederträchtig, dass mir wirklich die Worte fehlen.«

»Das habe ich nie gesagt«, widerspreche ich, ohne nachzudenken, aber im selben Moment weiß ich, was sie darauf antworten wird.

»Es hätte mich auch sehr gewundert, wenn du mal etwas zugegeben hättest. Du erinnerst dich nie an etwas, es sei denn, es nützt dir. Aber lassen wir das besser, es hat sowieso alles keinen Sinn.«

»Jetzt mach doch nicht auf Dramaqueen, Doro, die Rolle passt so gar nicht zu dir. Wenn ich das wirklich gesagt haben sollte, dann tut es mir leid. Entschuldige bitte.«

»Du hast es wirklich gesagt, gestern Abend, hier in diesem Raum und du hast es nicht nur gesagt, du hast es auch so gemeint.«

»Moment, Frau Osthoff, ich habe Ihren Mann so verstanden, dass ihm seine Worte leidtun und dass er sie bedauert. Warum glauben Sie, dass er das nicht ehrlich meint?«

»Weil ich seit sechs Jahren nur Ausreden und Lügen höre. Er wirft mir die ungeheuerlichsten Dinge an den Kopf und am nächsten Tag, wenn ich ihn darauf anspreche, weiß er angeblich von nichts. Eine verdammt geschickte Methode.«

»Wie fühlen Sie sich, wenn Ihr Mann das macht? Versteht er, dass Sie ihm helfen wollen?«

»Natürlich nicht. Er hat es nie verstanden, von Anfang an nicht. Er bildet sich ja auch bis zum heutigen Tag ein, dass er keine Hilfe braucht. Er trauert seit sechs Jahren, und hat eigentlich gar kein Leben mehr. Kein Leben, keine Freude, keine Freunde, nichts, außer diesem morbiden Festhalten an einer Toten. Und das nennt er normal. Er trinkt in großen Mengen, findet nichts dabei und wenn Sie mich schon fragen, ich fühle mich verarscht. Entschuldigen Sie den Ausdruck, aber das trifft es nun mal genau.«

»Herr Osthoff, haben Sie schon einmal versucht, sich in Ihre Frau hineinzuversetzen? Versucht, zu verstehen, wie es ihr geht? Ein Stück auf sie zuzugehen?«

Diesmal bin ich es, der genervt die Augen verdreht. Ich finde dieses ganze Gespräch nervig und obendrein völlig sinnlos. Und genau das werde ich dieser seltsamen Ärztin jetzt auch klarmachen.

»Ganz ehrlich, ich weiß nicht, worum es hier gerade geht. Ich dachte, wir reden über meine Entlassung, und nicht darüber, wie sich meine Frau fühlt, und ob ich sie verstehe oder nicht. Welcher Mann versteht schon eine Frau? Ich bin wirklich geduldig und habe dieses Spiel jetzt eine Weile mitgespielt, aber so langsam habe ich es satt.«

Doro winkt ungeduldig ab und macht eine Geste in Richtung Iwanowa, die deutlich sagt: »Habe ich es Ihnen nicht gesagt? Mit diesem Mann kann man nicht reden.«

Plötzlich spüre ich, wie etwas in mir aufsteigt, und möchte am liebsten laut schreien. Ich spüre, dass die beiden Frauen mich beobachten, also presse ich die Lippen zusammen und balle die Fäuste. Ich werde jetzt nicht in Tränen ausbrechen, nicht schon wieder, nicht hier und nicht jetzt. Das beschäftigt mich so sehr, dass ich zu spät merke, dass es keine Tränen sind, sondern Wut. Wie eine heiße Woge steigt sie in mir hoch und baut sich als rote Wand vor meinen Augen auf. Ich höre mich keuchen und sehe, wie meine Hände nach dem Frühstückstablett greifen, es packen und durch den Raum schleudern. Ich höre diesen lauten, verzweifelten Schrei aus meiner Kehle, während ich gleichzeitig das Gefühl habe, nur Zuschauer zu sein. Ich sehe noch das entsetzte Gesicht von Doro, dann das ruhige von Iwanowa und dann nichts mehr. Mit einem erschrockenen Ausruf kehre ich in die Realität zurück und beginne stotternd damit, mich zu entschuldigen.

»Es tut mir wirklich leid, ich weiß nicht, was das war, es ist einfach über mich gekommen. Ich wusste gar nicht, was ich tat.«

»Schon gut, Herr Osthoff, so etwas passiert, aber es könnte hilfreich sein, wenn Sie versuchen würden, sich an den Auslöser zu erinnern.«

»Den Auslöser wofür?«

»Für Ihren sehr heftigen Gefühlsausbruch.«

»Wollen Sie die Wahrheit hören? Ich hatte die Schnauze gestrichen voll von diesem Psychologenquatsch hier. Diesem dauernden Seelenstriptease ... ›Was fühlen Sie, was glauben Sie, wie Ihre Frau sich fühlt? Blablabla.‹ Nichts als dekadentes Geschwätz von gelangweilten Mitteleuropäern, die nichts Wichtigeres in ihrem Leben zu tun haben, als diese ständige Nabelschau.«

»Gut, worüber möchten Sie denn lieber reden, Herr Osthoff? Ich werde mich da gern nach Ihnen richten.«

»Ach ja? Also, wenn ich die Wahl hätte, würde ich am liebsten über gar nichts reden, sondern meine Sachen packen und von hier verschwinden.«

»So gut ich das auch verstehe, das kann ich leider nicht zulassen. Gerade Ihr heftiger Ausbruch und Ihre Gesprächsverweigerung, zeigen mir, dass das noch keine Option ist. Ich glaube nicht, dass Sie schon über den Berg sind.«

»Okay, habe ich mir gedacht, aber solange Doro hier ist,

sage ich kein Wort mehr, ich habe es satt, mich von ihr vorführen zu lassen.«

»Wo habe ich dich denn vorgeführt? Ich habe doch nur ...«

»Schon gut, Frau Osthoff, Sie müssen sich nicht rechtfertigen, Sie haben nichts falsch gemacht. Vermutlich war es einfach noch zu früh für dieses Dreiergespräch, um das ich Sie ja gebeten habe. Dafür entschuldige ich mich, das war mein Fehler.«

»Schon gut, obwohl ich Ihnen ja gleich gesagt habe, dass es keinen Sinn hat, mit meinem Mann ein vernünftiges Gespräch führen zu wollen. Das klappt nie und endet immer nur in Zank und Streit ... und manchmal auch in einem Suizidversuch.«

Noch während sie ihren Satz wütend hervorstößt, springt sie auf, greift jetzt nach ihrer Handtasche und rennt aus dem Zimmer. Die Tür fällt mit einem lauten Knall ins Schloss. Das ist ungewöhnlich, sonst ist sie immer sehr beherrscht.

»Was haben Sie gerade gedacht, verraten Sie mir das?«

Ich reiße meinen Blick von der Tür los und wende mich Iwanowa zu.

»Nichts Besonderes. Ich habe mich darüber gewundert, dass die beherrschte Doro die Tür zugeknallt hat.«

»Was hätte wohl eine weniger beherrschte Frau jetzt getan?«

»Die hätte mich längst umgebracht, oder zumindest rausgeschmissen.«

»Warum denn das? Kann man es mit Ihnen nicht aushalten?«

»Mein Gott, ich halte es doch schon mit mir selbst nicht aus, wie sollen es dann erst andere können?«

»Sagen Sie's mir? Schließlich ist Ihre Frau auch nach all

den Jahren noch an Ihrer Seite. Welchen Grund könnte es dafür geben?«

»Ich weiß es nicht, vielleicht wegen Max oder wegen der Leute, der Nachbarn, vielleicht hat sie ein Helfersyndrom? Vielleicht sollten Sie meine Frau therapieren und nicht mich. Mit der hätten Sie es auf alle Fälle leichter, sie redet gern. Sie kann gar nicht genug kriegen vom Reden. Sie redet den ganzen Tag auf mich ein, ohne Pause, manchmal hängt sie auch noch die Nacht dran.«

»Was sagt sie denn?«

»Keine Ahnung, das geht mittlerweile zu einem Ohr rein und zum anderen wieder raus. Es ist doch seit Jahren der gleiche Sermon: ›Alex, steh auf, du kannst nicht den ganzen Tag im Bett liegen. Geh duschen, du müffelst. Alex, unternimm doch mal was mit Max, der würde sich so darüber freuen. Alex, du musst was essen, nicht so viel trinken, mehr schlafen, weniger heulen ... Alex, tu dies, tu das, funktionier wieder und vergiss Hannah endlich.‹ Das wird's wohl sein, was sie sagt, seit über sechs Jahren. Was glauben Sie, wann wird sie endlich damit aufhören?«

»Wollten Sie deswegen Ihr Leben beenden, um nicht mehr hören, nicht mehr funktionieren zu müssen?«

»Nein, nur um Hannah nicht am Ende doch noch zu vergessen«, sage ich schnell. Zu schnell, denn jetzt habe ich indirekt zugegeben, dass es kein Unfall war, sondern dass ich wirklich sterben wollte. Aber vermutlich weiß sie das schon die ganze Zeit und es ist nicht weiter wichtig.

»Hätten Sie das Gefühl, Hannah zu vergessen, wenn Sie wieder am Leben teilnehmen würden? Wenn Sie sich wieder Gefühle gestatten würden?«

»Das wäre doch auch so. Das habe ich schon begriffen, als sie noch lebte, als sie so schrecklich krank war und wir keine Hoffnung mehr hatten. Nur, wenn ich alle meine Gefühle abstelle, dann kann ich am Ende ihren Verlust ertragen.«

»Bis auf diese allumfassende Trauer?«

»Ja, die füllt mich ganz aus, da ist für nichts anderes mehr Platz, aber das ist okay.«

»Offenbar nicht, warum hätten Sie sonst sterben wollen?«

»Weil Doro ständig an mir zieht. Sie zerrt an mir, unentwegt, sie lässt mir keine Ruhe und ich habe Angst, irgendwann nicht mehr die Kraft zu haben, ihr zu widerstehen. Das hat schon bei Hannahs Beerdigung angefangen, wissen Sie?«

»Weil sie darauf bestanden hat, dass Sie mit ihr dort hingehen?«

Ich zucke mit den Schultern und wische mir über die Augen.

»Als sie da vor mir stand und mich anschrie, dass ich es mein Leben lang bereuen würde, wenn ich ihre Beerdigung verpasse, da habe ich zum ersten Mal den Gedanken zugelassen, dass Julia nicht mehr zurückkommen wird, dass sie wirklich tot ist«, sage ich leise und spüre diesmal tatsächlich Tränen in meiner Kehle aufsteigen. Erst nach einer Weile bemerke ich, dass Dr. Iwanowa mich erstaunt ansieht.

»Ist das so ungewöhnlich«, frage ich, »wahrscheinlich habe ich das mit dem vielen Alkohol verdrängen wollen. Selbst auf dem Friedhof war ich doch noch voll davon. Und da traf mich die Realität endgültig. Als mein Blick auf die Blumen und den Sarg fiel, da habe ich begriffen, dass Hannah mich für immer verlassen hat, dass sie tot ist. Leider auch, wie sehr ich sie im Stich gelassen habe. Die Vorstellung, dass sie da unten in diesem Sarg liegt, nur noch

Haut und Knochen, brachte mich fast um den Verstand. Ganz zu schweigen davon, dass sie immer Angst vor der Dunkelheit hatte«.

»Wer hatte denn Angst vor der Dunkelheit, Herr Osthoff, Hannah oder Julia, Ihre kleine Schwester?«

»Was hat denn Julia damit zu tun? Haben Sie mir nicht zugehört? Es geht um Hannahs Beerdigung, zu der mich Doro schließlich gegen meinen Willen geschleppt hat.«

»Ich habe Ihnen sehr genau zugehört, Herr Osthoff, und deshalb habe ich auch gehört, wie Sie gesagt haben, ich zitiere: ›Als sie da vor mir stand und mich angeschrien hat, dass ich es mein Leben lang bereuen werde, wenn ich ihre Beerdigung verpasse, da ist mir zum ersten Mal bewusst geworden, dass Julia nicht mehr zurückkommt, dass sie wirklich tot ist.‹«

»Echt? Na gut, dann habe ich mich eben versprochen, das kann doch mal passieren, oder?«

»Natürlich, aber ich glaube, da steckt mehr dahinter als nur ein Versprecher. Wenn es Ihnen recht ist, würde ich gerne morgen noch einmal mit Ihnen über den Tod Ihrer kleinen Schwester sprechen. Aber für heute reicht es, Sie brauchen noch viel Ruhe. Grübeln Sie also nicht zu viel, lesen Sie oder sehen Sie fern. Lenken Sie sich ab, wenn es geht. Wir sehen uns morgen.«

Ich schaue ihr verblüfft nach und verstehe nicht, was da gerade passiert ist. Sie bricht einfach ab, nur weil ich einen Namen verwechselt habe? Das glaube ich nicht, wahrscheinlich wartet Doro draußen auf sie und sie hecken jetzt gemeinsam einen Plan aus, wie sie mich noch länger in diesem Psychoknast festhalten können. Über diesen Gedanken kann ich dann allerdings nur selbst den Kopf schütteln, denn er ist völlig abwegig. Keine der beiden Frauen intrigiert gegen mich. Die Iwanowa hat keinen

Grund dazu und Doro ... nein, Doro ist der geradlinigste Mensch, den ich kenne. Niemals würde sie so etwas tun, es sei denn, um mir zu helfen. Auch wenn ich es heute abgestritten habe, weiß ich doch genau, warum Doro sich seit Jahren so viel Mühe mit mir gibt. Sie will mir mein Leben zurückgeben, weil sie mich immer noch liebt. Fast unvorstellbar, nach allem, was ich ihr angetan habe, aber anders ist ihr Verhalten kaum zu erklären. Ich gehe diesem Gedanken nach, will wissen, was ich fühle, aber da ist nichts! Nichts, außer einem dumpfen Gefühl von Schuld und Reue. Und genau dieses Gefühl ist es, das mich oft mit ihr streiten lässt. Ich mache ihr Vorwürfe, klage sie an, um sie von mir fernzuhalten. Ich will mich nicht noch schuldiger fühlen, als ich es ohnehin schon tue. Mehr kann ich einfach nicht ertragen. Tief im Inneren weiß ich, was Doro alles für mich tut, was sie aufgibt, was sie für Anstrengungen unternimmt, mich wieder für das Leben zu interessieren. Ich glaube, dieses Wissen war der Grund, warum ich angefangen habe, Tabletten zu nehmen. Eine nach der anderen, bis ich schließlich hier aufgewacht bin. Ich kann diese Schuldgefühle nicht mehr ertragen, und es hilft mir auch nicht, darüber zu reden. Was passiert ist, ist passiert, das kann man nicht wegdiskutieren. Ich habe die Liebe meines Lebens in ihrer schwersten Stunde im Stich gelassen. Und nicht nur das, ich habe damit alle Versprechen gebrochen, die ich ihr gegeben habe. Ich bin ein Feigling, bin feige davongelaufen, als sie mich am dringendsten gebraucht hat. Wer könnte mich je von dieser Schuld freisprechen? Wäre ich katholisch, könnte ich vielleicht beichten und ein Priester würde mir die Absolution erteilen. Ob mir das helfen würde? Sicher nicht, außerdem bin ich nicht katholisch, nicht einmal religiös. Ich glaube nicht an den alten Mann da oben im Himmel, der alles sieht und alles bewertet. Ich glaube auch nicht an ein Leben nach dem Tod, aber warum glaube ich dann fest daran, dass ich Hannah wiedersehen werde? Dass sie auf mich wartet, um mich anzuklagen, mir mein gebrochenes Versprechen vorzuwerfen? Das ist doch alles völlig unlogisch, oder? Kein Himmel, kein ewiges Leben, also auch keine enttäuschte Hannah. Ich muss mit diesen Gedanken aufhören, sie führen zu nichts und machen mich nur noch depressiver als ich ohnehin schon bin. Natürlich kann ich nicht wirklich abschalten. Ich zappe durch die wenigen Fernsehprogramme und gebe bei der dritten Kochshow genervt auf. Hat die Menschheit wirklich keine wichtigeren Probleme als die Frage nach dem besten Kartoffelgratin? Auch das Internet ist nicht gerade erheiternd. Hater in jeder Diskussion, die sich virtuell über offensichtliche Fakenews die Köpfe einschlagen. Ich öffne die Nachttischschublade und sehe erfreut ein paar Bücher. Doro kennt mich eben in- und auswendig, und weiß natürlich, was ich am meisten vermissen werde. Bücher! Gute Bücher, Klassiker, nicht dieses oberflächliche Geschreibsel vieler Möchtegernschriftsteller. Dostojewski, Hemingway, Kafka oder Brecht, die hatten noch etwas zu sagen, haben den Buchstaben ihre Seele eingehaucht. In ihnen kann ich für eine Weile alles vergessen, mich eine Weile fast lebendig fühlen. Leider funktioniert nicht einmal das Heute. Irgendetwas arbeitet in mir und ich weiß nicht was. Ich starre vor mich hin und versuche, mein Gespräch mit der Iwanowa zu rekapitulieren. Worum ging es? Was war wichtig und was nicht? Erst als das Mittagessen kommt, gebe ich auf, ohne herausgefunden zu haben, was mich beschäftigt. Ich hebe den Deckel von meinem Teller, nur um ihn umgehend wieder aufzulegen. Graues Kartoffelpüree, eine dünne Scheibe Fleisch und ›Leipziger

Allerlei‹ in einer weißlichen Soße. In einer Tasse eine undefinierbare Suppe und in einem Schälchen Pflaumenkompott. Das alles ist für mich keine kulinarische Versuchung und ich schiebe das Tablett widerwillig zur Seite. Ein weiterer Blick in meine Schublade zeigt mir zwei Äpfel und eine Tüte mit gemischten Gummitieren. Ich beiße in einen der Äpfel und beschließe, ab sofort netter zu meiner Frau zu sein.

Der Rest des Tages verläuft ereignislos, ich bekomme keinen Besuch, was mich nicht weiter wundert. Wer sollte auch kommen, nachdem ich mich mit fast allen überworfen habe? Erst am Abend steckt überraschend Ralph seinen Kopf durch die Tür.

»Darf ich reinkommen oder bist du ansteckend?«, fragt er grinsend.

Ich setze mich im Bett auf und bin überrascht, dass ich so etwas wie Freude empfinde.

»Klar, komm rein, aber ich kann dir nichts anbieten, es sei denn, du hast etwas mitgebracht.«

»Natürlich habe ich. Ich gehe doch nicht mit leeren Händen zu einem Krankenbesuch. Bitte sehr!«

Aus einer Plastiktüte zieht er eine braune Papiertüte und legt sie vorsichtig auf meinen Nachttisch.

»Doro hat gesagt, ich soll dir Obst mitbringen, weil du Vitamine brauchst. Also, da sind Äpfel und Mandarinen aus deutschem Bioanbau. Ich hoffe, du magst so was.«

»Na klar, vielen Dank«, sage ich und bemühe mich, begeistert zu klingen. »Das Essen hier ist wirklich grauenhaft und ich bin froh, wenn ich darauf nicht angewiesen bin.«

»Ach, das wusste ich natürlich nicht. Dann hätte ich dir vielleicht besser eine Pizza oder einen Döner mitgebracht.«

»Wann kommst du das nächste Mal?«, scherze ich und

er tut mir den Gefallen und lacht, bevor sich verlegenes Schweigen ausbreitet. Da ich nicht weiß, was ich sonst tun soll, öffne ich die Papiertüte und hole eine der Mandarinen heraus. »Magst du auch eine?«, frage ich, aber er schüttelt den Kopf.

»Danke, aber die habe ich dir mitgebracht und bevor es jetzt noch peinlicher wird, was zum Teufel sollte dieser Scheiß?«

»Das war ein Unfall«, antworte ich schroff, denn ich habe nicht die geringste Lust, mit ihm darüber zu diskutieren.

»Hör doch auf mit diesem Unfallquatsch. Nicht einmal du nimmst aus Versehen ein paar Dutzend Schlaftabletten. Also bitte, verarsch mich nicht. Du wolltest dich umbringen und dafür würde ich dir gerne eine reinhauen. Leider bist du bettlägerig, darum muss ich darauf wohl verzichten.«

»Wofür ich dir außerordentlich dankbar bin. Nein, im Ernst, ich wollte mich nicht wirklich umbringen; auch wenn ich immer noch keine Ahnung habe, was ich eigentlich wollte. Ich versuche das gerade mit einer Therapeutin herauszufinden, sonst wäre ich schon längst wieder zu Hause. Das hat Doro natürlich vorausgesehen, und dafür gesorgt, dass ich hierbleiben muss.«

»Und dafür solltest du ihr die Füße küssen. Verdammt, Alex, wann hörst du endlich mit diesem Scheiß auf, und wirst wieder normal?«

»Wenn das so einfach wäre ... glaubst du, das macht mir Spaß? Ganz sicher nicht, ich kann einfach nicht anders, ich weiß nicht, wie. Seit Hannah gestorben ist ...«

»Ach, hör doch endlich einmal auf mit diesem Schwachsinn. Hannah? Du hast diese Frau überhaupt nicht gekannt, hast dich wie ein pubertierender Junge in sie verknallt und tust seitdem so, als wäre mit ihr die Welt untergegangen. Das ist doch alles völlig übertrieben. Verdammt noch mal, Alex, du hast eine mega Ehefrau, um die dich jeder Kerl beneidet, du hast einen tollen Sohn, der quasi ohne Vater aufwächst, nur weil du dich in deiner Trauer suhlst. Das muss doch irgendwann in deinen Kopf rein, dass das so nicht weitergehen kann.«

»Ja, klar, deswegen rede ich ja auch mit dieser Therapeutin hier.«

»Quatsch, reden allein hat noch nie etwas verändert. Du musst es wollen, dich dafür entscheiden. Verdammt noch mal, du bist kein Mädchen, das ständig rumheult, du bist ein Kerl. Also reiß dich endlich zusammen, vergiss diese Hannah und sei wieder der Ehemann von Doro ..., und zwar in jeder Hinsicht, wenn du verstehst, was ich meine.«

»Ja, klar«, murmele ich und verspüre den fast übermenschlichen Drang, ihm an die Kehle zu gehen. Wie oft habe ich das alles schon gehört? Von meinen Eltern, von Doros Eltern? »Reiß dich mal zusammen ..., du musst doch nur wollen ..., geh mal spazieren, raus an die frische Luft, damit du den Kopf frei kriegst ..., du grübelst einfach zu viel ..., manchmal muss man sich eben zu etwas zwingen ..., mir macht auch nicht immer alles Spaß, aber ich mache es dann eben trotzdem ...«

Sätze, die wie Nadelstiche schmerzen und mit Sicherheit nicht helfen. Nie und niemandem. Im Gegenteil, jeder einzelne macht mir klar, was für ein Versager ich bin, was für ein nutzloser Parasit auf diesem Planeten und treibt mich tiefer in die Dunkelheit der Depression. Wenn es nach mir ginge, wären solche Sätze ab sofort verboten. Leider sind sie es nicht und da ich mich auch nicht zur Wehr setze, glaubt sich Ralph wohl auf dem richtigen Weg und setzt seine Bemühungen fort. Als ob ich das alles nicht schon wüsste, zählt er mir auf, was Doro alles für mich getan hat und noch tut, wie sehr mein Sohn seinen Vater braucht und so weiter und so fort. Ich nicke, mache ab und an ›Hm‹ und sage dann, ebenso unvermittelt wie unmöglich: »Wenn du mit deiner Predigt fertig bist, sei so nett und verschwinde, ich möchte jetzt schlafen.«

Er zuckt kurz zusammen, holt Luft, will wohl etwas darauf erwidern, aber da habe ich ihm schon den Rücken zugedreht und stelle mich schlafend.

»Okay, ich habe es nur gut gemeint, wollte Doro helfen, aber bei dir ist wirklich Hopfen und Malz verloren. Ich hoffe, dass sie das auch endlich begreift und ihr Leben nicht länger an einen Loser wie dich verschwendet.«

Mit dieser letzten Breitseite stampft er aus dem Zimmer. Wenigstens lässt er das Obst da. Ich drehe mich wieder auf den Rücken, froh, ihn los zu sein, da höre ich Doros Stimme, die sagt: »Nur deshalb schlägst du ständig um dich und stößt alle Menschen vor den Kopf, die sich um dich bemühen.«

»Das ist Unsinn«, sage ich laut in den leeren Raum. »Die bemühen sich nicht um mich, die prahlen nur damit, wie gut sie selbst sind, im Gegensatz zu mir. Und Ralph, dieser Penner, der will doch nur mit dir ins Bett.«

Eine Antwort bekomme ich nicht, Doros Stimme in meinem Kopf ist verstummt.

ZWEIUNDDREISSIG
DIE KLINIK

Ein neuer Morgen. Eine Schwester kommt, misst ein nicht vorhandenes Fieber, meinen viel zu niedrigen Blutdruck und zapft mir ein paar Röhrchen Blut ab. Zu welchem Zweck, welche Erkenntnisse man sich von der Analyse erhofft, kann sie mir nicht sagen. Eine Stunde später kommt das Frühstück, wieder eine dünne Flüssigkeit, die den Namen Kaffee nicht verdient. Auch das Brötchen ist heute nicht frisch, sondern labbrig und weich. Da ich ohnehin keinen Hunger verspüre, schiebe ich das Tablett zurück und nehme mir eine Mandarine aus der Papiertüte. Kurz vor neun kommt Doktor Iwanowa und schüttelt vorwurfsvoll den Kopf.

»Herr Osthoff, Sie müssen essen. Ich weiß, wir sind hier nicht im Hilton, aber sie müssen trotzdem etwas in den Magen kriegen.«

»Ich kriege das Zeug nicht runter, tut mir leid. Ich bin ja nicht übermäßig anspruchsvoll, was meine Ernährung angeht, aber, was man hier vorgesetzt bekommt, ist wirklich unzumutbar. Wer da nicht vorher schon krank war, der wird es spätestens jetzt.«

»Beschweren Sie sich, Herr Osthoff, beschweren Sie sich bei Ihrer Krankenkasse, beschweren Sie sich hier beim Patientenvertreter, wenden Sie sich an die Presse. Wenn Sie die Kraft und die Nerven haben, tun Sie das bitte. Sie tun es für uns alle, denn uns wird natürlich genau das Gleiche zugemutet.«

Ich versuche, in ihrem lächelnden Gesicht zu lesen, ob sie mich auf den Arm nimmt, oder ob sie es ernst meint. Da mir das nicht gelingt, wechsle ich das Thema.

»Ich hatte gestern Abend Besuch von einem ... ich zögere ein wenig, »Bekannten. Er hat mir eine Tüte mit Bioobst mitgebracht und dazu einen Sack voller guter Ratschläge. Zusammengefasst: Ich muss mich nur zusammenreißen, dann klappt das alles schon.«

»Das ist meistens Hilflosigkeit, die Leute wissen einfach nicht, was sie sagen sollen. Denn auch, wenn es sich mittlerweile herumgesprochen hat, dass Depressionen eine ernsthafte Erkrankung sind, für die die Betroffenen nichts können, gibt es immer noch viele Unsicherheiten. Es ist eben leichter, mit einem gebrochenen Bein umzugehen, als mit einer äußerlich nicht sichtbaren Krankheit. Was haben Sie Ihrem Bekannten geantwortet?«

»Oh, ich musste mich sehr beherrschen, ihm nicht eine reinzuhauen. Der geile Bock wollte nur mit meiner Frau ins Bett, das war alles.«

»Hat er Ihnen das so gesagt?«

»Natürlich nicht. Er hat rumgeeiert, ich solle Hannah vergessen, damit ich für Doro wieder ein Ehemann sein kann. Mit allem Drum und Dran, wie er extra betont hat.«

»Was hat er damit gemeint?«

»Na, was wohl? Sex! Ich soll endlich wieder meinen ehelichen Pflichten nachkommen und meine Frau flachlegen.«

»Und? Wie fühlen Sie sich bei dem Gedanken?«

»Wie ich mich ... keine Ahnung, darüber denke ich nicht nach.«

»Haben Sie Affären, Herr Osthoff?«

»Was? Wie kommen Sie denn jetzt auf sowas?«

»Nun, Sie schlafen nicht mit Ihrer Frau, Hannah ist seit über sechs Jahren tot, war vorher sehr lange krank. Ist es da nicht naheliegend, dass Sie Ihre sexuellen Bedürfnisse woanders befriedigen?«

»Naheliegend vielleicht, aber ich habe solche Bedürfnisse schon lange nicht mehr. Das muss an den Antidepressiva liegen, die unterdrücken alle Gefühle.«

»Als Sie noch mit Hannah zusammenlebten, gab es die aber noch nicht, oder? Wie war das damals? Ich meine, Sie waren ein junger, gesunder Mann, Ihre Partnerin war schwerst krank.«

»Mir reichte es völlig, bei ihr zu sein, sie in den Arm nehmen zu können. Mehr brauchte ich nicht.«

»Und das fiel Ihnen nicht schwer? Sie hatten nie das Bedürfnis nach Sex, den Wunsch, mit einer Frau zu schlafen?«

»Nein! Was soll denn das? Es ist doch wohl normal, dass man sich als Mann auch mal beherrscht ... ich meine, das unterscheidet uns doch von den Tieren, oder? Meine Partnerin war sehr krank, da habe ich mich eben zurückgehalten. Dafür werde ich mich jetzt hier nicht rechtfertigen und schon gar nicht entschuldigen.«

»Sie halten sich aber jetzt bereits seit vielen Jahren zurück, obwohl Ihre Partnerin eine gesunde, attraktive Frau ist, noch dazu Ihre Ehefrau.«

»Das ist doch jetzt echt Quatsch. Was hat das denn miteinander zu tun? Als Doro mich damals bat, zurück in unser Haus zu ziehen, habe ich dem zwar zugestimmt, aber nicht, um meine Ehe einfach fortzusetzen. Eigentlich habe ich es nur getan, damit sie aufhört, an mir rumzuzerren. Es war nicht so, dass ich es wollte, zu ihr zurück wollte. Ganz bestimmt nicht. Eigentlich wollte ich nur meine Ruhe haben.«

»Hat sich daran bis heute irgendetwas geändert?«

»Wenn Sie mich schon fragen, eigentlich nicht.«

»Dann denken Sie jetzt bitte einmal zurück. Wie war das, als Sie noch nicht verheiratet waren? Waren Sie damals auch schon so asexuell, so lustlos und wollten nur Ihre Ruhe haben?«

»Soll das ein Witz sein? Natürlich nicht, Sie müssten doch wissen, dass junge Kerle überhaupt nichts anderes im Kopf haben, als Frauen und wie sie eine rumkriegen. Ich war da auch nicht anders, und in der Beziehung habe ich bestimmt nie etwas anbrennen lassen.«

»Wie alt waren Sie, als Sie Ihre ersten sexuellen Erfahrungen gemacht haben? Wissen Sie das noch?«

»Nee ... oder warten Sie, doch. Jetzt fällt es mir wieder ein, ich war ein Spätzünder, schon 18 oder fast 19. Meine Kumpels haben mich schon dauernd gehänselt. Irgendwann hatten sie mich dann so weit und wir sind an einem Montagabend geschlossen ins Bordell marschiert. Montags gab's da Rabatt. Ach Gott, wenn ich daran denke ... das war vielleicht eine Nummer. Ich war furchtbar aufgeregt und wusste nicht, was ich tun sollte. Ehrlich, ich muss der guten Frau heute noch dankbar sein. Sie hat sich ihr Geld redlich verdient, ich habe es ihr nicht leicht gemacht. Aber danach war der Bann gebrochen und ich war nie wieder im Puff, hatte ich nicht nötig.«

Ich muss grinsen, während ich an diesen Montag zurückdenke.

»Sie sagen, Sie waren ein Spätzünder, woran lag das? Hatten Sie vorher nie eine Freundin?«

»Doch, doch, sogar ziemlich lange. Sie hieß Liane Doberich. Wir waren in derselben Klasse und ich habe sie ein ganzes Jahr lang aus der Ferne angeschwärmt, bis ich endlich den Mut hatte, sie auf ein Eis einzuladen. Man ist ja echt zu blöd in dem Alter, so voller Hemmungen und Unsicherheiten. Sie war hübsch, hatte schon einen ordentlichen Busen, alle Jungs standen auf sie. Deshalb war ich echt überrascht, dass sie Ja gesagt hat, als ich sie gefragt habe. Später hat sie mir dann erzählt, dass ich immer so cool und abweisend gewesen wäre. Dabei war ich eigentlich nur schüchtern. Na ja, wir sind dann zusammen gegangen, wie man das nannte, aber das war irgendwie noch ganz harmlos. Ein bisschen Knutschen und Fummeln, mehr nicht.«

»Wie alt waren Sie damals?«

»Warten Sie, das war in der Siebten, ich muss also 14 oder 15 gewesen sein.«

»Sie haben sich dann irgendwann wieder getrennt, erinnern Sie sich an den Grund?«

»An den Grund? Du lieber Himmel, keine Ahnung, braucht man in dem Alter denn überhaupt einen Grund? Vielleicht hat mir eine andere besser gefallen oder ihr ein anderer. Das weiß ich nun wirklich nicht mehr.«

»War sie oft bei Ihnen zu Hause, kannte Ihre Familie Ihre Freundin?«

»Ich weiß nicht, ich glaube es aber nicht, mein Vater hat viel gearbeitet, war oft beruflich unterwegs und meine Mutter ... wieso interessieren Sie sich plötzlich für diese alten Geschichten so intensiv? Was haben die mit meiner heutigen Situation zu tun?«

»Ich glaube, eine ganze Menge. Vertrauen Sie mir, und lassen Sie es uns zusammen rausfinden. Ich sagte ja schon, dass ich mit Ihnen gern über Ihre kleine Schwester sprechen würde, sind Sie dazu bereit?«

»Von mir aus, ich habe gerade zufällig nichts anderes vor.« Ich gebe mich locker, aber eigentlich ist mir der Gedanke unangenehm. Ich denke nie an Julia, wirklich nie. Auch meine Eltern sprechen nicht über sie, nicht einmal zu Weihnachten oder so.

»Was ist Ihnen gerade durch den Kopf gegangen, sagen Sie es mir?«

»Dass meine Eltern nicht einmal an Weihnachten über meine Schwester reden. Nie, es ist, als habe es sie nie gegeben. Das ist mir bisher nicht aufgefallen, aber jetzt finde ich es plötzlich komisch. Ich meine, sie hat doch 11 Jahre zu unserer Familie gehört ... warum wird das so totgeschwiegen?«

»Vielleicht finden wir es heraus. Woran erinnern Sie sich denn, wenn Sie an Julia denken? Lassen Sie sich Zeit, überlegen Sie in aller Ruhe.«

»Sie hatte eine Glatze und riesige Augen«, sage ich spontan, »und in ihrem Zimmer roch es nach Krankenhaus.«

»Gut, was fällt Ihnen noch ein? Haben Sie manchmal mit ihr gespielt, ihr etwas vorgelesen, vielleicht davon erzählt, wie Sie Ihre Zeit verbringen?«

»Ich glaube nicht, die meiste Zeit war meine Mutter bei ihr und außerdem war sie oft im Krankenhaus.«

»Und da haben Sie sie nicht besucht?«

»Wie gesagt, ich hatte immer viel zu tun. Ich war im Gymnasium, da gab es ordentlich Hausarbeiten, dann war ich im Fußballverein, musste zum Training und so. Ich glaube, das mit Julia, das hat mich gar nicht so interessiert, vielleicht habe ich gar nicht richtig mitbekommen, wie krank sie war.«

»Wurde in der Familie denn nicht darüber gesprochen? Ich meine, wenn ein Kind so schwer erkrankt, dann betrifft das doch alle, jeden auf seine Weise.«

»Kann schon sein, aber ich kann mich nicht daran erinnern. Ist das denn wirklich so wichtig?«

»Ich denke schon und deshalb wäre ich sehr dafür, über Julia und ihren Tod weiterzureden. Für heute ist es aber genug, morgen ist auch noch ein Tag. Vielleicht überlegen Sie trotzdem mal, ob Ihnen noch etwas einfällt. Irgendwas, eine Situation, ein Gespräch, irgendwas. Wir sehen uns das dann morgen zusammen an, einverstanden?«

»Wie Sie meinen, aber ich glaube nicht, dass mir da groß was zu einfällt.«

»Das weiß man nie, das Unterbewusstsein steckt voller Überraschungen. Auf Wiedersehen, Herr Osthoff, bis morgen.«

DREIUNDDREISSIG
LIANE

Ich weiß nicht, wie sie das macht. Eben redet sie noch mit mir über uralte Geschichten, tut so, als würde sie das alles brennend interessieren und dann, plötzlich, von einem Moment auf den anderen schaltet sie um und verabschiedet sich. Ich bin mir sicher, dass sie alles vergessen hat, sobald sie den Raum verlässt. Ich werde also den Teufel tun, und über meine kleine Schwester nachdenken, dazu habe ich nicht die geringste Lust.

Natürlich tue ich es trotzdem, und zwar so intensiv wie nie zuvor. Auch wenn ich das nicht will, meine Gedanken gehorchen mir nicht mehr. Egal, in welche Richtung ich sie zwingen will, sie weigern sich, mir zu folgen.

Ich sehe mich selbst in meinem Kinderzimmer auf dem Bett sitzen. Meine rechte Wange brennt und ich höre die Stimme meiner Mutter. Laut und wütend, aber ich verstehe nicht, was sie sagt. Irritiert schüttele ich den Kopf, weiß nicht, was ich mit dieser Erinnerung anfangen soll. Offenbar hat meine Mutter mir ins Gesicht geschlagen. Warum, was habe ich getan? Ich hätte geschworen, von meinen Eltern niemals Schläge bekommen zu haben. Sehr merkwürdig, das will ich jetzt aber genauer wissen. Ich greife zu meinem Handy und rufe meine Mutter an.

»Hallo, ich wollte mich mal melden und euch wissen lassen, dass es mir gutgeht.«

»Alex! Was für eine Überraschung, dass du dich mal meldest. Wie geht es dir denn? Du hast bestimmt wie immer viel Arbeit, oder? Wie geht es Max und was macht Doro, sie hat auch schon lange nicht mehr angerufen.«

Offensichtlich hat meine Mutter keine Ahnung, was passiert ist und ich werde es ihr sicher nicht erzählen.

»Ja, es geht allen gut, viel Arbeit und wenig Zeit, aber wir werden euch demnächst auf alle Fälle mal wieder besuchen kommen, versprochen. Ist bei euch alles in Ordnung? Was macht Papa?«

So machen wir eine Weile Smalltalk, bis ich auf den eigentlichen Grund meines Anrufes komme.

»Hör mal, wir hatten da heute im Büro so eine Diskussion. Ein Kollege ist Vater geworden, also hat er noch keine Ahnung, was da auf ihn zukommt. Trotzdem hat er große Töne gespuckt, dass er sein Kind absolut gewaltfrei und ohne jede Strafe erziehen wird. Alle Kollegen mit älteren Kindern haben gelacht und ihm geraten, erst mal abzuwarten, bis der Kleine so drei wird. Dabei haben einige auch erzählt, wie das in ihrer Kindheit war, manche haben Ohrfeigen bekommen, einer sogar richtige Prügel. Ich wusste gar nicht, was ich sagen sollte, denn ich erinnere mich weder an Ohrfeigen noch an andere Strafen. Wie war das denn, was habt ihr gemacht, wenn ich mich danebenbenommen habe?«

»Ach Junge, du kannst Fragen stellen, das weiß ich doch heute nicht mehr. Aber gegen Schläge waren Papa und ich immer schon. Also, ich meine, richtige Prügel, die hat es bei uns nie gegeben. Vielleicht mal einen Klaps auf dem Po, oder später ...«

»Ja? Was wolltest du sagen?«

»Ach, nichts. Ist das denn jetzt noch wichtig? Der Max ist doch ein lieber Junge, da steht ihr doch sicher nicht vor einer solchen Frage?«

»Nein, nein, natürlich nicht, ich wollte es einfach nur mal wissen. Also keine Ohrfeigen oder so was?«

»Nein ... na ja, bis auf dieses eine Mal. Weißt du, das tut mir bis heute noch leid, und ich weiß gar nicht, wie mir das passieren konnte.«

»Na, wenn das so eine Ausnahme war, habe ich sicherlich was ganz Schlimmes angestellt. Hast du mich beim heimlichen Rauchen erwischt oder vielleicht mit einem Mädchen?«

Ich lache, will es ihr leicht machen, sie zum Weiterreden motivieren und das klappt.

»Nein, das war es nicht. Du hast Julia geärgert. Heute weiß ich, dass du es bestimmt nicht so gemeint hast, aber damals ... das war eine wirklich schlimme Zeit, sie war so krank, hat so gelitten ...«

»Daran kann ich mich kaum noch erinnern. Warum reden wir nie über sie? Ich meine, wie alt war sie eigentlich, als sie starb?«

»Sie war erst 11 und zwei Jahre lang sehr, sehr krank. Ein Kind zu verlieren ist das Schrecklichste, was einer Mutter, was Eltern passieren kann. Danach ist nichts mehr, wie es einmal war. Gar nichts, verstehst du? Sehr viele Ehen zerbrechen daran ...«

»Na, das ist bei Papa und dir zum Glück nicht passiert.«

Ich halte die Luft an, fürchte mich plötzlich vor dem, was sie jetzt sagen könnte, aber sie wechselt nur das Thema.

»Nun, das alles ist lange her und du hast doch bestimmt

nicht angerufen, um über diese alten Zeiten zu reden, oder?«

»Natürlich nicht. Ich wollte nur mal hören, wie es euch geht. Dann grüß' mal Papa von mir, ich melde mich dann, wenn wir euch besuchen kommen. Mach's gut, Mama.«

»Ja, Junge, du auch und grüß Max und Doro von uns.«

Ich lege das Handy weg und denke über das Gespräch nach. Ich ärgere mich darüber, dass ich nicht genauer nachgefragt habe. Ich habe also Julia geärgert und dafür eine Ohrfeige bekommen? Die einzige Ohrfeige überhaupt? Das kann doch wohl nicht sein. Es ist doch nicht ungewöhnlich, dass ein großer Bruder seine kleine Schwester ärgert. Da muss eindeutig mehr dahinterstecken, und jetzt will ich wissen, was.

Ich google nach Liane Doberich und finde nichts. Erst bei Facebook werde ich fündig. Sie heißt jetzt Bürger, hat aber netterweise ihren Mädchennamen angehängt. Wobei ich ›Bürger-Doberich‹ lächerlich finde, aber das sieht sie wahrscheinlich anders. Eine Telefonnummer gibt es nicht, also schicke ich ihr eine Nachricht.

›Hallo, jetzt bist du sicher total erstaunt, wer sich da nach Jahrzehnten bei dir meldet … dein alter Verehrer Alex Osthoff. Ich hoffe, es geht dir gut und meine Nachricht bringt dich nicht in Schwierigkeiten. Ich schreibe dir nur, weil ich dich etwas fragen möchte. Wie du dich sicher erinnerst, hatte ich eine Schwester, Julia, sie ist gestorben, aber daran kann ich mich kaum erinnern. Hast du sie gekannt, kannst du mir da vielleicht weiterhelfen? Das wäre sehr nett und würde mir viel bedeuten. Ruf mich doch bitte an. Alex‹.

Ich tippe noch meine Nummer und dann heißt es warten.

Der Anruf kommt nach dem Mittagessen, das wieder

ungenießbar ist. Eine wabbelige Bratwurst, die in einer braunen Soße schwimmt. Dazu erneut Leipziger Allerlei und drei nackte, weiße Kartoffeln. Statt Suppe welken Salat und zum Nachtisch ein Plastikpudding. Ich glaube, ich beschwere mich wirklich. Das Klingeln meines Handys befreit mich von der Entscheidung, zu essen oder nicht zu essen. Ich schiebe das Tablett von mir und nehme das Gespräch an.

»Hallo?«

»Alex? Hier ist Liane.«

»Hey, das ist ja toll, dass du dich so schnell meldest, ich hoffe, du hast keinen Ärger bekommen?«

»Ärger? Wieso denn? Nein, ich habe mich gefreut, von dir zu hören. Wie geht es dir, was machst du so, bist du verheiratet? Erzähl, ich will alles von dir wissen.«

Ich muss schmunzeln, denn ich erinnere mich daran, dass sie früher schon so war. Lebhaft, neugierig und sehr gesprächig.

»Also, ja, ich bin verheiratet und habe einen Sohn. Max, er ist neun. Und du? Hast du Kinder? Einen Mann?«

»Zwei Mädchen, vier und sieben. Mann nicht mehr, wir sind geschieden. Erinnerst du dich an Lukas, den mit den tollen blauen Augen? Den habe ich geheiratet, aber es hat nicht gehalten.«

»Lukas? Da klingelt nichts bei mir. Liegt wahrscheinlich daran, dass ich Jungs nicht so intensiv in die Augen schaue«, lache ich und stelle fest, dass mir das Gespräch Spaß macht.

»Tut mir leid, dass es schiefgegangen ist.«

»Schon gut, ich habe einen neuen Freund und es geht mir prima. Also, worüber wolltest du mit mir reden? Du hast geschrieben, es geht um Julia, deine kleine Schwester?

Das war echt total traurig damals, deine Mutter war am Boden zerstört und dann lange in der Klinik …«

»Sie war in der Klinik? Daran erinnere ich mich überhaupt nicht. Bist du sicher?«

»Ja klar. Meine Mama war doch mit ihr im gleichen Pilateskurs, oder war es Yoga? Keine Ahnung, aber das ist ja auch egal. Sie hat auf alle Fälle oft erzählt, dass deine Mutter sich total aufopfert, nicht isst, nicht schläft und irgendwann zusammenbrechen wird. Sie hat sich auch immer Sorgen um dich gemacht. Weißt du nicht mehr, wie oft sie dich zum Essen eingeladen hat, und immer wollte, dass du bleibst? Sie hat vermutet, dass du zu Hause nichts Anständiges bekommst.«

»Aber warum denn? Was hat meine Mutter denn gemacht?«

»Na, die hat sich um Julia gekümmert, was denkst du denn? War ja sonst niemand da. Dein Vater hat dauernd gearbeitet. Julias Krankheit war teuer, darum musste er Überstunden machen oder hatte zwei Jobs? Das weiß ich nicht mehr, aber du … na ja, du hattest überhaupt keine Lust, den Babysitter zu spielen. Du warst oft ganz schön gemein zu ihr, darum hatten wir ja auch Krach, wie du dich bestimmt noch erinnerst.«

Es ist, als hätte jemand im Dunkeln einen Scheinwerfer angemacht, so klar sehe ich plötzlich eine Szene vor mir. Ich sehe sogar meine Klamotten und die coolen Nikes, die vorne schon ganz abgestoßen sind, weil ich sie ständig trage. Ich bin in Julias Zimmer, sie liegt im Bett und schläft. Ihr kahler Kopf ist weiß und ich fühle eine diffuse Abneigung in mir. Ich will nicht hier sein, drehe mich zur Tür und will mich davonschleichen, als sie aufwacht. Sie fängt sofort an zu würgen und übergibt sich in eine Schüssel. Ich kann nicht hinsehen, allein die Geräusche reichen mir. Jetzt will Ich einfach nur weg.

»Alex, muss ich jetzt sterben?«

Es ist Julias Stimme, ich erkenne sie sofort, und leider fällt mir auch ein, was ich darauf geantwortet habe. »Hoffentlich bald, einen Totenkopf hast du ja jetzt schon.« Im selben Moment klatscht die Hand meiner Mutter in mein Gesicht und sie zischt nur ein einziges Wort: »Raus!« Ich habe sie nicht reinkommen gehört und flüchte mich schnell in mein Zimmer. Sie läuft mir, laut schimpfend nach, geht aber dann zurück zu Julia, deren verzweifeltes Schluchzen ich durch die dünne Wand höre.

»Alex, bist du noch dran?«

Ich reiße mich zusammen und sage schnell: »Ja, klar, mir ist nur gerade was eingefallen. Weißt du, ich kann mich kaum an diese Zeit erinnern und in unserer Familie ist das nie ein Thema. Das ist der Grund, deshalb wollte ich gern mit dir reden. Ich war also als großer Bruder ein Totalausfall?«

»Kann man so sagen, du hast immer Witze über ihr Aussehen gerissen, dich über sie lustig gemacht. Dabei wollte sie so gern, dass du mal ein Spiel mit ihr spielst oder ihr etwas vorliest. Sie konnte zum Schluss ja nicht mal mehr ein Buch halten, so schwach war sie. Aber du wolltest das nie, hast immer irgendwelche Ausreden gehabt. Darüber haben wir uns oft gestritten, das kannst du doch nicht vergessen haben?«

»Ich will mich nicht rausreden und es soll auch keine Entschuldigung für mein Verhalten damals sein, aber ich erinnere mich wirklich nicht mehr. Ich habe sogar vergessen, dass ich mal eine Schwester hatte. Darauf hat mich erst die Therapeutin ge ...« Ich verstumme schnell, aber es ist zu spät.

»Therapeutin? Du machst eine Therapie? Was hast du denn für ein Problem?«

»Ach, eigentlich gar keines, das war alles nur ein Missverständnis, weißt du?«, sage ich und bemühe mich, wegwerfend zu klingen.

»Wenn du meinst, aber meine Mutter hat schon damals immer gesagt, dass du wahrscheinlich traumatisiert bist und eine Therapie brauchst.«

»Ich wusste gar nicht, dass deine Mutter Psychologin ist«, lache ich und höre selbst, wie falsch ich klinge.

»Ist sie auch nicht, aber sie war Krankenschwester und hatte durchaus Ahnung. Ich selbst habe jedenfalls lange gebraucht, um darüber hinwegzukommen.«

In Gedanken bin ich noch bei der Krankenschwester, deshalb überhöre ich fast, was sie sagt, aber dann frage ich doch nach.

»Warum denn du? So eng warst du doch mit Julia nicht befreundet, oder doch?«

»Das nicht, aber mit dir und es war mein erstes Mal ...«

»Dein erstes Mal ... Liane, bitte sprich nicht in Rätseln, sag mir, was passiert ist.«

»Du willst mir also weismachen, dass du das auch vergessen hast? Was bist du nur für ein Arsch? Mich verfolgt das mein ganzes Leben und du vergisst es einfach. Das darf doch nicht wahr sein ... ach verdammt, fick dich doch.«

Fassungslos höre ich, wie ihre Stimme immer lauter und wütender wird, bevor sie das Gespräch einfach beendet.

»Liane?«, frage ich trotzdem noch einmal nach, aber sie ist weg.

Was war los? Was habe ich Falsches gesagt? Was hat sie gemeint mit »Es war mein erstes Mal?« Dass sie zum ersten Mal jemanden sterben sah? War sie dabei, als Julia starb?

War ich dabei? Wo und wie ist sie gestorben? Ich zermartere mir das Hirn, aber da ist nichts, gar nichts. Ich kriege kein Bild meiner toten Schwester, kein Bild vom Krankenhaus oder von einer Beerdigung, einfach nichts. Ich muss Liane noch einmal anrufen, sie muss mir sagen, was damals passiert ist, egal, ob es ihr passt oder nicht. Kurz bevor ich so weit bin, ruft sie erneut an.

»Sorry, ich wollte nicht so ausflippen, offensichtlich triggert mich das immer noch mehr, als ich ahnte.«

»Schon gut, es tut mir leid, dass ich da offenbar alte Wunden aufreiße, aber es wäre für mich sehr wichtig, zu wissen, was wirklich passiert ist. Ich grübele unentwegt, aber es ist alles weg. Ich erinnere mich einfach nicht an Julias Tod, weiß nicht, wie sie gestorben und wo sie begraben wurde. Da ist nur ein großes schwarzes Loch. Kannst du mir bitte helfen, mich zu erinnern?«

»Es war ein unglaublich heißer August. Wir hatten Sommerferien und waren die meiste Zeit im Schwimmbad, auch an diesem Nachmittag. Ich glaube, es war ein Dienstag, aber genau weiß ich das nicht mehr. Ist aber auch egal. Jedenfalls hat deine Mutter angerufen, und gefragt, wo du bleibst, du müsstest jetzt sofort nach Hause kommen, um bei Julia zu bleiben. Natürlich hast du rumdiskutiert, wolltest nicht, aber ich habe dich überredet. Behauptet, mir wäre draußen zu warm und ich fände es gut, wenn wir zu dir nach Hause gehen würden. Haben wir dann gemacht und deine Mutter hat uns genau erklärt, was wir machen sollten, wenn irgendwas ist. Also, wenn sie sich übergeben muss, Schmerzen hat oder so was. Sie selbst hatte einen dringenden Arzttermin und sie wusste nicht, wie lange der dauert. Als sie weg war, haben wir nach Julia gesehen, nein, ich habe nach ihr gesehen, du bist in die Küche gegangen, um uns was zu trinken zu holen. Sie hat geschlafen, war aber sehr unruhig und hat leise gewimmert. Das höre ich heute noch manchmal oder ich träume davon.«

»Das tut mir sehr leid, ich hatte ja keine Ahnung …«

»Schon gut, lass mich weitererzählen, damit ich es hinter mir habe. Du hast mich dann gerufen und ich bin zu dir in dein Zimmer gegangen. Du hast mich nicht einmal gefragt, wie es Julia geht, sondern hast mich sofort auf dein Bett gezogen und angefangen, mich zu küssen und mir mein T-Shirt auszuziehen. Ich weiß nicht, vielleicht lag's am Wetter, an der Sonne oder so, aber ich machte mit. Ich wollte es, wollte es genauso wie du. Wir haben Julia völlig vergessen, waren nur mit uns beschäftigt. Du hast erst mich ausgezogen, dann dich, bis wir beide nackt waren und ich konnte sehen, wie erregt du warst. Ich war noch Jungfrau und hatte keine Ahnung, was als Nächstes passieren würde, aber ich wollte es wissen. Du warst sehr nervös, wolltest schnell zur Sache kommen, aber ich war noch nicht so weit. Ich habe mich ein bisschen gewehrt, mich immer wieder weggedreht und so weiter und dann haben wir plötzlich diesen Schrei gehört … oh Gott, ich habe nie wieder einen Menschen so entsetzlich schreien hören. Du bist vom Bett aufgesprungen, ich kam gar nicht so schnell hinterher, da wurde schon die Tür aufgerissen und deine Mutter kam rein. Kalkweiß im Gesicht starrte sie uns an, als könnte sie nicht fassen, was sie sah. Und dann hat sie so ganz leise gesagt: ›Dann ist deine arme Schwester also ganz allein gestorben? Das sollst du dein Leben lang nicht vergessen.‹ Dann drehte sie sich um und ging weg.

Ich weiß nicht, wie lange wir nur regungslos dagestanden oder gesessen haben. Ich weiß nur, dass ich mich irgendwann angezogen habe und nach Hause gegangen bin. Ich stand völlig unter Schock, fühlte mich schuldig, elend und verzweifelt. Meine Mutter hörte mich dann nachts weinen und setzte sich an mein Bett, bis ich ihr alles erzählt hatte. Natürlich hat sie mich beruhigt, gesagt, dass ich nichts für Julias Tod kann, dass deine Mutter uns nicht die Verantwortung für ein so schwer krankes Kind hätte aufbürden dürfen und so weiter, aber irgendwie bin ich das alles nie richtig losgeworden. Deshalb habe ich dann mit dir Schluss gemacht, du hättest mich immer an diesen schrecklichen Nachmittag erinnert. Es hat mir schon gereicht, dich in der Schule sehen zu müssen.«

»Es tut mir so leid, Liane, wirklich, es muss schrecklich für dich gewesen sein. Ich kann nur immer wiederholen, dass ich mich an all das nicht erinnern kann. Ist meine Mutter danach in die Klinik gekommen, weißt du das?«

»Wann sie in die Klinik gekommen ist, weiß ich nicht mehr, nur dass sie längere Zeit weg war. Meiner Mutter hast du sehr leidgetan, aber ich wollte keinen Kontakt zu dir. Ich glaube, ich habe mich auch irgendwie schuldig gefühlt, ich meine, ich wusste schließlich auch, wie krank deine Schwester war und hätte nicht mit dir rummachen dürfen.«

»Mein Gott, Liane, wir waren doch selbst fast noch Kinder. Die Verantwortung war einfach zu viel für uns.«

»Ja, mit der Zeit habe ich das verstanden, aber so direkt danach eben nicht. Du scheinst es ja komplett verdrängt zu haben, vielleicht redest du mit deiner Therapeutin mal darüber.«

»Ja, das werde ich auf jeden Fall tun. Ich bin dir sehr dankbar, dass du es mir erzählt hast, ich glaube nicht, dass ich mich ohne dich jemals daran erinnert hätte.«

»Gerne. Wenn du noch was wissen willst, du hast ja jetzt meine Nummer. Ruf mich einfach an.«

»Das mache ich, vielen Dank.«

»Okay, dann mach's gut, vielleicht sieht man sich mal.«

»Ja, vielleicht, das wäre schön, ich melde mich.«

Ich fühle mich, als hätte ich Steine geklopft, völlig erschöpft und müde. Wie konnte ich das alles nur vollkommen vergessen? Verdrängen, wie Liane es genannt hat. Vielleicht war damals noch mehr passiert? Warum war meine Mutter in der Klinik und wo war eigentlich mein Vater die ganze Zeit? Ich überlege, ob ich ihn anrufen soll, ihn um Antworten auf Fragen bitten soll, die ich noch gar nicht kenne. Ich kann mich nicht dazu aufraffen, ich schaffe es nicht, nicht heute, vielleicht ein anderes Mal.

Der restliche Tag vergeht quälend langsam. Ich verspüre den starken Wunsch, mit Doro zu reden, aber ich rufe sie nicht an. Was könnte ich ihr sagen? Nein, zuerst muss ich mit der Iwanowa über das reden, was ich heute erfahren habe. Sie muss mir sagen, ob und was das zu bedeuten hat. Kurz nach 20 Uhr bitte ich um eine Schlaftablette, um meinen aufgewühlten Gedanken für heute zu entkommen.

VIERUNDDREISSIG
DIE THERAPIE

Ich habe so tief und traumlos geschlafen, wie schon lange nicht mehr, aber gegen 5 Uhr bin ich wach. Als die Nachtschwester kommt, frage ich sie nach der Tablette, die ich bekommen habe. Sie lacht und zwinkert mir verschwörerisch zu.

»Herr Osthoff, Sie sind mit einer schweren Tablettenvergiftung eingeliefert worden. Glauben Sie wirklich, dass man Ihnen ohne Not etwas Stärkeres als Baldrian gibt?«

»Baldrian also? Okay, das muss ich mir merken, ich habe davon wirklich so fest geschlafen, dass ich jetzt unbedingt einen starken Kaffee brauche, um überhaupt wach zu werden.«

»Kaffee gibt's erst in drei Stunden, so heißt das Zeug hier jedenfalls«, grinst sie und schließt die Tür wieder. Ich döse noch eine Weile vor mich hin, schlafe noch einmal ein und dann kommt auch schon das Frühstück. Ich traue meinen Augen kaum: statt des kleinen weißen Porzellankännchens mit dem braunen Wasser, steht heute ein Becher mit Automaten – Kaffee neben dem Brotkorb, und sogar die Brötchen sind frisch. Der Tag kann nur gut werden, da bin ich mir sicher.

»Waren Sie der nette Mensch, der mir heute Morgen einen Kaffee spendiert hat?«, begrüße ich die Iwanowa, als sie gegen neun Uhr kommt.

»Na ja, ich dachte, unser Gespräch könnte heute interessant werden und wollte Sie gut gelaunt sehen. Also ich hoffe, er war besser als der aus der Krankenhausküche.«

»Vielen Dank, sehr viel besser und als Dank dafür habe ich viele beunruhigende Neuigkeiten für Sie.«

Die nächste halbe Stunde erzähle ich ihr von meinem Gespräch mit Liane und sie hört mir aufmerksam zu. Erst als ich mit einem tiefen Seufzer schließe, fragt sie: »Und, welche Schlüsse haben Sie daraus gezogen? Was haben die Umstände von damals mit Ihrem heutigen Leben zu tun?«

»Darüber habe ich mir gestern den ganzen Nachmittag den Kopf zerbrochen, aber ich kann mich an nichts von dem erinnern, was Liane mir erzählt hat. Na ja, außer an Julias kahlen Kopf und die großen, anklagenden Augen, aber mehr ...«

»Warum hat sie denn so anklagend geschaut?«

»Keine Ahnung, kam mir immer so vor.«

»Ich möchte etwas ausprobieren, wenn Sie einverstanden sind, Herr Osthoff. Schließen Sie bitte die Augen und konzentrieren Sie sich auf das Bild, das Sie von Julia haben. Nur darauf, bewerten Sie es nicht, betrachten Sie es ganz neutral. Sie sind nur ein Beobachter, mehr nicht.«

Ich will ihr widersprechen, finde das albern, aber dann denke ich an den Kaffee und tue ihr den Gefallen. Ich liege brav da, kneife angestrengt beide Augen zu und sehe alles

Mögliche, nur nicht Julia. Es dauert eine geraume Weile, aber dann taucht ihr kahler Kopf vor mir auf. Sie liegt im Bett, den kindlichen Oberkörper von einem Berg Kissen gestützt. Sie hält eine dieser hässlichen Barbiepuppen in den Händen und betrachtet sie liebevoll. Ich weiß, dass meine Mutter sie ihr gekauft hat. Ich habe natürlich mal wieder nichts gekriegt. Kenne ich schon. Bei uns dreht sich alles nur um Julia. Julia vorne, Julia hinten, ich kann es kaum noch ertragen. »Alex, sei leise, Julia schläft«, »Nein, du kannst heute nicht ins Schwimmbad, ich brauche dich für Julia«, »Ich hatte keine Zeit zum Kochen, mach dir ein Brot, Julia hat mich den ganzen Morgen gebraucht«. So geht das seit einer Ewigkeit, wenn ich tot wäre, würde das keiner merken, es gibt mich anscheinend nicht mehr. Die kümmern sich nur um sie. Ich hasse sie! Sie ist schuld, dass sich alles verändert hat, dass meine Mutter ständig rumschreit und Papa kaum noch nach Hause kommt. Früher war das alles anders, aber dann ist sie krank geworden und … Ich sehe mich, wie ich auf sie zugehe. Sehe, wie ich ihr die Puppe aus der Hand reiße, sie zu Boden werfe und mit beiden Füßen zertrampele. Sie weint, leise, es ist eher ein Wimmern und trifft mich unvorbereitet. Jetzt schäme ich mich und würde alles geben, könnte ich meine Tat ungeschehen machen. Ich hebe die zerbeulte Barbie auf, streiche das Kleid glatt und gebe sie ihr zurück. »Wein doch nicht«, sage ich verlegen, »es ist ja alles gut. Schau, es ist nichts passiert.« Sie antwortet mir nicht, aber ihr Blick aus diesen riesigen Augen ist wie ein Dolch und bohrt sich in meine Eingeweide.

»Guck mich doch nicht so an« … Ich reiße die Augen auf und schüttele mich erschrocken.

»Was war das denn? Haben Sie mir was in den Kaffee geschüttet? Lieber Himmel, das war vielleicht schräg.«

»Was genau?«

»Dieser Blick … puh, der ging mir durch und durch. Aber, ich war wirklich ein echtes Arschloch«, sage ich, immer noch erschrocken über mich selbst. »Ich war so wütend, dass ich ihre Puppe kaputtgemacht habe. Ich war ein echtes Monster.«

»Nein, Herr Osthoff, das waren Sie sicher nicht. Sie waren ein Kind, das in einer äußerst schwierigen Situation allein gelassen wurde. Das niemanden hatte, an den es sich wenden konnte und das mit der Krankheit der kleinen Schwester völlig überfordert war.«

»Na gut. Aber das ist doch kein Grund, sich so blöd zu benehmen, ich meine, was konnte die Kleine denn dafür?«

»Wer war denn die Kleine?«

»Wer das war? Na, meine Schwester, nehme ich an, oder etwa nicht?«

»Ich weiß es nicht, sagen Sie's mir.«

»Ja, ich meine natürlich Julia, die hat mich immer so angestarrt, mit diesen Riesenaugen. Das war unheimlich, echt.«

»Warum waren Sie so wütend auf sie? Was hat sie Ihnen getan?«

Ich überlege eine ganze Weile, dann zucke ich die Achseln. »Also, das klingt jetzt bestimmt verrückt, aber sie hat mir gar nichts getan. Wie denn auch, sie lag nur im Bett, wenn sie nicht gerade mal wieder im Krankenhaus war. Und davor, also, bevor sie krank wurde, haben wir auch zusammen gespielt, jedenfalls manchmal. Wütend war ich eigentlich auf meine Eltern, vor allen Dingen auf meine Mutter, die hat nur noch Julia gesehen, mich hat sie einfach vergessen. Keine Ahnung, es war einfach ein beschissenes Gefühl, so unsichtbar zu sein, einfach unerträglich. Obendrein sollte ich auch noch ständig Rücksicht nehmen,

Mau-Mau spielen, ihr aus ihren Mädchenbüchern vorlesen und all so was. Ich hatte darauf absolut keinen Bock, ich wollte Fußball spielen, ins Schwimmbad gehen und mich mit meinen Kumpels treffen. Ich weiß nicht, warum ich so ein schrecklicher Bruder war, ich wünschte, ich könnte es ungeschehen machen.«

»Haben Sie das nicht versucht?«

»Nein, im Gegenteil. Ich war ja nicht einmal bei ihr, als sie starb. Dabei wusste ich genau, wie krank sie war. Ich wusste es, aber es war mir egal. Ich wollte sie bestrafen, bestrafen dafür, dass sie mir meine Mutter weggenommen hat. Ich war froh, dass sie tot war, dass sich nicht mehr alles nur um sie drehen würde ... Ja, genau, ich war froh.«

Ich breche ab, weil meine Kehle wie zugeschnürt ist. Mein Herz rast und vor meinen Augen drehen sich rote Kreise. Ich spüre eine nie gekannte Wut in mir aufsteigen und schlage mit beiden Fäusten auf die Bettdecke ein.

»Verdammt noch mal«, stöhne ich unter Tränen, »das ist ja grauenhaft. Was bin ich nur für ein Mensch?«

»Herr Osthoff, Sie sind ein ganz normaler Mensch, der als Teenager etwas Furchtbares erlebt hat. Sie dürfen nicht so streng mit sich sein, Sie waren ja selbst fast noch ein Kind. Ich gehe davon aus, dass Sie unter unglaublichen Schuldgefühlen gelitten haben, und darum die Erinnerung an diese Zeit verdrängen mussten. Mit Hannah haben Sie unbewusst eine Möglichkeit zur Wiedergutmachung gefunden. Um sie haben Sie sich gekümmert, für sie waren Sie immer da. Was Sie für Ihre kleine Schwester nicht getan haben, haben Sie an ihr wiedergutmachen wollen. Sehen Sie die Parallele?«

»Ich weiß nicht genau, aber ich weiß, dass das mit Hannah wie ein Rausch war, dass ich damals nicht anders handeln konnte. Mir war alles egal, Doro, mein Sohn, mein ganzes Leben, nur Hannah war wichtig.«

»Sie haben alles aufgegeben, sich aufopferungsvoll um Hannah gekümmert und doch haben Sie es am Ende nicht geschafft, bei ihr zu bleiben. Sie haben Sie allein sterben lassen. Damit haben Sie unbewusst wiederholt, was Sie schon einmal erlebt haben. Julia starb allein, während Sie mit Ihrer Freundin im Nebenzimmer waren, und Hannah starb allein, während Sie irgendwo herumirrten. Der Tod von Julia hat Sie als Jugendlichen schwer traumatisiert, so schwer, dass Sie ihn verdrängt und tief in Ihrem Unterbewusstsein vergraben haben. Sie fühlten sich schuldig an ihrem Tod, und am Zusammenbruch Ihrer Mutter. Damit konnten Sie nicht leben. Und später, als Sie erwachsen waren, trieb Sie das Wissen, dass nun auch Hannah allein starb, in die Depression. Sie bestrafen sich seit vielen Jahren für etwas, an dem Sie keine Schuld tragen. Als Julia starb, haben sie Ihre Trauer verdrängt und ihre Schuldgefühle hinter der Wut auf Ihre Mutter versteckt. Sie hätten ganz dringend Hilfe gebraucht, aber Sie bekamen keine. Ihre Eltern waren so sehr mit der Krankheit Ihrer Schwester beschäftigt, dass sie nicht merkten, wie es Ihnen ging. Als Julia dann starb, brach Ihre Mutter völlig zusammen, musste in eine Klinik, Ihre Freundin verließ Sie und all das verstärkte Ihre Schuldgefühle. Damit konnten Sie nicht leben, Sie hatten nur die Wahl, es tief in sich zu vergraben oder zu sterben. Haben Sie sich damals schon einmal gewünscht, tot zu sein?«

Ich will schon entschieden den Kopf schütteln, aber dann sehe ich es auf einmal ganz klar vor mir.

»Ja! Jetzt, wo Sie fragen, ja! Mein Gott, ich war so

unglaublich verzweifelt, sah überhaupt keinen Ausweg mehr und dachte, es wäre besser, wenn ich einfach verschwinden würde. Ich wollte tatsächlich sterben, mich von einer Eisenbahnbrücke stürzen. Ich habe sogar einen Abschiedsbrief geschrieben, aber mein Vater hat ihn zu früh gefunden. Er kam mit dem Fahrrad, warf es achtlos in den Straßengraben, während er immer wieder meinen Namen rief. Ich glaube, er hatte genauso viel Angst wie ich. Ich hatte Angst zu springen, außerdem kam dieser blöde Zug nicht, aber auch Angst, meinem Vater unter die Augen zu treten, das war alles ganz schrecklich. Das ist auch etwas, was ich völlig vergessen habe.«

»Auch diese Situation war ein weiteres Trauma. Leider waren alle Menschen um Sie herum so sehr mit ihrem eigenen Schmerz absorbiert, dass man Ihnen nicht helfen konnte. Das hat dazu geführt, dass Sie sich Ihr Leben lang für etwas bestraften, für das Sie nichts konnten. Was hat Ihr Vater gesagt, er muss doch gewusst haben, dass Sie sich das Leben nehmen wollten?«

»Ja, er hat es verstanden, aber er hat den Grund nicht erkannt. Er glaubte, ich sei so traurig über Julias Tod. Er hat laut geweint, sodass ich am Ende ihn trösten musste. Wir sind dann zusammen in eine Kneipe gegangen und ich habe mich zum ersten Mal in meinem Leben betrunken.«

»Oh je, das muss Ihre Schuldgefühle weiter verstärkt haben. Ihr Vater glaubte, dass Sie über den Tod der Schwester traurig waren, aber das waren Sie nicht. Zumindest nicht bewusst. Um es noch mal zusammenzufassen, ich bin mir sicher, dass Ihre Wut auf Julia, Ihre Weigerung, sich mit ihr zu beschäftigen, genau aus diesem Gefühl der Trauer heraus entstanden ist. Sie waren traurig darüber, dass Ihre kleine Schwester leiden musste, traurig darüber, dass Ihre Mutter keine Zeit mehr für Sie hatte, traurig darüber, dass nichts mehr so war wie zuvor. Für einen Teenager ist es nicht leicht, sich diese Gefühle einzugestehen. Wut und Traurigkeit werden da oft verwechselt. Sie konnten daher nie um Ihre Schwester trauern, nie um sie weinen. Weder um sie noch um sich selbst. Auch um Hannah konnten sie nicht adäquat trauern, alles war überlagert von Ihrem Schuldgefühl, sie in ihren letzten Stunden allein gelassen zu haben. Seitdem haben Sie sich jede Lebensfreude verboten, sind depressiv, trinken zu viel und suchen nach dem Sinn des Lebens. Verstehen Sie das?«

»Ja, vielleicht. Noch kriege ich das nicht wirklich auf die Reihe. Ich meine, das mit Hannah, das war doch wirklich Liebe auf den ersten Blick, auch wenn sich das vielleicht kitschig anhört. Ich wusste doch beim ersten Treffen gar nicht, dass sie krank war, dass sie sterben würde.«

»Sie wussten das vielleicht nicht, aber Ihr Unterbewusstsein wusste es.«

»Was soll das denn heißen? Dass ich fremdgesteuert war, oder was?«

Die Iwanowa lacht und sagt dann: »Na ja, unser Unterbewusstes ist oft viel klüger als wir selbst. Es weiß all die Dinge, die wir scheinbar längst vergessen haben, oder an die wir uns zumindest nicht erinnern. Außerdem ist es immer und in jeder Situation auf unserer Seite, auch wenn wir manchmal lange brauchen, das zu erkennen. Ja, ich denke, Ihr Unterbewusstsein hat in Hannah die geeignete Kandidatin erkannt, Sie an Ihr altes Trauma zu erinnern. Und es hat Ihnen damit die Möglichkeit geboten, es aufzuarbeiten. Das war doch wirklich sehr nett von Ihrem Unterbewusstsein.«

»Heißt das, Hannah war nur ein Mittel zum Zweck für mich. Dass ich sie benutzt habe, um ...«

»Nein! Das heißt es natürlich nicht. Sie sollten jetzt nicht beginnen, ein Schuldgefühl gegen ein anderes auszutauschen. Was immer es für Sie war, für Hannah, war es Liebe. Eine Liebe, die ihr die letzten Lebensmonate sehr erleichtert hat. Nur das ist wichtig, und nur das zählt. Sie tragen keine Schuld an Hannas Erkrankung, die hat lange vor Ihrem Auftauchen begonnen.«

»Ja, damit haben Sie natürlich recht, aber was ist mit Doro, was ist mit meinem Sohn. Welche Entschuldigung finden Sie da für mich?«

»Ich habe noch nie eine Entschuldigung für Sie gesucht oder gefunden. Nur Erklärungen für Ihr Verhalten. Menschen, die ein unbewusstes Trauma mit sich herumtragen, handeln manchmal irrational. So wie Sie es getan haben. Oder finden Sie es normal, von einem Tag auf den anderen alles aufzugeben, um mit der unbekannten Schwester der Ehefrau ein neues Leben zu beginnen?«

»Na ja, mir kam es damals schon normal vor, auch wenn ich über mich selbst gestaunt habe.«

»Nun ja, Ihr Unterbewusstsein hat offensichtlich mit aller Kraft die Chance ergriffen, Sie endlich von den alten Traumata zu befreien. Bedanken Sie sich dafür, aber gehen Sie bitte nicht davon aus, dass Sie ab jetzt ein völlig neuer Mensch sind. Es wird einige Zeit dauern, bis Sie das alles auch gefühlsmäßig begreifen, und sich dann vielleicht endlich verzeihen können.«

»Ist das der Grund, warum ich in letzter Zeit ständig heule? Das kenne ich sonst so gar nicht von mir.«

»Sie haben vielleicht zu viele Tränen nicht geweint, Herr Osthoff, aber Ihre schwere Depression hat ja Ihre große Traurigkeit deutlich gezeigt. Weinen Sie, wenn Ihnen danach ist. Weinen Sie um Ihre kleine Schwester, die Sie verloren haben, weinen Sie um Hannah, die so jung sterben musste, weinen Sie auch um sich, um Ihr Leid, aber dann fangen Sie endlich an zu leben. Ich werde Ihre Entlassung für morgen befürworten, aber empfehle Ihnen weiterhin eine ambulante Therapie.«

»Morgen schon?« Ich erschrecke fast, damit habe ich nicht gerechnet. Was wird Doro dazu sagen, wie soll ich ihr das alles erklären?«

»Ja, es sei denn, es gefällt Ihnen so gut bei uns, dass Sie noch eine Weile bleiben möchten.«

»Das ganz sicher nicht, aber ... also, ich stelle es mir schwierig vor, über all das hier mit Doro zu reden. Was, wenn sie das nicht versteht oder was, wenn ich mich auch in sie nur verliebt habe, weil mein Unterbewusstsein es so wollte?«

Jetzt lacht die Iwanowa mal wieder, laut und fröhlich.

»Aber, Herr Osthoff, Sie sind doch kein Zombie, Sie wurden nicht von Ihrem Unterbewusstsein zu einem hilflosen Werkzeug gemacht. So funktioniert das nicht, aber vielleicht haben Sie sich aus einem ganz bestimmten Grund in Ihre Frau verliebt. Vielleicht, weil sie einfach die Richtige für Sie ist.«

Ich muss auch lachen, weil es mir plötzlich fast gut geht. »Okay, das werde ich herausfinden, darauf bin ich schon sehr gespannt.«

»Lassen Sie es langsam angehen und geben Sie sich gegenseitig die Zeit, die Sie brauchen. Das gilt auch für Ihren Sohn, er muss seinen Vater erst einmal neu kennenlernen. Sein Vertrauen müssen Sie langsam zurückgewinnen, das geht nicht über Nacht.«

»Bange machen gilt nicht«, scherze ich, dabei ist mir etwas flau im Magen, wenn ich an Max denke. Noch weiß ich nicht, wie ich mit ihm umgehen soll. Seit ich denken kann, geht er mir schließlich aus dem Weg, ist in meiner Gegenwart immer merkwürdig angespannt und kriegt den Mund kaum auf. Und mir geht es mit ihm auch nicht anders, seine Gegenwart verunsichert mich und macht mich nervös.

»Das brauche ich nicht zu machen, ich bin sicher, Sie fürchten sich schon genug, wenn Sie an Ihre Begegnung mit Ihrem Sohn denken. Richtig?«

»Ja, das ist wahr, er guckt mich immer so komisch an, wenn er mich sieht … oh, nee, ist klar. Sagen Sie jetzt nichts, ich verwechsele das, weil Julia mich immer so vorwurfsvoll angeguckt hat, stimmt's?«

»Ich verrate Ihnen was«, sagt sie und lächelt mich freundlich an. »Ich glaube, Sie bilden sich das nur ein, dass Julia Sie vorwurfsvoll angeguckt hat. Sie war ja schwer krank, die Wangen waren eingefallen, dadurch wirken die Augen immer ungewöhnlich groß. Vielleicht war es Angst, was Sie in Ihren Augen gesehen haben, und kein Vorwurf?«

»Nein«, antworte ich sehr leise, denn ich schäme mich gerade sehr, »es war kein Vorwurf und auch keine Angst, sie guckte bittend. Ich sollte bei ihr bleiben, mit ihr spielen, ihr zuhören, irgendwas, aber ich bin immer nur abgehauen. Das tut mir unendlich leid. Julia wird das nicht mehr zurückbringen, aber bei meinem Sohn, da werde ich alles dransetzen, um es wiedergutzumachen. Das verspreche ich Ihnen.«

»Nicht mir, versprechen Sie es sich selbst, das reicht aus. Ich wünsche Ihnen alles erdenklich Gute, Herr Osthoff.«

Ich liege noch lange auf meinem Bett und starre an die Decke, dann gebe ich mir einen Ruck, greife nach dem

Handy und rufe Doro an, um Sie zu informieren, dass ich morgen entlassen werde.

»Das ist schön, aber ich habe leider den ganzen Vormittag Termine. Nimm dir bitte ein Taxi.«

»Äh, ja klar, kein Problem, ich wollte nur, dass du Bescheid weißt. Wann kommt denn Max aus der Schule?«

Um halb zwei, aber bis dahin bin ich auch da. Also, wir sehen uns morgen.«

FÜNFUNDDREISSIG
DORO

Als ich zu Hause bin, gehe ich als Erstes unter die Dusche, um alles abzuspülen, was mich an das Krankenhaus erinnert. Selbst meine Wäsche stopfe ich in die Maschine und mache sie an. Leider blicke ich durch die vielen Programme nicht durch und drücke wahllos ein paar Knöpfe, bis ich höre, dass sie Wasser zieht. Dann drehe ich eine Runde durch das Haus und schaue mich um, als hätte ich es vorher noch nie gesehen. Alles ist gemütlich und sehr geschmackvoll eingerichtet, jeder Gegenstand beweist die Hand von Doro. Ein Zuhause, geschaffen, um sich darin wohl und geborgen zu fühlen. Ich öffne die Tür zu Max' Zimmer und nehme seinen Geruch in mich auf. An den Wänden viele Poster von Fußballstars aus aller Welt, sein Bett, das aussieht wie ein Rennwagen, ist mit blauer Fußball-Bettwäsche bezogen. Ein typisches Jungenzimmer, aber vielleicht gibt es heute auch Mädchen, bei denen es genauso aussieht. Ich weiß es nicht, ich weiß ja nicht einmal, dass mein eigener Sohn so ein Fußballfan ist. Wo war ich nur in den vergangenen sechs Jahren? Ich schließe seufzend die Tür wieder und nehme mir vor, mich umgehend damit zu beschäftigen, wer heute in der Welt des Fußballs den Ton angibt, denn das scheint mir ein wunderbar unverfängliches Gesprächsthema zu sein. Eine Weile laufe ich noch durch die Räume, dann mache ich mir einen Latte Macchiato und setze mich damit ins Wohnzimmer auf die Couch. Es ist erst elf Uhr, ich habe noch viel Zeit, darum nehme ich etwas in Angriff, was mir auf der Seele liegt: Ich rufe Ralph an.

»Was willst du?«, meldet er sich nicht eben freundlich.

»Mich entschuldigen, dir bestätigen, mich wie ein Arsch benommen zu haben und dir versichern, dass das nicht wieder vorkommen wird. Reicht das fürs Erste oder forderst du meinen Kopf?« Einen Moment lang ist Schweigen, dann höre ich ihn leise lachen.

»Wie war es auf Osirius III? Sind die Außerirdischen uns wohlgesonnen oder müssen wir uns auf ihren Angriff vorbereiten?«

»Hallo? Hier ist Alex, ich wollte …«

»Ich weiß, wer du bist, aber nachdem ich gehört habe, was du gesagt hast, war mir sofort klar, dass du von Außerirdischen entführt wurdest, die dich völlig verändert haben.«

»Ha-ha, nicht ganz, aber so was Ähnliches ist tatsächlich mit mir passiert. Ich erzähle dir das gern mal in Ruhe, falls es dich interessiert, aber fürs Erste wollte ich mich einfach nur bei dir entschuldigen. Du bist mein Freund und ich hätte gern, dass das auch in Zukunft so bleibt.«

»Na klar, Schwamm drüber. Bist du raus aus der Klapsmühle und wieder zu Hause?«

»Ja, wurde heute Morgen als geheilt entlassen«, lache ich, »Doro und Max habe ich aber noch nicht gesehen.«

»Die werden bestimmt bald kommen und ... Alex? Redet miteinander, damit ihr einen Weg zurück findet.«

»Das werden wir, danke, mein Freund, wir hören voneinander.«

Gerade als ich das Handy wieder wegstecke, höre ich, wie die Haustür aufgeht und stehe schnell auf, um Doro zu begrüßen, aber es ist Max, der mich erstaunt anstarrt.

»Papa? Bist du wieder zu Hause?«

»Ja, mein Sohn, sie haben mich gerade entlassen, hat dir die Mama das nicht gesagt?«

»Weiß nicht, kann sein. Ist sie schon da?«

»Nein, noch nicht, du bist heute ein bisschen früh dran, oder?«

»Reli ist ausgefallen. Kann ich in mein Zimmer?«

Ja klar, aber kannst du mir vorher noch kurz helfen? Kennst du dich mit der Waschmaschine aus?«

»Klar, das ist doch fuzzileicht. Willst du etwa Wäsche waschen?«

»Hm, wenn ich gewusst hätte, dass du weißt, wie das geht, hätte ich auf dich gewartet, aber jetzt ist es schon passiert. Können wir kurz mal nachsehen, ob noch was zu retten ist?«

»Klar, komm, lass uns mal gucken«, sagt er gönnerhaft, aber ich sehe ihm an, dass er stolz ist, zu zeigen, was er kann.

»Die läuft aber noch, da können wir jetzt nicht reingucken, die Maschine geht gar nicht auf. Was ist da denn alles drin?« Misstrauisch beugt er sich zum Bullauge runter und beäugt die sich drehenden Wäschestücke.

»Alles, was ich im Krankenhaus bei mir hatte. Passte gerade so da rein.«

»Papa! So macht man das aber nicht, man muss die Wäsche vorher sortieren.«

»Sortieren? Wie meinst du das? Wie Legosteine oder Schrauben?«

Er kichert vergnügt, während er rügend den Kopf schüttelt. »Nein, so doch nicht, nach Farben und so. Das weiß doch jedes Baby.«

»Tja, dann bin ich wohl noch nicht einmal geboren, denn ich weiß das nicht«, lache ich und er hüpft kichernd von einem Bein aufs andere.

»Wie ich sehe, macht ihr zwei eine Badezimmerparty?«

Doro steht in der Tür, beide Arme in die Hüften gestemmt.

»Mama, der Papa ist noch gar nicht geboren, der weiß noch nicht mal, dass man Wäsche sortieren muss. Der ist ganz schön dumm«, berichtet mein Sohn aufgeregt, während Doro der Waschmaschine einen sorgenvollen Blick zuwirft.

»Na, sowas, dann hätte dieser Papa vielleicht besser warten sollen, bis du aus der Schule kommst. Jetzt können wir nur noch abwarten, was am Ende dabei herauskommt.«

»Vielleicht wird alles ganz klein, dann hat Papa gar nichts mehr zum Anziehen«, mutmaßt der Kleine und runzelt besorgt die kindliche Stirn.

»Ach, das ist nicht so schlimm«, sage ich fröhlich, »dann leihe ich mir eben etwas von dir.«

Er braucht einen kurzen Moment, um zu begreifen, dass ich das nicht ernst meine, aber dann will er sich vor Lachen fast auf dem Boden wälzen. Amüsiert beobachte ich ihn, bis ich einen misstrauischen Blick von Doro auffange.

»Na ja«, sage ich in ihre Richtung, »vielleicht leiht mir auch die Mama was.«

Jetzt dreht Max voll auf, rennt durch die Wohnung und ruft lachend: »Der Papa leiht sich was von der Mama, der Papa leiht sich was von der Mama.«

»Jetzt komm mal wieder runter, junger Mann und deck den Tisch«, bremst Doro seine Begeisterung und ich wundere mich, dass er darauf umgehend aufhört, wie ein Derwisch durch die Gegend zu rennen.

»Wie wär's, wenn wir heute zur Feier des Tages zusammen Pizza essen gehen«, schlage ich vor und sehe erstaunt, wie Doro verärgert das Gesicht verzieht. Max hingegen ist vor lauter Begeisterung schon wieder als Kreisel unterwegs. »Wir essen Pizza, Pizza, Pizza, Pizza, ich esse eine mit Salami, Salami …«

»Du hättest mich vielleicht vorher mal fragen können«, zischt Doro mir von der Seite zu. »Ich habe noch eine Verabredung.«

»Ach, tut mir leid, entschuldige bitte, das wusste ich nicht. Soll ich mit Max alleine gehen, dann kannst du in Ruhe deinen Termin wahrnehmen?«

»Was? Im Ernst? Du würdest mit ihm allein gehen, ohne mich?«

»Aber sicher, was ist denn dabei?«

»Eigentlich nichts, aber das hast du noch nie gemacht, deshalb wundere ich mich ein bisschen.«

»Jetzt würde ich es sehr gern machen, auch wenn es mit dir zusammen natürlich viel schöner wäre.«

»Sag mal, was ist los mir dir? Bist du wirklich Alex oder sein Klon?«

»Hm, also, soweit ich das sehen kann, bin ich ich, aber auch Ralph hat mich schon gefragt, ob ich von Außerirdischen entführt wurde.«

»Du hast mit Ralph gesprochen? Was wolltest du von ihm?«

»Nichts weiter. Ich musste mich bei ihm entschuldigen, ich habe mich in letzter Zeit unmöglich benommen.«

»Du hast dich bei ihm entschuldigt? Dann sag mir bitte

sofort, wo Alex ist und was Sie mit ihm gemacht haben?«, lacht sie, nickt dann langsam und sagt: »Okay, gehen wir Pizza essen, den Termin kann ich auch verschieben.«

Als wir unsere Pizza bestellt haben, unterhalte ich mich mit Max über Fußball, und tue so, als hätte ich überhaupt keine Ahnung davon. Ich muss mich nicht einmal groß verstellen, denn es ist verdammt lange her, dass ich mich dafür interessiert habe. Das gefällt ihm, und er erklärt mir begeistert die Regeln, welche Spieler er bewundert und auf welcher Position er selbst spielt.

»Mein Trainer sagt, ich wäre auch ein guter Torwart, aber ich spiele lieber in der Verteidigung, weil ich mega gut dribbeln kann. Nächste Woche haben wir ein Auswärtsspiel gegen eine andere Schule, aber du musst bestimmt arbeiten oder so.«

»Was? Wie kommst du denn darauf? Nein, nein, ich bin auf jeden Fall dabei, ich trage es sofort in meinen Kalender ein.«

Er beobachtet aufmerksam, wie ich das Datum und die Uhrzeit in mein Smartphone tippe und nickt zufrieden. Es ist fast zu einfach, er macht es mir viel zu leicht, und ich schäme mich, dass ich es all die Jahre nicht versucht habe. Dass Doro mir ab und zu einen misstrauischen Blick zuwirft, merke ich zwar, ignoriere es aber geflissentlich.

Das Gespräch mit ihr verschiebe ich auf den Abend, aber zuerst begleite ich Max in sein Zimmer, um ihn ins Bett zu bringen.

»Papa, machst du das jetzt jeden Abend?«

»Das kann ich dir nicht versprechen, es kann immer mal etwas dazwischenkommen, aber was ich dir versprechen kann, ist, dass ich es immer versuchen werde. Reicht dir das?«

»Okay«, sagt er großzügig und grinst über das ganze kindliche Gesicht.

»Vertragt ihr euch jetzt wieder oder lasst ihr euch doch scheiden?«

Bei dieser Frage zucke ich zusammen, bemühe mich aber, ruhig zu antworten.

»Max, mir ging es in den letzten Jahren nicht sehr gut, ich war ziemlich krank und deshalb auch eine Zeit lang im Krankenhaus. Dort war eine Ärztin, die sich mit meiner Krankheit auskennt und die hat mir sehr geholfen. Ich bin noch nicht wieder ganz gesund, ich muss auch weiterhin zu einem Arzt gehen, aber ich bin ganz sicher, dass es mir mit der Zeit immer besser gehen wird.«

»Was hattet du denn für eine Krankheit? Hattest du Corona?«

»Nein, nicht Corona, ich habe Depressionen. Da hat man keinen Husten, keinen Schnupfen, man hat auch kein Fieber und niemand sieht es einem an, trotzdem ist man sehr, sehr krank. So krank, dass man am liebsten gar nicht mehr leben möchte. Man ist immer nur traurig und nichts macht einem Spaß. Das ist sehr schlimm, nicht nur für einen selbst, sondern auch für die Frau und die Kinder. Die Mama hat aber immer zu mir gehalten und mir geholfen, das war sehr lieb von ihr, aber auch sehr anstrengend für sie. Jetzt muss ich erst mal abwarten, ob sie mir noch mal eine Chance gibt, verstehst du das? Darüber muss ich mit ihr reden, aber hab keine Angst, wir bleiben immer deine Eltern und wir haben dich beide sehr, sehr lieb.«

»Soll ich der Mama sagen, dass sie dir noch eine Chance geben soll?«

Ich habe einen dicken Kloß im Hals, als ich antworte: »Das ist wirklich ganz lieb von dir, aber ich glaube, das Problem muss ich alleine lösen und das werde ich auch tun.

Mach dir keine Sorgen, es wird bestimmt alles gut. Schlaf schön, mein Sohn und träum was Schönes.«

»Du auch ... und Papa? Wenn ich die Mama wäre, ich würde dir noch eine Chance geben.«

»Trinkst du ein Glas Wein mit mir, ich würde gern mit dir reden?«, frage ich Doro, als ich zurück ins Wohnzimmer komme.

»Ich glaube, das wird ein entscheidendes Gespräch, da möchte ich einen klaren Kopf behalten. Also, für mich lieber Wasser, keinen Wein.«

»Gut, allein mag ich auch nicht, also, dann Wasser. Ob es ein entscheidendes Gespräch wird, entscheidest du, ich will dir nur erzählen, was ich in der letzten Woche über mich und meine Vergangenheit erfahren habe. Max ist sich aber sicher, dass du mir noch eine Chance gibst«, füge ich lächelnd hinzu, aber Doro findet das nicht lustig.

»Du hast mit Max über unsere Probleme gesprochen? Ja, geht's noch? Er ist neun, ein Kind ...«

»Beruhige dich, ich habe mit ihm über gar nichts gesprochen, außer über Fußball. Er hat von sich aus gefragt, ob wir uns nun nicht mehr scheiden lassen, also klingt es eher so, als hättest du mit ihm über uns gesprochen.«

»Ganz sicher nicht, wenn, dann vielleicht meine Mutter, zu mir hat er kein Wort davon gesagt. Armes Kerlchen, da macht er sich solche Sorgen und sagt kein Wort. Was hast du ihm geantwortet?«

»Ich habe ihm gesagt, wie's ist, dass ich lange Zeit sehr krank war, dass du immer für alles allein sorgen musstest und dass das sehr schwer für dich war. Dass ich aber alles tun werde, die letzten Jahre wieder gutzumachen und dass du mir trotz allem vielleicht noch eine Chance gibst.«

»Und? Hat er das verstanden?«

»Ich hoffe es sehr.«

»Gut, also, du wolltest reden, reden wir.«

Ich hole tief Luft und fange bei meiner Kindheit an, mit der Geburt von Julia, über die ich nicht sehr begeistert war. Schließlich konnte sie nichts, außer ständig schreien und dass meine Eltern sie so bewunderten, passte mir auch nicht. Später sollte ich dann ständig mit ihr spielen, sie auf dem Weg zur Schule begleiten, wo sie darauf bestand, meine Hand zu nehmen und ich deswegen von meinen Freunden ausgelacht wurde und so weiter. Ich verschwieg Doro nichts, weder meine brennende Eifersucht auf Julia, die alles bekam, nur weil sie krank war, noch meinen heimlichen Wunsch, sie möge einfach sterben. Nicht einmal mein jämmerliches Versagen an dem Tag, als sie tatsächlich starb, ließ ich aus. Doro hört mir aufmerksam zu, nickt hin und wieder oder schüttelt langsam den Kopf.

»Danach gab es zwar keine Julia mehr, die alle Aufmerksamkeit brauchte, aber meine Eltern waren nicht mehr dieselben. Ich habe immer gedacht, sie geben mir die Schuld an ihrem Tod, aber sie haben nur getrauert und wahrscheinlich gar nicht bemerkt, wie sehr ich sie gebraucht hätte. Das alles habe ich verdrängt, nie wieder über meine Schwester, geschweige denn über ihren Tod gesprochen, bis zu dem Tag, als Hannah hier auftauchte. Ich würde dir das gern erklären, aber dazu müsste ich es erst mal selbst verstehen und das tue ich noch nicht. Die Iwanowa hat gesagt, dass ich mit Hannah unbewusst versucht habe, das wiedergutzumachen, was ich Julia angetan habe. Ich weiß, das klingt bestimmt ziemlich bescheuert, oder nach einer lahmen Ausrede, aber als sie das erklärt hat, machte es irgendwie Sinn. Wie auch immer, es hat nicht funktioniert, als Hannah starb, bin ich erneut weggelaufen und war nicht für sie da. Das hat meine Schuldgefühle weiter gesteigert, sodass ich es nicht mehr ausgehalten habe und depressiv wurde. Ich habe das immer als Trauer um Hannah gesehen, aber es waren wohl eher meine eigenen Schuldgefühle. Ich meine, natürlich bin ich traurig, dass Hannah tot ist, dass sie so gelitten hat und am Ende ganz allein gestorben ist, aber damit wäre ich irgendwann fertig geworden. Ich bin noch nicht am Ende meiner Therapie, ich glaube, es gibt noch so einiges aufzuarbeiten, und das werde ich Stück für Stück angehen. Ich weiß, dass ich die letzten Jahre nicht ungeschehen machen kann. Ich habe dich sehr verletzt, und dich mit allem im Stich gelassen. Ich habe auch nicht gesehen, was du alles für mich, für uns tust, das tut mir unglaublich leid und ich kann dich für all das nur um Verzeihung bitten. Meine einzige Entschuldigung ist ein altes Kindheitstrauma, von dem ich noch nicht einmal etwas wusste. Ziemlich dürftig, aber mehr habe ich leider nicht für mich anzuführen.«

Ich zucke resigniert die Schultern, greife nach meinem Wasserglas und trinke es in einem Zug leer. Doro sitzt noch immer ruhig da und schaut mich an. Plötzlich lächelt sie und sagt: »Ich finde deine Geschichte gar nicht so unwahrscheinlich. Wie du weißt, war Hannah jünger als ich, ich hatte also auch eine kleine Schwester. Und genau wie du war ich alles andere als glücklich über ihre Ankunft. Ich hatte ebenfalls das Gefühl, dass meine Eltern sich nur noch um dieses Baby kümmerten und mich vollkommen vergaßen. Hinzu kam, dass Hannah sich schnell zu einem sehr charmanten, sehr hübschen und aufgeweckten Mädchen entwickelte, demgegenüber ich mich immer plump und unbeholfen fühlte. Sie war überall beliebt, war natürlich Klassensprecherin, hatte einen Haufen

Freundinnen, und die Jungs schienen verrückt nach ihr zu sein. Ich war die Fleißige, die Zuverlässige, die Vernünftige, aber sie hatte alle Superlative. Ich war, glaube ich, 13, als ich mich unglaublich in einen etwas älteren Jungen verknallte. Ich schwärmte aus der Ferne von ihm und konnte mein Glück kaum fassen, als er mich eines Tages auf eine Cola einlud. Wir verstanden uns gut, trafen uns regelmäßig, und er war der Erste, den ich küsste. Ich war im siebten Himmel, bis zu dem Tag, als ich ihn zu uns nach Hause einlud. Mein Vater hatte den großen alten Grill aus der Garage geholt und meine Mutter, Hannah und ich den ganzen Vormittag einen Riesenberg Kartoffelsalat vorbereitet. Tim kam, begrüßte alle artig, sah Hannah und vergaß mich. Sie zog alle Register, klimperte mit den Wimpern, piepste mit Kleinmädchenstimme, und am Ende des Abends machte er mit mir Schluss. Natürlich stellte ich sie wutentbrannt zur Rede, aber sie wies alle Schuld von sich. Im Gegenteil, sie lachte mich aus, warf mir kleinliche Eifersucht vor und knallte mir die Zimmertür vor der Nase zu. Bis ich zwanzig war, brachte ich keinen Jungen mehr mit nach Hause, aber dann lernte ich Sebastian kennen und verliebte mich Hals über Kopf in ihn. Er wohnte schon seit zwei Jahren in der Nachbarschaft und spielte mit Hannah im selben Tennisklub. Er kannte sie also und daher konnte ich zuerst gar nicht glauben, dass er tatsächlich mich wollte, aber er beteuerte, dass ich ihm viel lieber sei. Wir waren bereits über ein Jahr zusammen, als er mir einen Antrag machte. Ich war überglücklich, sagte natürlich Ja, und wir feierten Verlobung. Meine Eltern mochten ihn sehr, und auch mit Hannah schien er sich gut zu verstehen. Wie gut, das entdeckte ich etwa zwei Wochen später, als ich die beiden in flagranti erwischte. Sie lagen zusammen in Hannahs Bett, beide nackt und waren so beschäftigt, dass sie mich erst bemerkten, als ich einen lauten Schrei ausstieß. Das war's mit Sebastian, ich löste die Verlobung, warf ihm dramatisch den Ring vor die Füße und wünschte Hannah die Pest und den Tod an den Hals. Sie zuckte nur mit den Schultern und meinte lachend, wenn sie es darauf anlege, könne sie jeden meiner Freunde haben. Kurz darauf zog ich von zu Hause aus und habe Hannah tatsächlich nie mehr wiedergesehen. Dass sie dann schon nach einem Tag mit meinem Ehemann anbändeln würde, das hätte ich selbst von Hannah nicht erwartet. Du siehst, ich war auch nicht ganz unvorbelastet. Meine Eifersucht auf sie hatte oft pathologische Züge, aber sie war einfach kein besonders guter Mensch. Sie war es gewohnt, alles zu bekommen, was sie wollte, ohne Rücksicht auf andere. Ich bin mir sicher, sie hat es darauf angelegt, dass du dich in sie verliebst. Schließlich brauchte sie jemanden, der sich während ihrer Krankheit um sie kümmerte. Tja, das ist ihr besser gelungen, als sie sich das wohl selbst vorgestellt hat. Trotzdem tut es mir natürlich leid, dass sie so jung gestorben ist, und so schrecklich leiden musste. Aber, zu diesem Gefühl muss ich mich zwingen, auch wenn ich mich dafür schäme.«

»Warum hast du mir das alles nie erzählt?«, frage ich nach einer langen Pause und Doro zuckt die Achseln.

»Was glaubst du, wie das ausgesehen hätte? Nach der eifersüchtigen Ehefrau, die ihre Rivalin mit Dreck bewirft. Nein, Alex, das ist nicht mein Stil. Ich habe es dir auch jetzt nur erzählt, weil meine Gefühle für meine kleine Schwester deinen nicht unähnlich waren.«

»Danke für dein Vertrauen, auch wenn ich mich jetzt noch mieser fühle als vorher.«

»Das war nicht meine Absicht und auch, wenn ich verstehe, warum du so gehandelt hast, heilt das meine

Wunden nicht über Nacht. Aber du bist nicht der Einzige, der in letzter Zeit eine Therapie gemacht hat. Du warst so in deinen Depressionen gefangen, dass du es wahrscheinlich gar nicht mitbekommen hast, aber ich bin jahrelang regelmäßig zum Therapeuten gegangen. Glaub mir, sonst wäre ich schon lange nicht mehr hier. Ich habe viel über mich gelernt, viel über unsere Ehe, und am Ende habe ich erkannt, dass ich dich trotz allem liebe und nicht verlieren will. Das, was du mir erzählt hast, wird mir helfen, über alles, was passiert ist, hinwegzukommen und wieder nach vorne zu schauen. Ich glaube, Max hat recht, ich gebe uns noch eine Chance.«

Ich spüre, wie ich mich entspanne, wie die Anspannung von mir abfällt und ich wieder freier atmen kann.

»Das ist alles, was ich will, eine Chance und ich verspreche dir, ich werde sie nutzen. Ich werde dich nie wieder so enttäuschen, denn jetzt weiß ich, wie sehr ich dich liebe. Dich und unseren Sohn Max, der endlich wieder einen Vater hat.«

ENDE

DANKE

Liebe Lesende, als Autoren bekomme wir keinen Applaus, dafür freuen wir uns aber sehr, wenn man über unsere Bücher ein paar nette Worte sagt. Vielleicht in Form einer Rezension. Dafür bedanken wir uns von Herzen

SECHSUNDDREISSIG

MEHR VON ANGELIKA GODAU

Ach herrje! Letzte Ausfahrt Hünxe Ost

»Ach herrje«, höre ich Maggie aus der Küche rufen. Vermutlich nicht zum ersten Mal, denn ich habe mein Hörgerät leiser gestellt. Normalerweise stört sie mich nicht bei meinem Sudoku, das ich jeden Tag ab 17:30 Uhr löse, daher muss sie wohl ein größeres Problem haben.

Ich setze seufzend meine Lesebrille ab und greife nach der für die Ferne. Seit zehn Jahren rät mir der Augenarzt zu einer Gleitsichtbrille und seit ebenfalls zehn Jahren denke ich, dass sich so was für mich nicht mehr lohnt.

»Ich komme, Liebes, warte.« Ich quäle mich stöhnend aus meinem Sessel hoch und muss erst einmal eine Weile stehen bleiben, bis meine Beine sich eins vor das andere setzen lassen. Früher ging das alles schneller, aber nun werde ich bald 90 und meine alten Knochen tun nur noch selten, was mein Kopf will.

»Juhupp, hörst du mich denn nicht? Weißt du, wo meine Brille ist, ich suche die überall und kann sie einfach nicht finden. Ich brauche sie aber, sonst kann ich nicht lesen, ob die Silberzwiebeln schon abgelaufen sind.« Irgendwann hat sie im Radio gehört, dass auf alle verpackten Lebensmittel ein Mindesthaltbarkeitsdatum aufgedruckt ist, und seither geht sie dem mit kriminalistischem Eifer nach. Sie glaubt mir nicht, dass niemand tot umfällt, sollte er versehentlich etwas essen, was bereits 24 Stunden drüber ist. Mein Rücken schmerzt noch davon, weil ich vor ein paar Tagen die gerade erst gekauften Marmeladengläser aus der Mülltonne fischen musste, die Maggie in ihrem Eifer entsorgt hatte. Darum ist das Suchen ihrer Brille tatsächlich als Notfall einzustufen.

Ich kann mir schon vorstellen, dass sie die mal wieder irgendwo hingelegt hat, wo man sie nie vermuten würde. Als ich in die Küche komme, sehe ich meine Frau dort stehen, die Brille hat sie auf der Nasenspitze und schaut mit heruntergezogenen Augenbrauen sichtlich angestrengt über deren Rand auf das Glas in ihrer Hand. Ihr schlohweißes Haar hat sie auf giftgrüne Lockenwickler gerollt, und zu meinem Entsetzen trägt sie schon wieder einen dieser scheußlichen, uralten Dederonkittel, die sie von Tante Inge aus der DDR im Zehnerpack geschickt bekommen hat.

»Trägst du schon wieder dieses ...« Ich beschließe, den Satz nicht zu beenden, um sie nicht aufzuregen. »Na schau mal«, ich schiebe ihr mit meinem Zeigefinger vorsichtig die Brille auf der Nase nach oben. »Du hast sie ja genau da, wo du sie brauchst.« Im selben Moment frage ich mich, wann ich zum letzten Mal Silberzwiebeln im Supermarkt gesehen habe und kann mich nicht daran erinnern.

»Ach herrje, bin ich aber dumm, gut, dass du sie gefunden hast. Möchtest du Mortadella oder Salami auf deine Brote?«

»Mortadella. Haben wir vielleicht auch etwas von dieser Sardellenpaste?«

»Das weiß ich nicht, was ist das denn?« Sie sieht mich hilflos an.

»Moment, ich schau' mal nach.« Ich öffne die Kühlschranktür und stecke als Erstes die Fernbedienung des Fernsehers beiläufig in die Tasche meiner Strickweste, damit sie es nicht bemerkt. Statt Sardellenpaste fische ich die Tube Düsseldorfer Senf heraus und reiche sie ihr.

»Ach, so sieht die aus? Ich dachte, das wäre Senf?«

»Natürlich ist das Senf. Sardellenpaste gibt es in diesen gelben Tuben. Die schmeckt so schön salzig, aber ich habe keine mehr gefunden.«

»Hat Doktor Becker dir nicht ohnehin gesagt, dass du nicht mehr so viel Salz essen sollst?«

»Doktor Becker ist schon zwanzig Jahre tot, aber du hast recht, dann eben Senf, das geht auch.«

»Na, prima, also Salami?«

»Nein, Mortadella bitte.«

»Könntest du dich mal entscheiden, was du möchtest?«

»Wie meinst du das?«

»Na, erst willst du Salami und jetzt Mortadella.« Ich nicke, sage aber nichts. Maggie verdreht gern die Dinge, weil sie immer vergesslicher wird. Ich bin da mittlerweile dran gewöhnt, und es ist nicht mehr so schlimm wie am Anfang. Wir sind ja nun auch schon 61 Jahre verheiratet, haben zwei Kinder und zwei Enkel. Eigentlich hatte ich vorgehabt, solange am Leben zu bleiben, bis ich meinen ersten Urenkel in den Armen gehalten habe, aber die jungen Leute von heute haben offenbar andere Dinge im Kopf als eine Familie zu gründen. Nun ja, darauf habe ich leider keinen Einfluss.

Maggie wendet sich wieder den Broten zu, und zwar so konzentriert, dass man meinen könnte, die Butter sei explosiv. Ansonsten sieht sie aus wie eine ganz normale, alte Frau, die das Abendbrot zubereitet. Leider ist das nur Wunschdenken, nicht die Realität.

»Sorgen Sie für vertraute Momente, Dinge, die sie gern gemacht hat. Schauen Sie sich zum Beispiel gemeinsam alte Fernsehserien an. Sie werden sehen, dass das ihrer Frau guttun und sie sich entspannen wird.«

Das hatte mir der Sohn eines ehemaligen Kollegen empfohlen, der seine Brötchen als Psychiater verdient.

Für mich war sofort klar gewesen, dass sich dazu die alten Videokassetten mit der Schwarzwaldklinik am besten eignen würden. Also hatte ich sie herausgesucht, und seitdem gab es unseren, in den 80er Jahren obligatorischen Samstagabend, eben täglich!

»Haben wir noch Kölsch, Karl-Heinz?«

»Karl-Heinz ist unser Sohn und der lebt in Rösrath, ich

bin immer noch dein Jupp und du hast doch selbst dem jungen Boten von Flaschenpost vorhin die Tür geöffnet, Maggie.«

»Was redest du denn von Karl-Heinz, der wohnt doch in Rösrath?«

Mir liegt es schon bitter auf der Zunge, aber ich gebe ihr lieber einen Kuss auf die Wange und sage: »Ich mache schon mal den Fernseher an. Gleich kommen die Nachrichten.« Die Heute-Sendung von 1987 kommt natürlich nur auf Video, damit Margarethe genug Zeit hat, den Brotteller fertig zu machen und sich die Lockenwickler aus den Haaren zu nehmen. Hoffentlich zieht sie auch diesen grässlichen Kittel aus.

»Ja, ja, nun hetz mich doch nicht immer gleich so, es dauert so lange, wie es eben dauert.«

»Wie soll ich das denn Professor Brinkmann erklären? Ich glaube nicht, dass der wartet, bis Margarethe Schweizer ihre Lockenwickler rausgedreht hat«, scherze ich.

»Welche Lockenwickler und ich wusste gar nicht, dass wir Besuch erwarten. Nie sagst du mir so was, dann hätte ich doch mehr Schnittchen machen müssen.«

Maggie schaut mich mit gerunzelter Stirn an, den Blick sorgenvoll auf den Teller mit den Broten gerichtet.

»Wir bekommen keinen Besuch. Professor Brinkmann ist doch der Chef der Schwarzwaldklinik, und wir schauen diese Sendung gerne.« ›Wir‹ trifft es nicht wirklich, denn ich könnte problemlos auf diese Schmonzette verzichten, aber ich genieße es, wenn ich mal meine Ruhe habe, während meine Frau Prof. Brinkmann anhimmelt.

»Ach herrje, das hatte ich ja ganz vergessen, dann beeil dich doch mal und steh hier nicht rum.«

»Bin schon unterwegs.« Das Wohnzimmer ist direkt gegenüber der Küche und in dem sieht es noch immer so aus, wie in den 80ern. Ich habe nie einen Sinn darin gesehen, diesem neumodischen Trend zu folgen und alle naselang eine neue Einrichtung zu kaufen. Unsere Möbel waren von guter Qualität und wiesen bis heute keine Beschädigungen auf. Das einzig Neue war daher der Fernseher und das auch nur, weil ich für unseren alten Apparat nirgendwo mehr eine Röhre gefunden hatte. Daher steht nun ein monströser Flachbildschirm auf der schönen alten Eichenkommode.

Den schalte ich jetzt ein und wechsle auf das AV-Programm, um den alten Videorecorder in Betrieb zu nehmen. Auch wenn das Band schon hundertmal abgespielt wurde, erfahre ich nach wenigen Sekunden von Heute-Sprecher, Dieter Kronzucker, dass die Berliner Mauer weiter erhöht wurde. Aus der Küche höre ich hin und wieder ein »Ach herrje«, mit dem sie die täglich gleichen Nachrichten kommentiert.

Meine Gedanken driften ab. In drei Wochen werde ich Neunzig. Offenbar Grund genug für jede Menge Typen, mir ihren Besuch anzudrohen. Von denen liegt mir vor allen Dingen die Oberbürgermeisterin quer im Magen. Die konnte ich einfach noch nie leiden. Auch auf den Kardinal könnte ich verdammt gut verzichten, schließlich bin ich schon vor über 30 Jahren aus der katholischen Kirche ausgetreten. Was will der bei mir, hofft der, mich kurz vor Toresschluss noch zu bekehren, oder kommt der nur, weil's was zum Essen gibt? Außerdem wird das nichts als ein zu teurer und zudem noch äußerst anstrengender Tag für mich werden, an dem ich keine Freude habe. Vielleicht, wenn Karl-Heinz oder zumindest Gabriele sich angekündigt hätten, aber von keinem der beiden haben wir etwas gehört. Wer weiß, ob sie sich überhaupt daran erinnern, dass ich 90 werde, ja, dass ich überhaupt noch lebe. Außerdem weiß ich nicht, wie Maggie auf die ungewohnt vielen Menschen und das ganze Brimborium reagieren wird. Vermutlich wird es sie ängstigen und ihre Verwirrung verstärken. Dazu kommt, dass ich sie dann kaum jede Sekunde im Auge behalten kann und sie wird die seltsamsten Dinge von sich geben. Jeder wird merken, was mit ihr los ist, das steht mal fest.

Der Vorspann der Schwarzwaldklinik trällert zum was weiß ich wievielten Mal, und Maggie kommt ins Wohnzimmer, den Teller mit den Schnittchen in beiden Händen, ihre Lockenwickler bis auf einen herausgedreht und den Dederonkittel wenigstens geöffnet. So bleibt sie stehen und starrt auf den Bildschirm. »Haben wir einen neuen Fernseher? Das Bild ist so klar.«

»Nein, Maggie, du musst dich irren. Komm und setz dich zu mir, es geht los.«

»Ach schau doch mal, wie schön es dort ist, wo ist denn das?«

»Im Schwarzwald, wo soll denn die Schwarzwaldklinik sonst sein?«

»Ach herrje, ja, im Schwarzwald, natürlich. Ich würde sehr gern einmal in den Schwarzwald fahren. Vielleicht, wenn du in Rente gehst?«

»Ja, vielleicht.« Ich nehme mir eins der Brote und beiße hinein, um einen Grund zu haben, ihr nicht zu antworten. Vielleicht hätte ich genauer hinsehen sollen. Weder Mortadella noch Salami, stattdessen Erdbeermarmelade gemischt mit Düsseldorfer Senf. Pfui Teufel. Ich versuche, das abgebissene Stückchen unauffällig in mein Taschentuch zu spucken, aber sie hat's gemerkt.

»Was machst du denn da?«

Ich lasse das Taschentuch sinken, und halte ihr lächelnd das Brot hin.

»Was hast du denn da bloß drauf?«, fragt sie und

schüttelt ungläubig den Kopf. »Jetzt sag nicht, du isst Erdbeermarmelade mit Senf.«

»Es gibt immer ein erstes Mal, meine Liebe. Aber auch ein letztes. Heute war es beides gleichzeitig. Das ist wirklich ekelig.«

»Warum isst du dann nicht meine Salamibrote, die habe ich dir doch extra zurechtgemacht, weil du es so wolltest? Das kommt dabei raus, wenn du immer alles besser weißt.«

Ich starre auf den Brotteller, kann aber außer der seltsamen Erdbeere-Senf-Kreation weder ein Salami- noch ein Mortadella-Brot entdecken. Resigniert nehme ich ein Gürkchen und beiße hinein. Ich schenke uns ein Kölsch ein und trinke meins schnell leer, um den Senfgeschmack aus dem Mund zu bekommen.

Printed in Poland
by Amazon Fulfillment
Poland Sp. z o.o., Wrocław

38644312R00137